그녀들의 거짓말

그녀들의 거짓말

초판 1쇄 인쇄 · 2023년 10월 5일
초판 1쇄 발행 · 2023년 10월 10일

지은이 · 이도원
펴낸이 · 한봉숙
펴낸곳 · 푸른사상사

주간 · 맹문재 | 편집 · 지순이 | 교정 · 김수란, 노현정 | 마케팅 · 한정규
등록 · 1999년 7월 8일 제2-2876호
주소 · 경기도 파주시 회동길 337-16 푸른사상사
대표전화 · 031) 955-9111(2) | 팩시밀리 · 031) 955-9114
이메일 · prun21c@hanmail.net
홈페이지 · http://www.prun21c.com

ⓒ 이도원, 2023

ISBN 979-11-308-2091-0   03810
값 17,900원

51
푸른사상
소설선

그녀들의 거짓말

이 도 원 소 설 집

푸른사상
PRUNSASANG

집 앞으로 두 명의 형사가 왔다. 아이를 낳아 퉁퉁 부어 있는 내 얼굴에 대고 그 사람을 아느냐, 하고 물었다. 반정부 시위로 지명수배자가 된 그의 방에서 찾은 편지의 수신인을 찾아서 왔다고 하였다. 형사들은 연신 이상야릇한 웃음과 반말로 그의 행방을 물었다.

그런 모욕을 당하면서도 나는 어떻게 말했던가. 그의 행방을 알기는커녕 그의 구국을 위한 민주화의 열망이나 신념에 동조하지 않은 지 오래라고 말했다. 내 말에 믿는지 믿지 않는지 모를 의미심장한 미소를 지으며 형사가 돌아갔다.

그날, 비겁한 나를 보았다. 내 것을 지키기 위해서는 안간힘을 다 쓰면서도 다수의 것을 지키기 위해선 지독하게 인색한 나를 보았다. 무엇보다 두려움이 많고 고통에 취약하여 불의에 눈을 감는 엉망인 몸과 정신을 지녔다는 것을 인정해야 했다.

내가 소설을 쓰는 이유는 변명하기 위해서이다. 치욕적인 그날과 그와 유사한 많은 날들에 속수무책이었던 것에 대한 변명을 하고 싶어서 시작한 것에 지나지 않는다. 그러나 소설 또한 서슬 푸른 공권력과 다르지 않아 조금이라도 안일하거나 무력하거나 방심하면 끌려가고 감금당하고 고문당하는 옥고와도 같았다. 그리하여 하루는 백기로 투항하였고 하루는 붉은 깃발로 저항하였다.

이런 개인사로 인해 나는 소설가와 혁명가와 구도자를 혼동하고, 정확히 말하면 혼동하길 원한다.

사랑의 언약을 지키느라 어두운 길 위에서 기다렸던 수많은 연인의 굽은 등을 기억하고, 일장기를 뭉개며 저항했던 한 신문사의 편집국장이자 소설가를 기억하고, 애국이 아니라 진실에 복무한 언론인이 있음을 기억하고, 제 나라 국민에게 총을 겨누라고 시킨 수장의 상을 거부한 명창이 있음을 기억하고, 가난한 사람을 사랑하고 권력에 굴종하지 않은 시인이 있음을 기억한다.

또한 치열하게 살았으나 욕되게 살 수 없어 벼랑에 몸을 던진 불꽃의 지도자가 있음을 기억하고, 강의 물길을 막는 것을 저항하느라 분신한 비구니가 있음을 기억하고, 그보다 더 오래전에 근로기준법을 지켜라 외치며 분신한 청년이 있음을 기억한다.

이 기억하는 힘으로 소설을 썼다. 이들에게 빚을 갚고야 말리라는 각오로 썼다. 그럼에도 그날, 그렇게 비겁했던 것에 대한 수치심과 죄책감은 여전히 사라지지 않았고 변명 또한 멈추지 않았다. 돌이킬 수 없는 잘못이었다.

불쑥 그들의 밤이 떠오를 때가 있다. 분신을, 투쟁을, 죽음을 결행하기 전날의 밤이 어떠했을까, 붉은 마음을 몇 번이나 접고 펼치면서 꼬박 지새웠을 그 시린 밤.

그들에게 이 소설집을 헌정한다.

2023년 9월
이도원

차 례

아귀

아귀

분갈이를 한 나무의 상태가 심상찮다. 이파리 끝이 누렇게 마르고 축 늘어져 있다. 제법 굵어진 잔뿌리를 반으로 갈라 두 개의 화분에 나누어 심었던 것이 한 달 전이었던가. 햇빛이 오는 방향에 따라 화분의 위치를 옮기고 적당한 양의 물을 주어도 보고 영양액도 꽂아보며 애썼지만 나무는 좀체 생기를 회복하지 못하고 있다. 굳이 파혼한 아들과 별거한 나를 결부 지을 필요는 없었지만 괜히 심란해져 화분 앞에 찌푸린 얼굴로 쪼그려 앉아 있었다. 그때 휴대폰이 울렸다. 베란다에서 나와 거실을 지나 식탁 위에 던져둔 휴대폰을 집어 들어야 한다는 것이, 잔뜩 흙에 묻은 손을 닦아야 하는 것도 귀찮아 여러 번 벨이 울리는 것을 모른 체하며 있다가 감전이라도 된 듯 벌떡 일어났다. 대도시의 제방공사 현장을 찾아간 아들에게서 걸려온 건지도 모른다는 생각 때문이었다. 파혼을 핑계 삼아 술을 잔뜩 마시고 차 사고를 낸 건지도 모른다는 생각에 황급히 달려가 휴대폰을 집어 들었다.

그녀다. 받을까 말까 망설였다. 오늘 약속을 재확인하려고 전화한 것이리라. 일주일 전에도 이렇게 주저하며 전화를 받았던 것이 떠올랐다. 근 칠 년 만에 걸려온 것이었다. 어쩌면 비보일지도 모른다는 불길한 예감이 들었다. 코로나 전염병이 창궐할 때 암 투병 중이라는 말을 들었기 때문이었다. 그녀의 부음을 그녀의 남편이 전하고 있을지도 모른다는 생각에, 화해의 기회조차 영원히 사라지는 데 대한 절망감에 한동안 전화를 열지 못했었다. 그러다가 깊은숨을 내쉬며 겨우 '여보세요.' 하고 말했을 때 튀어나오던 그녀의 경쾌한 목소리는 나를 참으로 무참하게 만들었다. 비보가 아니어서 다행이라는 생각이나 화해의 시간이 아직도 남아 있다는 안도감은 멀리 날아갔고 외려 병문안이나 안부 전화 한 번 하지 않은 나 자신을 질책하는 꼴이 된 듯한 느낌이 들었다. 그녀는 마치 자주 통화를 했던 사람처럼 아무렇지 않게 안부와 인사말을 생략하고 일방적인 점심 약속을 통보했다.

나는 몸이 좋지 않다는 핑계를 대며 만나기가 어렵다고 말했다. 그러자 나의 거짓말을 눈치라도 챈 것처럼 그녀가 '아직도 화가 풀리지 않는 거야?' 하고 말했고 들통이 나버린 나는 얼떨결에 '친구 사이에 무슨. 정말 몸이 좋지 않아서 그래.' 하고 말해버렸다. '친구라니.' 나는 내 입 밖으로 나온 그 단어가 생경한 것을 넘어 마치 낙태한 핏덩이를 본 것 같은 느낌에 머리끝이 쭈뼛거렸다. '그 식당 알지? 이 도시에서 최고로 유명한 곳 아니니. 지금 예약할 거니까 몸이나 잘 돌봐.' '아니, 난 좀 어려워. 다음에…….' 하는 내 말이 채 끝나기도 전에 전화는 끊어졌다. 나는 '친구'라는 말과 연이어 '하필이면 그 식당이라니.' 하면서 정신을 차리지 못하고 있었다.

여전히 전화를 받지 못하고 있는 나를 알고 있으면서 '받나, 안 받나 어디 두고 보자.' 하는 심정으로 입가에 웃음을 매달고 있을 그녀가 떠오른다. 더 이상 그녀와의 감정놀음에 놀아날 필요는 없지. 나는 휴대폰을 연다.

"잊지 않았겠지? 오늘 약속 말이야. 몸도 괜찮아졌지?"

"역시 안 되겠어. 나가지 않을 거야."

내가 말했다. 그러자 잠시 정적이 흘렀다.

"듣고 있니? 난 나가고 싶지 않아."

그러자 그녀가 목소리를 나직하게 깔며 말했다.

"나 암이야. 유방암. 투병 중이야. 선배가, 아니 우리 남편이 말하지 않던가? 아니면 알고도 모른 척하는 거야?"

순간 나는 진즉에 알고 있었다는 것을, 더구나 그것을 전해 듣고 일종의 희열을 느꼈다는 것을 말하고 싶은 충동을 억눌렀다. 하지만 이것을 전해준 사람은 선배가 아니라 K였다. '안됐지 뭐니. 그 계집애. 내가 돈 좀 빌려달라고 했을 때 그렇게 거들먹거리며 거절하더니. 수술 후 일인실 특실에 있다네. 돈이 많은 년은 아파도 여왕이야. 너와 같은 운동권 출신인데 어떻게 그렇게 호화스럽지? 완전 부르주아야. 너도 갈 거지? 안 갈 거야? 뭐, 그래도 되지. 계급이 다른데 친구가 되겠어?"

나는 K의 목소리에 실려 있는 질투의 감정을 느꼈다. 그녀가 받은

암 선고에 고소해하는 듯한 감정이 숨어 있음을 알아차렸다. 나는 어느 책에서 읽은 구절이 떠올랐다. '내 확신에 따르면 사람들은 타인의 고통을 보면서 얼마간 그것도 적지 않은 즐거움을 느낀다.' 나와 K 사이에 어색한 침묵이 흘렀었다. 비보를 전해주는 K나 듣고 있는 나나 모두 과장스럽게 애통해하는 것이 위선이라는 것을 알고 있는 것이다. 어차피 모두가 행복해질 수는 없다. 한 사람이 행복하면 다른 한 사람은 불행해져야 한다. K의 말은 이어졌다. '전염병이 전 세계를 휩쓸 거라네. 아마 세상의 종말이 가까워진 모양이야. 이놈의 더러운 세상 망했으면 좋겠어. 가진 것이 없는 사람은 이게 나아. 너도 그게 나을걸. 바람둥이 남편을 이러지도 저러지도 못하고 있으니까 말이야.'

나는 아무렇게나 지껄이고 있는 K에 대해 어떠한 노여운 감정도 느끼지 않았다. 다만 나에게 또다시 돈을 빌려달라고 부탁할까 봐 그게 두려울 뿐이었다.

K와 그녀에 대한 일종의 쾌감을 공유한 대가는 가혹했다. 그녀에 대한 나의 묘한 적개심을 눈치챈 K는 삼천만 원이라는 돈을 빌려달라고 했고 어느새 K와 험담의 공모자가 되어버린 나는 불길함을 느끼면서도 빌려줄 수밖에 없었다. K는 갚기로 한 날에 맞춰 잠적하였다. '그렇게 당했으면서도 어떻게 똑같이 당하니? K에게 당한 친구가 무려 백 명이야. 백 명. 어떻게 그렇게 수를 맞췄나 몰라. 고등학교 때 그 돈을 빌려주고 돌려받은 친구는 단 한 명도 없어. 돈을 빌리고 떼먹는 수법으로, 그것만큼 고단수가 어디 있겠니? 돈을 돌려받기에 만 원은 너무 애매한 돈이란 말이지. 물론 삼십여 년 전의 만 원과 지금

의 만 원은 상당한 차이가 있지만 말이야.' K에게 끝끝내 돈을 빌려주지 않았던 친구는 나의 우매함을 비웃었다. 내가 K를 수소문하고 있다는 것이 그녀의 귀에 들어갔을 거라는 것은 어렵지 않게 유추할 수 있다. 그녀는 인구 삼십만의 이 지방도시에서 무시할 수 없는 정치적·인적 네트워크를 가지고 있기 때문이다.

그런 그녀가 질병을 내세우며 더구나 나와 선배를 무리하게 연결 지으면서까지 점심 식사에 초대하는 것은 필시 다른 의도가 있는 것이 분명하다. 그것을 알아내기에 가장 적합한 방법은 이것뿐이다. 나는 침묵으로 응대하였다.

"여전히 말을 아끼네. 말하는 자와 말하지 않는 자의 승패는 분명하지. 그래. 난 패자야. 하지만 말이지, 우린 언제 죽을지 몰라. 죽고 나면 승자든 패자든 무슨 소용이람."

"하필이면 왜 그 식당이야?"

승자가 아니라 패자가 될 징조가 농후한 내가 말했다.

"아, 말하지 않았구나. 그 식당 자리, 아버지 땅이었어. 이젠 오빠의 소유로 넘어갔지만 말이야. 글쎄 오빠가 어떻게 아버지를 구워삶았는지 돌아가시기 전에 그 땅을 넘겼던 거야. 난 감쪽같이 몰랐어. 거기 임대료만 해도 상당할 거야. 난 거기 자주 가는 것으로 오빠에 대한 서운함을 안 그런 척 위장하고 있는 중이지. 그래야 할 이유가 있거든. 선배, 아니 남편이 그것을 탐내고 있어. 식당을 인수하여 선거 자금으로 쓰려고 말이야. 그리고 말이야. 이건 만나서 서프라이즈 하려고 했는데 말이야. 네가 당한 거, 내가 복수해주려고 하는 거야.

기대해도 돼. 너, 이런데도 오지 않을 수 있을까?"

그러더니 전화를 끊어버렸다. 내가 당한 거라니, 복수라니. 순간 그녀가 아들의 상견례 때 있었던 일을 알고 있을지도 모른다는 생각이 들었다. 어쩌면 나처럼 아주 가까운 곳에서 그들 모녀의 이야기를 듣고 있었을지도 모른다. 하지만 그럴 확률이 얼마나 될까. 그러니 나는 그녀가 꾸미는 모종의 일에 대한 호기심보다 그녀가 여전히 나와 선배, 그녀의 남편을 연결시키려고 하는 것에 대한 묘한 감정이 들었다. 역모를 꾀하는 자의 은밀하고도 변태적인 쾌감 같은 것이었다.

그녀는 선배와 남편이라는 호칭을 번갈아 쓰고 있다. 선배에서 남편이 되었으니 그럴 법도 하지만 어쩌면 그녀는 대학 시절에 의식이 멈춰 있는지도 모른다. 나 또한 그녀와 닮은꼴이다. 나는 그때의 흥분과 긴장을 다른 어떠한 시간과 공간에서도 느낀 적이 없었다. 그렇게 철저하게 신념에 몰두한 적이 없었다. 그중 단연 빛났던 것은 선배였다. 학교신문사의 편집국장이었던 선배는 언론 탄압 규탄과 민주화 투쟁을 위한 대자보를 썼고 학내 시위를 주도했다. 학생회관 옥상에서 유인물을 뿌려댄 것은 기자인 나와 학생회 간부인 그녀였다. 그 돌발적인 시위에 대해 총장과 신문사 주간교수는 장기휴간을 선포했다. 학교신문사의 검열과 비민주화에 대한 내부 고발을 하며 저항했던 선배는 편집국장직에서 해임되었다. 나를 은밀하게 불러낸 주간교수가 말했다. '기자는 어디까지나 중립이어야지. 그게 저널리즘의 근간인데 말이야. 차기 편집국장으로 자네를 추천하려고 생각했는데 그렇게 부화뇌동하면 되나? 자넨 장학금도 취업도 고려해야 하는 형편 아닌가.' 나는 주간교수가 말한 중립이 무엇인지 정확히 알고 있었다. 대학의 아카데미 정신을 내세우면서 탈정치, 기득권과의 야합을 포장하던 대표적인 교수가 아니었던가. 내가 말했다. '수치스럽지 않으세요? 학자면서 그렇게 비굴하게 사는 것 말입니다.' 그것으로 끝이 났다. 장학금은 물론 편집국장 자리도, 취업 추천서의 기회도 원천 봉쇄되었다.

나는 선배를 따라 학내 투쟁은 물론 정치적 시위에도 참여했다. 역사와 정의의 수레바퀴를 직접 굴리는 듯한 현장성의 강렬함에 휩싸였다. 또한 선배에 대한 사랑도 혁명처럼 끓어올랐다. 하지만 내 사랑은 그녀에 의해 일시에 무너졌다. 그녀는 나에게 결혼식을 알렸고 그 결혼 상대자가 선배라는 것을 밝혔다. 나는 통렬하게 후회했다. 그때 선배를 받아들여야 했다. 순결과 공경의 제물로 기꺼이 사랑의 제단 위에 올라가야 했다.

지역 내 대학의 총연대 시위가 있었던 날이었다. 딸의 심상찮은 동선을 눈치챈 그녀의 부모가 찾아오는 바람에 그녀는 시위에 참여하지 못했다. 격렬한 시위가 끝나고 향후 노선에 대한 총학생회장과 편집국장인 선배의 밤샘토론이 이어졌다. 결국 강경투쟁을 주장하던 총학생회장의 뜻에 다수가 결집하였다. 총학생회장이 선배에게 '그렇게 유약해서 어떻게 언론투쟁을 할 것이냐?' 하며 참모들과 같이 떠나버렸고 무참하게 깨진 선배와 나만 남았다. 선배는 비참한 얼굴로 앉아 있다가 갑자기 나를 덮쳤다. 뜨거운 입김이 목덜미에서 가슴으로 내려왔다. 정신을 잃을 정도로 황홀했다. 하지만 약조가 필요했다. 내가 말했다.

"그럼 우리 결혼하는 거예요?"

그러자 선배는 동작을 멈추었다. 그는 서서히 내 몸 위에서 떨어졌다. 그리고 비아냥거리는 목소리로 말했다.

"난 처녀막 하나로 장사를 하려는 자본주의 속물에겐 관심이 없어. 네가 매춘 여성과 뭐가 달라?"

나는 그제야 정확히 알 수 있었다. 역사의 수레바퀴를 돌리느니 하며 나라를 구할 듯 비장했지만 결국 난 한 남자를 쟁취하고자 하는 것에 발정이 난 암컷에 지나지 않았다. 나는 수치심에 운동권의 대오에서 물러났고 그 이유를 몰랐던 그녀는 배신자라고 나를 공격했고 선배는 침묵했다. 나는 안전하고 무미건조한 일상으로 돌아갔다. 선배는 정당 활동을 하였고 그녀는 학사 경고를 받고 제적되었지만 선배와 결혼함으로써 정의로운 부부의 탄생이라는 훈장을 달았다.

시계를 본다. 머리를 감고 옷을 고르고 버스를 타고 가려면 시간이 빠듯하다. 화분을 다시 살펴볼 시간도 식탁 위를 정리할 시간도 없다. 혼자 느긋하게 먹을 셈으로 차려놓은 수육과 야채, 양념장으로 세팅된 성찬도 포기해야 한다. 나는 남편 없이 먹는 혼자만의 식탁이 얼마나 풍요롭고 즐거운지 별거를 선택하고 나서야 알았다. 서둘러 그것을 냉장고에 넣고 욕실로 들어간다. 무엇보다 그녀에게 아들의 파혼과 남편과의 별거, 밤이면 미친 듯 먹어대는 나의 섭식장애를 들키지 않으려면 탁월한 연기력이 필요하다. 욕실에 걸린 거울에 대고 웃어본다. 경직된 듯 입가는 좀처럼 끌어올려지지 않는다. 몇 번 시도하다가 포기하고 수도밸브를 열었다.

도로의 네거리마다 대통령 당선자의 현수막이 걸려 있다. 선거 유세 내내 공적인 공간과 사적인 공간을 분간하지 않는 언어 습관과 행동으로 구설수에 올랐던 당선자의 얼굴이 봄바람에 마구 구겨지고 있다. 남편은 지역 직능대표의 하나로 당선자의 선거운동을 하였다. 선거 기간 내내 후보자의 거짓말과 무능력에 대해 설전을 벌이던 중 나는 남편의 극단적으로 다른 정치적 성향을 견디지 못해 별거를 결정했다. '정말 정치 성향이 다른 사람과는 살 수가 없네.' 내가 말하자 '그건 나도 마찬가지지. 부부가 함께 사는 데 이렇게 사회성이나 역사성이 필요할지는 몰랐어. 섹스 하나면 충분할 줄 알았는데 말이지.' 하고 남편이 말했다. 나는 남편의 얼굴에 나타난 해방감과 자유로움, 그것을 감출 수도 없는 홀가분함을 보았다. 그 또한 나의 얼굴에서 유사한 감정을 보았을까, 머쓱한 얼굴로 서로 동거인으로서 최선을 다한 세월의 노고를 강조했다. 그는 이혼한 친구의 오피스텔로 들어갔고 그 친구가 하는 인형체험방에 공동투자를 하였다고 했다. '용돈은 벌어야 하지 않겠어?' 하고 너스레를 떨었지만 장사가 꽤 잘되고 있다는 것을 아들이 귀띔해주었다. '불법은 아니라고 하니까 걱정하지 않아도 될 것 같아요. 근데 아버지가 저렇게 행복해하시는 모습은 처음 보는데요.' 하고 아들이 말했다.

나는 마구 펄럭이는 현수막의 당선자가 마치 남편처럼 느껴져 급히 그 자리를 떠나 버스를 타고 식당으로 향했다. 식당이 가까워지는 팔 차선 네거리 왼쪽의 대학교는 영어식으로 이름이 바뀌었고 외장도 현대식으로 바뀌어 학교인지 호텔인지 분간이 되지 않았다. 즐비하게 늘어서 있는 음식점과 카페, 빨래방은 그때의 흔적을 말끔히 지웠다. 하지만 교문 밖에서 전투경찰과 대치하고 화염병과 최루탄이 대기를 뿌옇게 만들면서 맡았던 참을 수 없는 매캐함과 비명소리는 선명하게 떠올랐다. 지난번 상견례 때 미처 눈에 들어오지 않았던 학교의 모습과 옛 추억에 대한 향수가 비감스럽게 다가왔다. 하지만 이내 까다로운 수학 문제와도 같은 그녀가 바로 지척에 있다는 것에, 이제 곧 대면해야 한다는 부담감에 나는 낭만적인 감정에서 빠져나와야 했다. 버스에서 내려 식당으로 걸어갔다.

고급 한정식이라는 간판 아래 한눈에도 고급스럽게 보이는 소나무 두 그루가 마주 보며 서 있다. 정원에는 계단 위에 석조의 해태상이 있고 그 아래 석등이 한낮임에도 훤하게 켜져 있다. 나전칠기 장식을 입힌 문을 열고 들어서자 한쪽 벽면에서 인공폭포가 내려오고 실내 한복판에는 연못이 위용을 자랑하고 있다. 붉고 검은 잉어가 유영하는 연못에는 돌다리까지 있어 아들과 여자애는 그 위에서 사진을 찍었었다. 여자애의 어깨를 감싸고 환하게 웃던 아들의 얼굴이 떠올라 저절로 얼굴이 찌푸려졌다. 종업원의 안내에 따라 홀 안으로 들어갔다. 자연스럽게 그때 아들의 상견례가 있었던 그 방에 먼저 시선이 갔다. 그 방 마루 아래에는 네 켤레의 신발이 놓여 있다. 개량한복을 입은 종업원이 그 방 앞에 서 있다. 종업원은 찻잔을 얹은 나무쟁반을 든 채 방문을 열었고 그 순간 반쯤 열린 문 사이로 어떤 말소리가 흘러나왔다. '재스민차라서 향이 좋아요. 어머니. 한번 드셔보세요. 뜨거우니까 조심하시고요.' 여자애의 목소리가 낯익었다. 내가 들었던 똑같은 말과 애교 어린 억양과 앳된 목소리였다. 나는 그 목소리의 주인공을 확인하기 위해 목을 쭉 내밀었고 그때 그들을 발견할 수 있었다. 아들의 여자애와 엄마였다. 모녀도 놀란 얼굴로 나를 바라보았다. 그리고 문은 완전히 닫혀버렸다. 종업원이 나를 맞은편 방으로 안내하였다. 문을 열자 휴대전화를 보느라 정신이 없는 그녀가 앉아 있었다.

나는 정신이 나간 사람처럼 뭐라 인사는커녕 종업원이 주는 방석에도 선뜻 앉지 못했다. 그녀가 '어서 앉지 않고 뭐 해?' 하고 채근하고 나서야 겨우 자리에 앉을 수 있었다.

"이게 얼마 만이니? 이 년이 넘었지?"

그녀의 기억은 왜곡되어 있었다. 이 년이 아니라 칠 년이다. 난 그것을 굳이 수정하지 않았다. 칠 년이라고 하면 내가 그만큼 그녀를 의식하고 있다는 것으로 해석이 되고 그녀가 '그러면 그렇지. 네가 날 잊었다는 것은 말이 안 되지. 안 그래? 우리가 얼마나 뜨거운 우정을 나누었는데 말이지.' 하고 으쓱댈지도 모르기 때문이었다. 그녀가 도자기 주전자로 차를 따랐다. 재스민차의 향기가 올라왔다. 하지만 나의 신경은 온통 옆방의 모녀에게 향해 있다. 하지만 나는 그녀에게 집중해야 한다는 생각이 들었다. 지금 이 순간만큼은 그들 모녀만큼이나 그녀도 버거운 존재이기 때문이다. 나는 아무 말이나 먼저 하기로 마음먹었다.

"그래, 잘 있었니?"

"우린 코로나 전염병에도 서로 살아남았네……. 일단 차나 한 잔 마셔. 식사는 내가 적당한 코스로 시켰어."

그러더니 그녀가 나의 얼굴을 뚫어져라 보았다. 그녀가 고개를 갸웃거리며 말했다.

"우리가 만난 게 이 년 전이 아니네. 그보다 훨씬 더 전이네. 항암 치료를 하느라 독한 약을 많이 먹어서 그런지, 기억이 자주 흐려지긴 하지만 그래도 이건 아냐. 네 얼굴을 보니까 말이야. 고작 이 년 안에 네 얼굴이 그렇게 망가질 순 없지? 그날 네가 화를 심하게 냈지? 이제 생각이 난다."

그녀의 기억은 또다시 왜곡되어 있었다. 화를 낸 것은 내가 아니라 그녀였다. '그만 만나자. 너를 만나면 정말 가라앉는 배가 되는 기분이야.' 그렇게 말하면서 찻집의 문을 거칠게 닫고 나갔던 것이 그녀였다.

"근데 왜 아니라고 말하지 않아? 내가 이 년이라고 하는데도 말이야."

내가 말했다.

"그게 중요해?"

이번엔 그녀가 당황한 듯 어색하게 웃음 지었다.

"그날의 기억을 다시 소환할 필요가 있을까 해서 말이야. 유쾌하지도 않은 일인데 굳이."

"맞아. 헤어진 지 이 년이든 칠 년이든 뭐가 문제라고 말이야. 그날 우리 많이 다투었지? 우리 일도 아니고 남의 일 가지고 말이야."

내가 말했다.

"여전히 남의 일이야?"

"꼭 그렇게 말해야 직성이 풀려? 네 말이 맞아. 남의 일이 아니지. 그걸 알겠더라. 뒤늦게. 네가 말한 대로 난 사회의식이 완전히 실종되었나 봐."

그 순간 노크 소리와 함께 문이 열리면서 종업원이 녹두죽이 담긴 그릇을 상 위로 내려놓았다.

"일단 먹자. 작정했으니까 먹어야지. 토하더라도 말이야."

그녀는 시장하였던지 죽을 먹는 일에 열중하였다. 그때 또다시 문이 열리고 종업원이 일식 계란찜과 샐러드, 문어숙회, 신선로를 연이어 상에 올렸다.

"와, 정말 먹음직스럽지? 음식을 보면 참을 수가 없어. 그래서 체기를 일 년 내내 달고 있어."

그녀도 나처럼 폭식을 하고 있는지도 모른다. 그녀가 숟가락으로 계란찜을 한 술 크게 떴다. 나는 여전히 모녀에게 신경이 가 있다. 그 모녀의 맞은편에 앉은 사람은 누구일까. 설마 아들은 아니겠지. 공사판에서 몸이라도 움직이지 않으면 미칠 것 같다고 집을 나갔던 아들이 아닌가.

"야, 무슨 생각을 그렇게 해? 여기 음식값 장난 아닌 거 알지? 내가 한 턱 쏘는 거니까 맛있게 먹어야 해. 다음엔 네가 더 크게 쏘아야 하겠지. 오늘 일이 잘 해결되면 말이야."

나는 막 입속으로 가져간 문어숙회를 씹지도 못한 채 그녀를 쳐다보았다

"무슨 말이야? 전화에서도 자꾸 그러더니. 내가 뭐 해결해야 될 일이 있어?"

그녀가 빙그레 웃었다.

"좀 기다려봐. 나에게 엄청 고맙다고 할 거니까. 어서 먹자. 너 문어 좋아했지 않나? 선배랑, 아니 우리 남편이랑 통문어 먹으러 간 적도 있었지? 바닷가에 말이야."

그녀의 말대로 그녀의 결혼식을 앞두고 우리 세 사람은 동해안을 드라이브했다. 그녀와 선배는 정신없이 서로에 심취해 있었고 나는 초인적인 힘을 발휘하며 아무렇지도 않은 척해야 했다. 그날이 떠오르자 문어는 소독솜을 씹는 듯 아무 맛도 느껴지지 않았다.

그녀는 이제 송이버섯과 한우 떡갈비에 젓가락을 갖다 대었다. 설마 그들 모녀가 다른 사람과 상견례를 하고 있는 것은 아니겠지? 나는 고개를 절레절레 저었다.

"참, 나 유방암이라고 말했지? 두 쪽 모두 잘랐어. 이게 뭐라고 여자로서 위축되는 거 있지?"

나는 보리굴비에 가 있는 젓가락질을 멈추고 그녀를 바라보았다. 그녀의 말대로 밋밋한 가슴이 눈에 띄었다. 그녀가 말했다.

"내가 가엾어 보여?"

내가 말했다.

"가여워 보이고 싶어?"

그녀가 웃었다.

"그 말투는 여전하구나. 적어도 위선적으로 들리지는 않네. 선배, 아니 남편보다 네가 백 배, 천 배 더 인간적이네. 그 인간은 내가 방사선 치료할 때 병원 안으로 들어오지도 않아. 병원 주차장의 차 안에서 꼼짝도 하지 않고 있어. 병원에 있는 여러 균들에 감염될까 봐 겁내는 거야. 웃기지 않니?"

그녀는 선배라고 했다가 남편이라고 했다가 이제 그 인간이라고 한다. 호칭은 얼마나 정직하던가. 아들은 애칭으로 부르던 여자애를 그년이라고 했다. 나도 그랬다. 그년들이라고 했다. 그년들이 지금 내 가까이에 있다. 그녀가 말했다.

"그날 우리가 무엇 때문에 그렇게 되어버렸는지 기억나? 네가 얼마나 답답했을까, 내가 얼마나 못마땅했을까."

그날을 잊을 리가 없다. 나는 블라우스 왼쪽 가슴 위에 노란 리본을 달고 찻집에 갔다. 그녀의 눈빛이 어지럽게 움직였다. '꼭 그렇게 티를 내야 해? 그냥 사고야. 사고. 그런데 온 나라가 들썩거리고 있어. 그 리본만 보면 토할 것 같아. 의식 과잉이야. 과잉.' 그녀가 정말 구토라도 할 듯 손을 입에 대는 시늉을 하였다. '뭐야. 죽은 사람이 있는데, 시신을 찾지 못한 사람도 있는데 그런 말이 나오니?' '너 아니어도 집에 그런 사람이 있어서 말이야. 마치 자신이 수장된 듯 죽은 표정을 하는 사람이 있어서 말이야. 세월호 사건이 나자마자 진도 팽목항으로 달려가더라고. 그 후에는 어땠는지 알아? 배를 타지 못해. 타려고도 하지 않아. 그리고는 악몽을 꾼다는 거야. 끝내 찾지 못한 아이들이 나타난다고. 그것도 거짓일 거야. 정의로운 척해야 하니까.' 내가 물었다. '네 남편이 왜 나랑 닮았다고 생각하는 거야?' 그러자 그녀가 빈정거렸다. '나라를 구할 듯 비장한 거, 정치에 몰입하는 것. 똑같아.' '무슨 말을 하고 싶은 거야? 세월호니 그런 말 하지 말고 네 본심을 말해봐.' 그러자 그녀가 입술을 비틀며 말했다. '그러게 선배랑 잤으면 좋았잖아. 왜 그랬어? 왜 거절했냐고!' 나는 소스라치게 놀랐다. 선배가 그런 말까지 할 줄은 상상도 하지 못했다. 나는 그들에게 심각한 문제가 있다는 것을 눈치챘다. 그것을 알자 기분이 좋아지고 있었고 그런 감정을 필사적으로 숨겨야 한다는 생각이 들었다. '선배는 너를 선택했어. 그래서 결혼했고.' '왜 너와는 결혼하지 못했을까? 네가 선배를 좋아하고 있다는 것을 모르지는 않았을 텐데 말이야. 말해줘. 이것을 확인하는 통과의례가 없다면 우린 우리의 우정을 너무 오래 우롱하고 있는 것이니까 말이야.' '후회할 말은 하지 않는 게 좋아.' 그러자 그녀가 말했다. 널 보면 선배가 떠올라. 아직도 널 생각하는 내 남편 말이야. 왜 내가 이런 취급을 받아야 하는지 속상해.' '선배를 믿지 못하는구나. 너 스스로도 믿지 못하고. 그게 나 때문이라고 책임을 전가하는 거야?' '그래. 난 이런 꼴이야. 이게 뭐야. 두 사람의 사랑놀음에 나만 걸려들었어.' 세월호로 시작해서 나와 그녀와의 우정이 심판대에 오르는 기막힌 날이었다. 하지만 나는 어쩌면 그녀와의 이런 전개를 기다리고 있었을지도 모른다는 생각이 들었다. 왜냐하면 그녀가 화를 내고 정신없이 나를 몰아칠 때마다 일종의 쾌감이 꿈틀대었기 때문이었다. 패배자에서 승리자가 되는 느낌이었다. 그것이 칠 년 전의 일이었다.

그녀는 이제 보리굴비 한 마리를 손으로 뜯기 시작했다.

"기름 냄새 때문에 집 안에서는 굽지 못하니까 부지런히 먹어둬야 해."

종잡을 수 없는 그녀의 말과 행동에 일순 두려움이 일어났다. 어쩌면 그녀를 만나는 것이 오늘이 마지막이라는 나의 신념이 무산될지도 모른다는 예감이 들었기 때문이다. 하지만 성공해야 한다. 과거의 언짢은 기억을 완전히 삭제하는 것이다. 이제 다른 것으로 채워야 한다. 혼자 있어도 외롭지 않은 상태, 아들의 불운이 독립적인 인간으로서의 도정이라는 것을 굳건하게 믿는 튼튼한 모성, 먹지 않아도 배부른 상태, 불공정과 불평등에 눈감지 않는 정의로운 상태.

그때였다. 그녀가 뭔가 생각이 난 듯 먹던 굴비를 내려놓고 벌떡 자리에서 일어선다.

"먹느라 깜빡 잊을 뻔했네. 잠깐 있어봐. 곧 올 테니까."

그녀가 나가자 나는 열린 문을 통해 모녀가 있던 그 방을 바라보았다. 방 마루 아래에 놓여 있는 신발이 눈에 띄었다. 뾰족한 힐과 두 켤레의 단화, 그리고 남자의 정장 구두 한 켤레. 상견례가 분명하다는 생각에 머리가 쭈뼛거렸다. 몸도 가누지 못할 정도로 취한 아들의 입에서 흘러나왔던 말이 떠올랐다.

"그년이 말이야, 나를 간 봤던 거야. 내가 얼마나 해줄 수 있는지 말이야. 그런데 밝혔어. 아주 보기 좋게. 나처럼 멍청한 놈이 한둘이 아니었어. SNS에 그걸 아주 대놓고 올려놓았다니까. 선물 받은 명품

백과 화장품을 말이야. 완전 창녀였어."

나는 아들의 뻔뻔한 말에 실소했다. '바람 피운 아버지와 이혼하면서 재 엄마가 상당한 위자료와 재산을 분할받았다는 거야. 장모 말이야. 그게 모두 우리 차지가 될 거란 말이지.' 하고 아들이 떠들어대었던 것이 떠올랐기 때문이었다.

그때 역시 나처럼 그녀가 그 방 앞에 서서 염탐하듯 귀를 쫑긋 세우고 있는 것을 보았다. 그녀가 종업원에게 뭐라고 했는지 종업원이 고개를 끄덕이며 그 방문을 열어주었고 그러자 방 안이 반쯤 드러났다. 그녀는 그 방 안에 있는 누군가와 인사를 나누었고 손까지 흔들었다. 그녀가 상대하고 있는 대상은 보이지 않았다. 대신 젊은 남자의 실루엣과 그들 모녀의 몸이 반쯤 가려진 채 보였다. 도대체 무슨 일이 일어나고 있는 거지? 그녀는 정말 내가 당한 수모를 알고 있는 것인가. '어떻게 그런 일을 당했으면서도 참을 수 있는 거야? 과거의 그 패기는 어디로 간 거야?' 그녀가 작정한 게 바로 이런 것인가. 그러자 그때 일이 또다시 떠오른다. '적어도 아파트는 장만해주셔야지요.' 이렇게 말한 것은 여자애의 어머니였고 '자립 능력을 키워야 하지요. 젊어서 고생은 사서도 한다는 말이 있지 않습니까. 둘 다 외동이니 언젠가는 다 저희들 것이지 않겠습니까?' 하고 말한 사람은 남편이었다. 두 사람은 팽팽하게 맞섰다. 자식의 품성과 습관을 다소 겸손하게 말하면서 인연의 소중함을 축복하는 자리가 아니라 마치 저잣거리에 나온 사람들처럼 소란스럽고 경박하게 느껴져 할 말을 잃었다. 나는 화장실을 핑계로 자리에서 일어서려고 하였다. 그때 맞은편에 앉아 있던 모녀가 먼저 자리에서 일어났다. 여자애가 샐쭉한 표정으로 말했다.

"어머니하고 이야기 좀 하고 올게요."

아들은 그들이 나간 밖을 보다가 물을 들이켰고 남편은 불만이 가득한 얼굴로 중얼거렸다.

"이거 이렇게 분위기가 삭막해서야 원. 바깥사돈이라도 있어야 술도 한잔 하면서 이야기를 풀어나갈 텐데 말이지. 이혼을 일찍 했다고 했지? 그래도 딸자식의 상견례에는 와야 하는 거 아닌가? 그럼 결혼식에도 안 오겠네? 술친구 하나 생기나 했더니, 쩝."

나는 남편의 푸념과 아들의 날 선 표정을 피해 자리에서 일어났다. 갑자기 복통이 일어나는 것 같기도 했다. 화장실은 우리 집의 거실만큼이나 넓었고 그 가운데 변기 하나가 떡하니 놓여 있었다. 변기에 앉았다. 조각보 크기의 창문으로 식당 입구에 서 있던 소나무가 반쯤 걸쳐져 보였다. 막 변기에서 일어날 때였다. 창문 아래에서 소리가 들려왔다.

"엄마, 시아버지 될 사람 말하는 거 봤지? 지금은 그린벨트에 묶여 있지만 조만간 풀릴 거야. 완전 알짜배기 땅이라니까. 내가 등기부 열람도 해봤어. 자그마치 만 평이야."

아들의 여자애의 목소리였다.

"그래도 그건 나중 일이고 먼저 신혼집 아파트는 꼭 네 이름으로 해달라고 해. 우리가 세간 일체 모두 채울 테니 큰 평수라도 상관없다고 하고. 저번처럼 깨지지 않으려면 마지막까지 긴장해야 해."

"엄마는 잘 나가다가 그 새끼 이야기는 왜 하는 거야? 재수 없게."

"그러니까 최대한 조심해야 한다는 거지. 그래도 네 신랑 될 사람 보니까 마음이 놓인다. 네 아버지처럼 바람은 피우지 않을 것 같아서 말이지."

"엄마, 저 사람이 문제가 아니라 내가 문제야. 내가 바람을 피울까 봐서. 히히."

"곧 결혼할 신부가 못 하는 말이 없네. 들어가자. 이제."

나는 모녀의 인기척이 완전히 사라지고 나서야 화장실을 나왔다. 불편한 기색을 드러내던 모녀를 전전긍긍하며 바라보던 아들과 이런 모녀의 속물적인 야심을 부추겼던 남편이 떠올랐다. '거기 땅은 발전 가능성이 무궁무진하지요. 결혼하고 타이밍 잘 맞춰서 괜찮은 카페를 하나 차려도 대박 터질 겁니다.' 하지만 남편이 자랑 삼아 흘린 땅은 원자력발전소가 들어설 예정이어서 상업적인 발전은커녕 생존조차도 위협받을 수 있는 곳이다.

나는 손을 씻었다. 염전처럼 속이 타는 내 마음과 달리 세련된 수전에서는 온수가 흘렀다. 나는 손을 씻고 또 씻고 난 뒤 방으로 들어갔다. 남편이 말했다.

"왜 이렇게 오래 걸렸어? 화장실 변기에 빠진 줄 알았어. 참 지금은 빠질 수가 없지. 우리가 어렸을 때는 똥통에 빠져 똥독이 올라 죽은 사람이 얼마나 많았습니까. 안 그렇습니까?"

그때 분명히 볼 수 있었다. 그들 모녀가 얼어붙은 얼굴로 내 쪽을 보았다. 나는 그들을 노려보았다. 내가 듣고 있었다는 것을 알려야

이 결혼은 무효가 된다. 그래야만 저토록 추잡스러운 결혼 시장에서 아들이 빠져나올 수 있는 것이다. 나의 적나라한 눈빛에 모녀는 허둥지둥거렸고 아들은 의아한 눈빛으로 여자애를 보았다. 식당 주차장에서 아들은 차에 모녀를 태웠고 나는 남편의 차를 탔다. 그러나 얼마 가지 않아 소리쳤다.

"멀미가 나려고 해. 세워줘."

"혼자 가도 되겠어? 식당에서도 얼굴이 창백하더니만 지금도 여전하네. 병원에 한번 가봐."

남편은 걱정하는 말과는 달리 이미 차를 갓길에 대고 있었다. 그 또한 아들의 상견례에서 받은 스트레스에서 벗어나고 싶을 것이다. 상견례를 핑계 삼아 사업장으로 갈 것이 분명하다.

"되더라니깐. 처음엔 어색하더니 그 하얗고 볼 붉은 여자 인형의 얼굴에 내 얼굴을 문대니까 서더라고. 역시 나는 살아 있었어. 허허허."

남편은 수치심을 잊은 채 전화에 대고 이렇게 말한 적이 있었다.

그때 그녀가 방으로 들어왔다.

"좀 있어봐. 이제 네 문제가 해결될 거니까."

'왜 자꾸 해결되니 뭐니 그러는 거야? 내가 무슨 문제가 있다고?' 나는 하마터면 이렇게 소리칠 뻔하였다. 그 소리를 입 밖으로 발화하지 못한 것은 그녀에 이어 누군가 문을 열고 들어왔기 때문이다. 화장과 치장으로 한껏 멋을 부린 한 여자가 얼굴을 들이밀었다. K였다. 고등학교 졸업을 앞두고 일일이 급우들에게 '집안 형편이 어려워서 대학 등록금을 낼 수가 없어. 너희들 각자 만 원씩만 내주면 입학금을 낼 수가 있어. 졸업하고 취직하면 꼭 갚을게.' 하고 말했던 전설의 K 였다. 감언이설로 수십 명의 투자자를 끌어 모아 호텔 사업에 투자했지만 실패했고 투자자들이 경찰에 신고하면서 결국 사기죄로 기소되어 감방에 들어갔던 것이 K였다. 내 돈을 갚지 않고 잠적했던 K가 나타난 것이다.

"반갑다, 친구야."

마치 예능 프로그램의 진행자처럼 K는 과장된 목소리로 들어와 내 손을 잡고 건너편의 그녀에게 손을 내밀었다.

"어쩜 여기서 만나니? 물론 우리 나이엔 이런 곳에서나 우연히 만나겠지만. 너희들은 여전히 친하구나."

내가 말했다.

"여기서 만나게 될 줄이야 몰랐네. 그렇게 내 전화를 받지 않더니 나중엔 전화번호까지 바꾸고 말이야."

K가 당황한 듯 몸을 흔들며 낮은 목소리로 말했다.

"아, 그건…… 내가 좀 일이 잘 안 돼서. 그건 나중에 이야기하자. 오늘 말고. 오늘은 아들 상견례 때문에. 아들이 결혼하겠다고 저렇게 서두르네. 아가씨가 아들보다 나이가 좀 많아서 아기를 하루라도 빨리 낳아야 한다고 해서 말이야. 오늘은 오래 이야기는 못 하겠다. 조만간 내가 연락할게. 반가웠다, 친구야."

그때 그녀가 말했다.

"빚을 갚아야지. 얘 돈 말이야. 내가 증인이니까 수일 내 돌려주는 게 좋을 거야. 아들의 결혼식이 무사하려면 말이야."

K가 나를 빤히 쳐다보았다. 나는 K를 노려보았다. 지역 내 유지급인 그녀와 내가 연대했다는 것을 충분히 알 수 있도록, 삼천만 원의 채무를 갚지 않으면 네 아들에게 알려서라도 돈을 받을 것이라는 작정을 알 수 있도록, 그리고 이런 철두철미한 계획 아래에서 오늘 현장을 적발하게 된 것이라는 강력한 의지를 알 수 있도록 완고한 태도를 드러내었다. K가 허둥지둥대며 방을 나갔다. K가 나가고 그녀가 입을 삐죽거렸다.

"반갑다, 친구야. 반가웠다, 친구야. 참내 우스워서. 저 계집애는 여전히 영어 문장투야. 영어 좀 잘했다고."

K는 학교 영어웅변대회에서 대상을 받은 적이 있었다. 그것 때문에 아이들에게 돈을 빌리기가 한결 쉬웠을 것이다.

"근데 얼마나 관리를 했는지 완전 얼굴이 삶은 달걀 벗겨놓은 것 같다. 우리가 쟤보다 열 살은 더 늙어 보일 거야. 안 그래?"

나는 그녀에게 따지듯 물었다.

"넌 근데 어떻게 오늘 K의 상견례가 있다는 것을 알았어? 내 문제를 해결해준다고 했던 게 이거야?"

"아, 그거야, SNS 때문이지. 저것이 글쎄 여기서 상견례를 한다고 자랑을 하지 않았겠니? 교도소에 들어갔다가 나온 것을 덮으려고 얼마나 이미지를 세탁하는지 역겨워 구토가 나올 지경이야. 요즘은 그림을 그리더라. 유명한 남자 화가와 골프 치는 것도 올리고. 온통 골프장과 맛집 순례야. 내가 그때 말렸었지? K는 믿을 수 없다고. 그때

만 원을 내지 않은 아이들 중 나도 포함되어 있었어. 학교에서 우리 집은 모르긴 해도 다섯 손가락 안에 들어가는 빵빵한 집이었는데도 말이지. 쟤는 남의 돈으로 살고 싶은 유형이야. 그것도 돈 많은 남자의 애첩으로만 살고 싶은. 그것을 언제까지 볼 수만은 없지. 안 그래? 이제 네 돈은 갚을 수밖에 없을걸. 아들의 결혼식을 망치지 않으려면 말이지."

나는 그녀에게 고마워해야 할지, 화를 내야 할지 혼란스러웠다. 무엇보다 K가 내 아들의 전 여자와 상견례를 하고 있다는 사실에 쓴웃음이 났다.

"아까 나를 보던 눈빛 기억나? 뱀처럼 나를 훑는데 소름이 끼치더라. 내가 병원에 있을 때도 저런 표정이었어. 음료수 한 박스 사 들고 와서 어쩌면 돈을 빌릴 수 있나 하며 불쌍한 표정을 연기하는데 정말 더러워서. 아이고, 저런 시어머니인 줄도 모르고 앉아 있는 아가씨라니. 내가 도시락 싸갖고 다니며 결혼을 말리고 싶다."

이렇게 광분하던 그녀는 이제 양장피에 젓가락을 갖다 대었다.

나는 자리에서 일어났다. 배가 아파오기 시작했기 때문이었다. 그녀가 싱긋이 웃었다.

"참 그래, 전화번호를 받아야지. 가서 위엄을 줘. 며느리와 사돈 될 사람 앞에서 말이야."

"너는 기분이 좋구나? 이렇게 만들어서?"

불쑥 내가 말했다. 그녀의 노련한 농간에 놀아났다는 것도, 무엇보다 그녀에겐 이런 일조차 선의를 가장한 장난질에 불과할 뿐이라는 사실에 짜증이 일었다.

"어머, 무슨 말이야? 나에게 고맙다고 해야 하지 않나? 사실 난 너와 화해하고 싶어서 저 계집애의 동선을 일일이 쫓아다니기까지 한 건데. 정말 너무하네."

그녀가 억울한 얼굴로 나를 올려다보았다. 나는 문을 열고 나갔다. 막 K와 그녀의 아들, 그리고 모녀가 방문을 나서고 있었다. K가 난처한 표정을 숨기며 자기 아들과 모녀에게 나를 소개하였다. K의 아들이 허리를 굽혀 깍듯이 인사했다. 그들 모녀는 거의 얼어붙은 포즈로 서 있었다. K가 나에게 명함을 건넸다.

"꼭 연락 줘. 반가웠다, 친구야."

K와 아들이 계산대로 갔고 모녀가 엉거주춤 서 있었다. 나는 그들을 외면하며 화장실로 향했다. 변기에 앉았다가 다시 나왔다. 세면대의 따스한 물이 손바닥을 적셨다. K의 모자와 아들의 결혼 상대자였던 모녀와의 결합에 대한 달콤한 관망이 스쳐 지나갔다. 사기죄로 감방을 드나든 남자 쪽 집안의 처지를 전혀 알지 못한 채 자신의 계략대로만 진행되는 것에 희열을 느낄 모녀의 뒤늦은 한탄과 후회를 보는 것도, 천박한 모녀의 장삿속은 모른 채 사돈 덕 좀 보려다가 망하게 될 K를 보는 것도 짜릿했다. 자승자박이 되는 꼴인 두 일가를 상상하는 쾌감에 나도 모르게 웃음이 나왔다. 거울 속에 타인의 불행을 고소해하는 비열한 미소를 물고 있는 여자가 빠르게 나타났다가 사라졌다. 그때 여자애가 들어왔다. 여자애는 구십 도로 깍듯이 인사하였다.

"저, 어머니, 그동안 잘 계셨어요?"

나는 저절로 얼굴이 찌푸려졌다.

"내가 왜 댁의 어머니지요? 아무나 보고 어머니라고 하는 거 좀 경박하게 들리네요."

여자애가 당황한 얼굴로 말했다.

"아, 죄송합니다. 그리고 저…… 죄송하지만 저와 관련된 일은 말씀하지 말아주시면 안 될까요? 저희 시어머니와 친구분이 되신다고 해서요. 제발 부탁드립니다. 제발."

나는 아무 말도 하지 않고 수돗물을 잠그고 종이타월로 손을 닦았다. 여자애가 다급한 목소리로 말했다.

"저 이번에는 꼭 결혼에 성공하고 싶어요. 정말 망치고 싶지 않아요."

나는 그 말을 듣자 더더욱 그들 모녀의 궤멸을 보는 즐거움을 포기할 이유가 없다는 생각이 들었다. '네가 그토록 성공하고 싶어 하는 집의 시어머니는 왕년에 자살 협박이나 하며 돈을 구걸하고 사기를 쳐서 감방에 들어가고 여전히 빚 구덩이 속에 있단다. 욕심에 눈이 멀어서 너만 세상을 속일 수 있는 줄 알겠지? 어쩌지? 얘야, 한때 내 아들의 여자이기도 했고 며느리가 될 뻔도 했는데, 너에 대한 최소한의 죄책감조차 없어서 말이야. 속물들의 불행한 종말을 지켜보는 즐거움을 포기할 내가 아니다.'

"말하지 않을 테니까 걱정 마."

그 말에 여자애가 감복한 듯 내 손을 덥석 잡았다. 나는 손을 뿌리쳤다. 여자애가 당황한 듯 물러서며 허리를 굽혔다. 다시 손을 씻고 싶었다.

"어머니, 정말 감사합니다. 전화드릴게요. 제가 식사 대접할게요. 근사한 곳에 가서 모실게요."

여자애는 금방이라도 천국에 가 있는 것처럼 표정이 바뀌었다. 순간 그 표정을 뭉개고 싶었다.

"넌 그 잘난 성기 하나로 장사를 하는구나. 창녀처럼 말이야."

그러자 여자애의 낯빛이 하얗게 변했다. 나 또한 온몸이 얼어붙는 듯한 느낌에 사로잡혔다. 그 말은 바로 오래전 선배가 나에게 했던 말이었다. 결국 이렇게 반복되는구나. 나는 오욕의 똥통 속에 빠져 있는 파리 같은 느낌이 들었다. 여자애를 내버려두고 화장실 문을 열고 나갔다.

그녀는 여전히 먹느라 정신이 없다. 그녀가 말했다.

"먹어도, 먹어도 왜 이렇게 허기가 질까. 소화도 못 시키면서 말이지. 근데 너 얼굴이 왜 그래? 조금 전엔 그렇게 자신만만해하더니 지금은 패잔병 같은걸."

나는 아무 말이나 떠들고 싶은 심정이 되었다.

"그때 말이야, 내가 선배에게 먼저 결혼하자고 했어. 섹스하면, 우리가 섹스하면 결혼해야 한다고 말했어. 그건 거래이고 협박이었어. 그러자 선배가 거절했어. 넌 나처럼 구걸하거나 거래하지 않았으니까 원하는 대로 된 거고."

그녀가 젓가락질을 멈추었다. 반쯤 씹다 만 간장게장이 접시 위에 올라와 있었다.

"너에게 이 말을 직접 듣고 싶었어. 언제부터인지 몰라도 네가 마음속으로만 말하는 것을 느꼈거든. 네가 진실을 말하려고 하지 않는 것이 슬펐어. 근데 이젠 기뻐. 네가 속마음을 말해줘서 말이야."

"그래도 우린 오늘을 끝으로 헤어져야 해. 다시 만나지 말아야 해."

"왜 이래? 넌 내가 필요할걸. K에게서 돈을 돌려받으려면 내가 있어야 해. K는 쉽사리 돈을 돌려주려고 하지 않을 거야. 유일한 증인인 내가 있어야 한다고. 저런 계집애는 벌을 좀 받아야 해."

"그건 내가 해결할게. 그러니까 신경 꺼."

"삼천만 원이라는 돈이 네가 그렇게 고상한 척하면서 없애도 될 돈이 아니란 걸 알아. 그러니까 제발 좀 영악해져봐. 돈 때문에라도 날 옆에 붙여두라고."

나는 힘이 쭉 빠지는 느낌이 들었다.

"우리가 헤어지면, 오늘 결별하면 우린 서로가 죽는 것도 모른 채 죽을지도 모르겠네. 부음을 듣고 나서야 아는 쓸쓸한 관계가 되는 거지. 근데 또 왜 이렇게 허기가 질까?"

그녀는 간장게장을 손가락으로 집어 올렸다. 나 또한 강렬한 허기를 느꼈다. 내가 말했다.

"아귀. 아귀야, 우린. 아귀가 되고 만 거지."

그녀가 손가락을 빨며 물었다.

"무슨 말이야, 그게?"

"아귀라는 괴물이 있어. 탐욕과 무지 때문에 벌을 받는 귀신. 배가 산처럼 크지만 목구멍은 바늘처럼 좁기 때문에 늘 배고픔의 고통을 당하지. 마치 우리처럼 말이야. 아마 우린 죽어서도 또다시 아귀로 태어나게 될 거야."

그녀가 말했다.

"이래서 선배가 널 잊지 못하고 있는가 봐. 밥맛이 뚝 떨어지도록 만드는 서늘하고 명쾌한 너의 해석 말이야. 선배가 그것을 갈망하는 것을 자주 느꼈지. 아마 나에게서 지루함을 느끼고 선거판에 뛰어들었을 거야. 거긴 권태도 자책도 반성도 끼어들 틈이 없는 곳이라고 했거든. 욕망의 관성에만 저절로 집중되는 곳이라고 했지. 어쩌면 선배도 아귀가 된 것인지도 몰라. 그리고 난 말이야. 난 선배의 등 뒤에 숨었던 거야. 닭장차에서 더러운 욕설을 듣게 되는 일은 피하고 싶었고 경찰이 내 등 뒤에서 성기를 밀착한 채 부비는 일은 당하고 싶지 않았거든. 그래서 결혼으로 피신한 거야. 그래서 이렇게 네가 말한 아귀가 된 거고. 먹어도, 먹어도 배가 고픈 아귀라는 괴물."

나는 그녀의 말에 피식 웃음이 났다.

"왜 웃는 거야?"

"우리 세 사람이 모두 아귀가 된 것이 우스워서. 결국 이렇게 되고 말 것을 그렇게나 치열하게 싸웠나 해서 말이야."

"그런가? 그렇게 된 건가? 할 수 없지 뭐. 그러니까 이제 본격적으로 먹어보자고. 괴물의 정체를 알게 되었으니까 말이야. 아귀도 등급이 있을 거 아냐? 우린 가장 지독한 벌을 받은 아귀가 되는 거지. 이 게장 아주 맛이 좋아. 너도 먹어봐."

그녀가 고추장에 절여진 게장의 다리를 건네며 말했다.

"근데 말이야. 넌 선배가 용감한 사람인 줄 알지? 천만의 말이야. 선배는 하루에도 몇 번씩 내 품에 파고들었어. 마치 공포에 떠는 아이처럼 말이야. 난 그런 선배가 시시하게 생각되었지만 그땐 이미 늦어버렸어. 아이를 가진 후였으니까. 결혼을 서두르는 나를 아버진 단번에 알아차렸어. 팬티를 그렇게 쉽게 벗으면 어떡하겠다는 거야. 사내들은 그런 멍청한 여자는 오래도록 좋아하지 않아. 두고 봐라. 아일 낳고 바로 바람 피울 것이다."

나는 아무 말도 하지 않았다. 그녀가 톡 쏘듯 말했다.

"넌 또다시 침묵으로 나를 괴롭히려고 작정하는구나. 난 알아. 네가 얼마나 말을 삼키고 있는지 말이야."

그녀의 말은 정확했다. 난 말을 삼키는 것으로 그녀에게 욕설을 퍼붓고 있는 셈이었다. 선배에 대한 경의나 순정을 일시에 분질러버리는 그녀의 잔인함에 분노가 치밀었으며 무엇보다 선배를 가장 가까이서 접촉했던 유일한 사람이라는 것을 알리고 싶어서 환장인 그녀에 대한 질투가 불처럼 일어났다.

"넌 그렇게 말하면 행복해지니?"

"무슨 말이야? 이렇게 한다고 내가 행복해질 것 같아? 오히려 반대지. 난 침대에 누울 때마다 화가 났어. 마치 나와 선배, 그리고 너까지 세 사람이 누워 있는 것 같은 느낌 때문에. 세 사람의 침대 말이야."

"난 빼줘. 그 침대에서. 난 적어도 침대는 아니야."

그녀가 고함을 질렀다.

"이건 정말 말하지 않으려고 했는데 말이야. 결국 하게 되네. 언제 죽을지 모른다는 것이 사람을 이렇게 유약하게 만들어버려. 할 수 없지 뭐. 죽고 나서 후회하지 않으려면 진실을 말하고 가는 게 낫겠지……. 나와 처음으로 자고 난 뒤 선배가 말했어. 너, 처녀가 아니구나. 그 아인 분명 처녀가 맞았을 거야. 그러면서 처녀막 하나로 장사할래, 하고 너를 모욕한 것을 후회한다고. 너 때문에 내가 얼마나 고통스러웠는지 알아?"

"개새끼. 정말 쓰레기구나."

나는 내 입에서 튀어나온 말을 믿을 수가 없었다. 그녀가 놀란 눈으로 나를 쳐다보았다.

"두 여자를 모두 농락한 셈이네. 우린 왜 이 따위인 인간을 그렇게 우상화한 거지? 이렇게 많은 세월을 허송하면서 말이야."

"암 환자가 되어보니까 알겠더라고. 이 종양을 키운 것은 참고 숨기느라고, 그 개새끼를 선택한 것에 대한 내 잘못된 선택을 숨기느라고, 적어도 네 앞에서만은 행복을 가장해야 한다며 안간힘을 쓴 것 때문이라고. 그러니까 이제 탈출하자고. 너무 늦었지만 그래도 아직은 죽기 전이니까."

내가 말했다.

"우리에게 시간이 있을까?"

"그럼. 적어도 지금 이 순간은 살아 있다는 것을 알 수 있지. 그럼 이제 본격적으로 먹어볼까. 우정을 다시 찾은 기념으로."

나와 그녀는 동시에 홍어에 젓가락을 갖다 대었다. 그리고 똑같이 홍어 한 점을 입안으로 넣었다. 톡 쏘는 지독한 냄새가 입안으로 퍼졌다.

"완전히 똥 맛이다. 그렇지?"

그녀가 키들거렸다. 나와 그녀는 웃느라 먹느라 침이 입 밖으로 튀어나왔다. 침 세례 속에 우리는 더욱 미친 듯 웃어대었다. 하지만 나는 이 웃음이 오래가지 않을 것이라는 느낌이 들었다. 곧 얼마 지나지 않아 우린 또다시 탐욕과 질투, 무력감 속으로 들어갈 것이다. 그녀 또한 마찬가지인 듯 황망한 눈빛으로 나를 바라보고 있었다.

* 2023년 아르코문학창작기금 발표지원 선정작.

그녀들의 거짓말

그녀들의 거짓말

길거리에서 열렬하게 포옹하고 있는 연인을 바라본다. 그들은 내가 보는 것을 아는지 모르는지 한 몸처럼 붙어서 입맞춤을 하고 있다. 그러다가 바라보고 있는 나를 의식해서일까, 겹쳐진 몸이 아주 잠깐 떨어졌다가 이내 겹쳐진다. 어느 책에서 늑대의 한 부류는 교미 중에 훔쳐본 놈이 있으면 반드시 찾아내 죽이고 만다는 것을 읽은 적이 있다. 성행위를 그토록 내밀하고 섬세하게 여기는 짐승이 있다니. 그것에 견주어 본다면 저들은 이렇게 대놓고 바라보고 있는 나를 죽이려고 덤벼들어야 한다. 하지만 저들은 인간의 품위를 잊은 지 오래, 백주대낮에 유사 성행위를 하면서 관음을 조장하고 있는 꼴이다. 아내와의 너무나 길고 긴 싸움 때문일까, 저들을 보며 바로 아내를 떠올리는 내 의식과 무의식을 느낀다. 아내와 뜨거운 포옹을 해본 적이 없다는 것에서 온 질투인지, 아니면 저들 연인이 필연적으로 맞이하게 될 애욕의 한계에 대한 의구심인지 모르겠다.

나는 요란하게 가래 끓는 소리를 내며 그들 쪽으로 다가가 기어코 그들의 발 지척에 침을 뱉는다. 그제야 그들의 몸이 떨어지며 그 자리를 떠난다. 나는 낄낄거리며 공원 쪽을 향해 걸어간다. 이런 일을 그녀에게 말하기로 작정하면서, 그녀가 어떻게 반응할 것인가를 짐작하면서, 그녀의 반응에 내 마음이 어떻게 작동할 것까지 예측한다.

'당신의 생각은 옳지 않아요. 얼마나 아름다워요? 사랑하는 거 말이에요. 내 아들도 출소하면 그런 연인들처럼 사랑을 하게 되겠지요. 그것만 상상해도 가슴이 뜨거워져요.'

여자의 말에 의심을 하게 될 것이다. '사랑은 무슨. 어느 멀쩡한 여자가 자기 아버지를 살해한 범죄자를 좋아할까.' 그 말을 할 때, 그녀의 당황한 표정을 보는 즐거움이라니. 물론 그녀의 표정조차 거짓일지도 모른다. 제기랄. 나는 거짓말인지 사실인지 끊임없이 탐색하는 자의 지난한 전철을 밟고 있는 꼴이다. 어느 누구의 말도 믿지 못하는 사람의 불행한 운명 같은 것 말이다.

그녀를 처음 만난 것은 교도소에서였다. 정문에서 주민등록증을 확인한 뒤 가파른 도로를 걸어 올라가고 있을 때였다. 그녀는 도로 중간에 길게 나 있는 화단 위에 쭈그려 앉은 채 구토를 하고 있었다. 고개를 숙인 채 어깨를 들썩거리고 있는 그녀의 입에서는 토사물이 쏟아져 나왔고 그것은 화단의 검은 흙 속으로 스며들었다. 아내가 떠올랐다. 아내가 아들을 임신했을 때였다. 먹는 것마다 토하던 아내가 눈물을 그렁그렁 매단 채 말했다. '당신의 아이를 낳고 싶지 않았는데. 정말 낳고 싶지 않았는데⋯⋯.' 아내가 태아를 지울까 봐 나는 아무 말도 하지 않았다. 나의 분신 하나쯤은 있어야 하겠기에 그 모욕감을 견뎌야 했다. 나의 바람대로 아들은 태어났고 아내는 거의 죽어 있는 것이나 다름없게 되었다.

그녀를 지나쳐서 접견실 안으로 들어갔다. 벽에 걸린 텔레비전에서는 뉴스가 흘러나왔다. 보복운전을 하던 남자가 교통사고를 내고 또 다른 남자는 아파트에 불을 내고는 불을 피해 달아나는 사람들을 칼로 찔러 죽이고, 또 한 남자는 살인강도를 저지르고 도주 중이며 아직도 잡지 못했다는 보도가 연이어 나왔다. 아들이 저지른 악행이 떠올랐다. 아들은 여자애를 납치하고 감금하고 폭행하였다. '엄마에겐 돈이 많아. 엄마를 속여서 돈을 빼내는 거야. 그 돈으로 차를 살수 있어. 차를 타고 우리는 여행을 가는 거야.' 여자애는 거짓말로 아들을 꼬드겼고 생리대를 사겠다며 들어간 편의점에서 경찰에 신고하였다. 편의점 앞에서 담배를 피우며 방심하고 있던 아들은 현장에서 체포되었다. 법정에서 아들은 자신의 죄를 변호하지도 않은 채 서 있다가 방청석에 앉아 있는 나를 발견하고는 이내 고개를 돌렸다. '나를 변호할 필요 없어. 귀찮아. 대신 돈만 많이 넣어줘. 이 안에서 잘 버티려면 감방 새끼들의 입에 끊임없이 먹을 것을 처넣어주어야 하거든.'

그런 아들의 출소일이 가까워 오고 있다. 아들이 돌아오는 것이 무엇보다 끔찍하게 느껴졌다.

그때 교정관이 나를 불렀다.

"접견 안 되겠어요. 안 나오겠다고 합니다."

편지를 쓰기 위해 테이블로 다가갔다. 그때 조금 전 구토를 하고 있던 그녀가 접견실 안으로 들어오는 것이 보였다. 그녀는 교도관에게 다가가고 있었다. 나는 탁자 위에 꽂혀 있는 편지지를 꺼내 편지를 쓰기 시작했다.

'내가 들여보낸 책은 잘 읽고 있는지 궁금하구나. 책밖에 없다. 네 인생을 다시 시작하려면 말이다. 물론 책을 많이 읽었던 이 아비도 이 꼴이지만 말이다. 그건 덜 읽었기 때문이다. 충분히 끊임없이 읽었어야 했어. 불운을 막기 위해서는 말이야. 너와 너의 어머니, 그리고 나, 우리 모두에게 닥친 불행 말이다. 혹여나 나쁜 짓을 계획하고 도모하고 있다면, 나와서도 또다시 나쁜 짓을 한다면 이 아빈 널 어떻게 할지도 모른다.' 이렇게 썼다가 볼펜으로 뭉갰다. 그리고 편지를 찢었다.

그녀는 걷고 있었다. 나는 주차장에서 시동을 켰을 때부터 그녀의 뒷모습을 지켜보고 있었다. 그녀는 겨우 발걸음을 옮기는 듯 위태롭게 보였다. 그러다가 조금 전처럼 가로수 아래에 머리를 처박고 속을 게워내고 있었다. 차를 세우고 그녀 쪽으로 걸어갔다. 그녀의 얼굴이 백지장처럼 창백하였다. 그녀의 얼굴 위로 정신과 병동의 아내가 겹쳐졌다.

"괜찮습니까? 가까운 버스 정류장까지 데려다줄게요."

겨우 일어서는 그녀를 부축했다. 그녀는 조수석에 올라탔다. 그녀의 몸에서 시큼한 냄새가 났다. 그제야 낯선 여자를 차에 태웠다는 것에 불편한 감정을 느꼈다. 그리고 곧 얼마 지나지 않아 그녀를 모른 체하지 않은 것을 후회했다. 그녀가 한 말 때문이다.

"혹시 어디가 동쪽인지 아세요? 해가 뜨는 쪽 말이에요."

아내가 바로 옆에 앉아 있는 듯한 착각이 일어났다. 개새끼. 말문을 닫고 있었던 아내가 정신과 병동에 입원한 뒤 몇 년 만에 한 첫마디가 바로 욕설이었다. 간호사와 간병인이 난처한 표정으로 나를 쳐다보았다.

"자다가 가끔씩 저렇게 욕을 해요. 입에 담지 못할 욕을 퍼붓고는 실신하듯이 혼수상태에 빠져요. 의사 선생님이 와서 산소호흡기를 달았던 적도 있어요."

나는 아내가 또 어떤 말을 했는지 물어볼 엄두가 나지 않았다. 언젠가 그들이 나를 두고 하는 말을 들었기 때문이다. '오죽했으면 부인이 미쳐버렸을까. 요즘 세상에 어떻게 자기 아내에게 처녀가 아니라고 의심하고 구박할까. 조선시대도 아니고 말이야.' 그때 나는 아내가 미친 것이 아니라 미친 것으로 위장하고 있을지도 모른다는 의심이 들었다. 아내가 그럴 이유는 충분히 있었다. '당신, 누가 이기나 해보자고. 누가 먼저 나가떨어지는지 말이야. 난 절대 당신을 편안하게 만들어주지 않을 거니까.' 신혼 초 아내는 자주 이런 말을 했다. '그런데 저 환자의 말을 믿을 수 있을까, 정신병 환자의 말을 말이야.' '정신병 환자라고 해도 계속 미친 상태로 있지 않다는 거 잘 알잖아? 아주 가끔씩 무의식에서 나오는 진심 말이야. 어쨌든 저런 남자는 만나지 말아야 하는데.' 그들은 복도 끝 비상구 쪽에서 몰래 담배를 피우고 있는 나를 발견하지 못한 채 떠들어댔다.

나는 그녀에게 '동쪽, 서쪽이 뭐람. 해는 매일 어김없이 뜨고 그것이 괴로운 사람도 많이 있어요.' 하고 말하려다가 그만두었다. 미친 여자일지도 모르는 대상과 진지한 이야기를 하는 것만큼 어이없는 일은 없다. 그녀는 알 수 없는 표정으로 앞을 응시했다.

차가 버스 정류장에 도착했다. 교통 표지판 옆으로 하천이 길게 이어져 있었다. 하천에는 몇 마리의 오리가 정지된 듯 모여 있었다. 그녀는 차에서 내려 손가락으로 낮은 산 한가운데를 가리켰다.

"저쪽이 동쪽이에요."

그녀의 얼굴을 쳐다보았다. 그녀가 미친 것과 미치지 않은 것의 경계에 서 있는 것처럼 느껴졌다. 아니 그렇다고 믿고 싶었다. 그 편이 곧 출소하는 아들에 대한 두려움을 잊는 데 도움이 될 수도 있기 때문이다. 그녀는 하천을 따라 길게 이어진 길 쪽으로 걸음을 옮겼다. 그러거나 말거나 나는 발걸음을 옮겨 다시 차를 타고 가면 되었다. 낯선 여자는 종양처럼 위험하며, 아니 모든 여자는 거짓말과 속임수, 배신에 능숙한 존재이다. 하지만 나는 이러지도 저러지도 못한 채 한참을 서 있었다. 그녀는 뒤도 돌아보지 않고 종종걸음을 쳤다. 그녀가 걸어가자 풀숲에 숨어 있던 새들이 튀어 올랐다. 일제히 날갯짓하는 소리가 들렸다. 그 소리에 나도 모르게 차에서 내렸다. 차를 길가에 붙였다. 그리고 그녀의 뒤를 따라 걷기 시작했다.

하천 교각 아래에는 p10, p11, p12의 기호가 적혀 있었다. 기차가 지나가고 그 굉음에 새들이 마구 하늘로 날아올랐다. 멀리 강변모텔이라고 쓰인 건물과 대낮에도 불이 환하게 켜져 있는 카페가 보였다. 교각 아래 흐르는 물은 아래로 내려가면 갈수록 많아져서 물결이 제법 일렁거렸다. 이제 그녀의 얼굴에 다소 핏기가 돌았다. 그녀가 말했다.

"물오리는 헤엄칠 때마다 머리를 저렇게 앞으로 내밀어요. 작은 발로 물결을 차면서 말이에요."

그녀가 다가가자 그것들은 일제히 하늘로 날아올랐다.

"우리를 경계하는 거예요. 종족이 다르다는 것을 아니까요."

그녀는 말이 많아지고 있었다. 나와 그녀는 앉을 만한 자리를 찾았다. 잡초 사이에 비닐 조각과 생수병, 휴지가 아무렇게나 떨어져 있었다. 그것을 피해 동서남북 네 방위를 표시해둔 콘크리트 구조물 위에 앉았다. 새삼 나는 낯선 여자와 불과 만난 지 한 시간도 채 되지 않아 이렇게 나란히 앉아 있다는 사실에 놀랐다. 주위를 둘러보았다. 차로부터 얼마나 멀리 떨어진 곳에 와 있는 것일까. 불쑥 그녀의 면회자가 누구인지, 죄목과 형량이 궁금해졌다. 그것을 눈치챘던 것일까, 그녀가 말했다.

"아들이 남편을 죽였어요. 내가 먼저 남편을 죽였더라면 아들이 그런 일을 하지는 못했을 거예요. 죽일 수 있을 때 죽였어야 했는데. 내 아들이 당하기 전에 말이에요. 백 번 천 번 말해도 아들이 죽인 게 아니에요. 남편이 먼저 칼을 들었어요. 그런 일은 자주 있었어요. 아들이 시험에 떨어졌을 때, 시험 성적이 나쁘게 나왔을 때, 정기예금을 깨야 할 때, 위층에서 소음이 날 때, 이웃과 다툼이 일어났을 때, 자동차 사고를 냈을 때, 당했을 때, 동창회를 다녀왔을 때, 아니 그냥 화가 날 때마다 칼을 들었어요. 그날따라 아들은 여느 때와 달랐어요. '다음엔 꼭 합격하겠습니다, 절대 포기하지 않겠습니다.' 하며 아버지를 달래던 아들이 아니었어요. 마시지도 못하는 술을 마시고 들어온 아들은 통곡했어요. 지금까지 자신에게 한 모든 거짓말에 대해 사과하라고 아들은 소리쳤어요. '아버지 말대로 했는데 이게 뭐예요? 친구도 다 멀어지고 내가 그렇게 좋아하는 음악도 못하고 이게 무슨 꼴이에요?' 그러자 남편이 말했어요. '그건 네가 잘되라고, 네가 경쟁에서 이기라고 한 말이야. 거짓말이라니 말도 안 되지. 다른 사람을 짓밟지 못하면 성공은 절대 불가능하다는 것은 진리야. 알다시피 네 어머닌 나약해 빠져가지고 널 성공한 남자로 만들지 못하잖아.' 갑자기 남편은 나에게 칼끝을 겨누었어요. '이게 모두 네 엄마 때문이야. 네 엄마만 없어도 너와 난 잘 살 수 있어.' 난 그것을 받아들여야 했어요. 고분고분하게 칼을 맞거나 가만히 수긍하고 용서를 빌면 되는데 내가 발악했거든요. 그러자 남편이 내 머리채를 잡고 흔들었고 그것을 말리던 아들의 손엔 어느새 남편에게서 빼앗은 칼이 들려 있었고……. 그러니까 아들은 결백해요. 아들은 죄가 없어요. 남편이 범인이에요. 그 잘난 거짓말로 우리를 몇 번이나 죽였는지 몰라요. 남편은 숨 쉬는 것조차 거짓말이었어요. 그런 사람은 죽어 없어져야 해요.'"

모든 부모가 그렇듯이 그녀는 자식의 범죄 사실을 인정하고 싶어 하지 않았다. 나 또한 그랬다. 이미 아들의 수많은 범죄 이력을 알고 있음에도 불구하고 내 아들은 그럴 리가 없다고 생각했다. 오토바이를 절도하고 사람들을 폭행했다고 해서 여자애를 납치하고 성폭행할리는 없다고 믿었다.

"내 아들은 십 년 형을 받았어요. 가석방도 되지 않는 중죄를 지었지요. 그런 아들이 곧 나와요."

그녀는 무심한 얼굴로 나를 바라보았다. 그 표정에 이상하게도 마음이 편해졌다. 큰일이라도 난 것처럼 호들갑을 떨던 혈육과 혀를 차며 아들의 범죄를 비난했던 법정에서의 사람들, 쉬쉬하며 나를 동정하는 척 위선을 떨던 지인들과는 달랐기 때문이었다.

산그림자가 무겁게 앉았다. 나와 그녀는 해가 산 아래로 완전히 떨어질 때까지 움직이지 않았다. 그녀가 혼잣말처럼 중얼거렸다.

"우린 웃을 수 없는 운명이 되어버렸네요."

나는 그녀의 말에 저항감이 들었지만 부인하지 않았다. 웃을 수 없다는 것을 인정하고 싶지 않았지만 엉망이 된 가족공동체의 비극적인 결말에 대해서는 할 말이 없었기 때문이다. 하지만 나는 이런 말을 하는 그녀에 대해 일순 의심이 들었다. 과연 불행한 아들로 인해 평생웃음을 고사하며 살 수 있는 어미가 있을까 하는 의심이 들었다. 그녀가 말했다.

"해가 지면 하루가 다 끝난 것이고 그러면 아들의 고통도 하루만큼, 딱 그만큼 소멸하겠지요."

차마 그녀에게 '아들의 고통이 아니라 자신의 고통이겠지.' 하고 빈정댈 수 없었다. 나는 그녀의 남편과 내가 이상하게 닮아 있을지도 모른다는 더러운 기분에 사로잡혔다. 그녀 또한 아내와 겹쳤고 그녀의 아들도 나의 아들과 겹쳤다. 그럼 아들은 나를 죽일지도 모르겠군. 나는 어지러운 상념에 빠졌다.

그녀는 지갑에서 숙박료를 지불했다. 여관 주인이 그녀와 나를 번갈아 보았다. 그러자 그녀가 갑자기 내 팔짱을 꼈다. 나는 어색하게 서 있었다. 이층 복도 오른편 방 앞에서 그녀가 팔짱을 풀었다.

"난 차를 가지러 가야겠어요. 여기 주차장에 차를 대고 잘게요. 이미 차에서 많이 자봤거든요."

그녀가 고개를 끄덕이며 문을 열고 들어가는 것을 보고 난 뒤 계단을 내려왔다. 여관 주인이 말했다.

"아픈 여자를 내버려두고 가면 안 돼요."

"차를 가지러 가는 겁니다. 그리고 아픈 여자가 아닙니다."

그러자 여관 주인이 얼굴을 찌푸리며 말했다.

"몇 번이나 혼자 와서 방을 달라고 했던 여자인데요, 뭘. 여관 주차장에 얼마나 구토를 해댔는지 그걸 치우느라 내가 얼마나 고생했는데. 오늘은 보호자가 같이 왔으니까 방을 주는 거예요. 혼자 내버려두지 마세요."

나는 그녀가 있는 여관 방으로 들어가고 싶지 않았다. 주차장에서 그녀가 머무는 방의 창문을 지켜보는 그 정도까지만 할 작정이었다.

'아들에 대한 채무가 있는 한 허튼짓은 하지 못할 게 분명해.' 나는 중얼거리며 불 켜진 방을 바라보았다. 그녀가 했던 말이 떠올랐다. '아들이 있는 곳과 가장 가까운 곳에서 일출을 보고 싶었거든요.' 나는 어느새 어둑해진 길을 따라 걸었다.

그녀가 말한 새집은 낮은 야산의 나무 위가 아니라 풀숲에 숨어 있었다. 여관 뒤 수변공원으로 이어지는 길을 따라 한참 걸은 후였다. 발에 차일 듯 밖으로 나와 있는 잡목 뿌리 옆에 작은 새집이 있었다. 마른 나뭇가지와 나뭇잎, 이겨진 진흙으로 만든 새집 안에는 반점이 찍힌 손톱만 한 새알이 숨어 있었다. 그녀가 말했다.

"저번에 본 새알과는 달라요. 아마 또 다른 새가 알을 낳은 걸 거예요. 아, 가만히 소리를 들어보세요. 얼마 지나지 않아 어미새가 와서 울 거예요."

그녀의 말대로 새 한 마리가 나타나 불안한 날갯짓을 하면서 울어 대었다.

"새알을 훔쳐 갈까 봐 저러는 거겠죠. 우리가 얼른 자리를 옮겨야 어미새가 안심하고 새집 속으로 들어갈 수 있을 거예요."

그녀에게 물었다.

"무섭지 않았어요? 여긴 혼자 오기엔 으슥한 곳인데."

그녀가 희미한 웃음을 지었다.

"위험한 일을 당할지도 모른다는 생각을 해본 적이 있어요. 나쁜 마음을 먹고 있는 사람이 얼마든지 내게 험한 일을 저지를 수도 있을 거라고 말이지요. 하지만 내겐 더 이상의 끔찍한 일은 없을 거예요. 아들이 당한 일에 비하면. 그러니 어떠한 일에도, 무엇보다 일어나지도 않은 일에 대해 겁을 내서는 안 돼요. 겁을 내는 것은, 지금까지로도 충분하거든요."

거짓말, 나는 중얼거렸다. 그녀의 말은 거짓말이다. 겁탈과 폭행과 살해를 당할지도 모르는 공포를 이길 만큼 강인한 여자는 없다. 그녀가 또다시 말했다.

"거짓말일지도 모르겠어요. 정작 그런 일이 일어났다면 살려달라고 애걸복걸하며 무릎을 꿇을 거면서 말이에요. 그러니까 제 말은 일어나지 않아서 다행이라는 거예요. 아들을 만날 수 없는 일은 벌어지지 않았으니까."

하지만 그녀의 말이 더 이상 들리지 않았다. 아들에 대한 공포심이 일어났다. 아들이 두렵다. 나에게는 아들의 존재 자체가 고통이었고 그것은 어떤 것으로도 덮을 수 있는 게 아니었다. 아들이 있는 한 내게 안전하고 안온한 공간은 없다. 집을 처분해야겠다고 마음먹었다. 나처럼 아들은 길 위에서 노숙해야 한다. 아들의 진정한 벌은 출소 후에 비로소 시작되어야 한다. 마음이 초조해졌다.

"이제 돌아갑시다."

그녀가 놀란 눈으로 쳐다보았다.

그녀의 집은 나의 집과 반대쪽에 있었다.

"다음 면회 때 함께 갑시다. 데리러 올게요."

그녀가 대문을 열고 들어가버리자 가슴이 먹먹해졌다. 법원의 판결이 나고 결박된 채 사라지는 아들을 바라보던 감정과도 닮은 듯했고, 아내를 정신병원에 입원시키고 난 뒤 돌아섰을 때의 감정과도 비슷했다. 차의 속력을 올렸다.

아파트 문 앞에서 음식물 쓰레기가 든 비닐봉지를 손에 쥐고 있는 노파와 부딪혔다. 옆집에 혼자 사는 노파였다. 몇 번이고 한밤중에 문을 두들기며 '왜 문이 잠겼어? 이놈의 영감이 또 어느 년을 데리고 온 거야?' 하며 소리를 질러대었고 경비원이 '왜 옆집을 두들기는 거예요?' 하며 노파에게 집을 찾아주었다. 그 노파를 볼 때마다 정신을 잃어버린 아내가 떠올랐다.

전등도 켜지 않은 채 더듬더듬 소파를 찾아 길게 누웠다. 깜깜한 어둠 속에서 그녀의 얼굴이 떠올랐다. 이상한 일이었다. 그 이후에도 자주 그랬다. 낚시를 하거나 차 안에서 자거나 야산을 올라가거나 새집을 보고 하천을 걷거나 낯선 길을 하염없이 걸을 때에도 그녀가 떠올랐다. 한밤중 공중에 걸린 채 점멸하는 신호등처럼 그녀의 얼굴이 깜빡거렸다. 그녀가 그것을 눈치챈 것일까. 어느 날 그녀가 말했다.

"난 얼마 있지 않아 죽을지도 몰라요. 위암 말기라고 의사가 말했거든요. 아, 가엾게 보진 말아주세요. 난 아들을 규칙적으로 만나고 사식을 넣고 영치금을 넣는 것이 좋아요. 그리고 돈을 좀 모아서 주고 싶어요. 어미가 죽어 가슴 아파할 아들이 그나마 견딜 수 있도록 말이에요. 그런데 당신에게도 뭔가를 주고 싶어졌네요. 줄 수 있는 게 있다면 말이에요."

나는 그녀를 동정하지 않았다. 동정심을 잃은 지 오래였고 무엇보다도 암으로 죽을 어미가 그 죄책감을 돈으로 갚으려는 행위에 대해 동조할 생각은 없었고, 그녀 때문에 아들에 대한 나의 비정한 부성을 자책하고도 싶지 않았다. 그리고 무엇보다도 그녀의 말을 완전히 믿지 않았다.

그녀는 낡고 두꺼운 외투를 벗어두고 머플러를 두른 채 이불 속으로 들어온다. 급하게 켠 전기장판은 아직 데워지지 않았다.

"먼저 좀 잘게요."

그녀는 반쯤 감은 눈으로 내 쪽을 향해 말하고 등을 돌린다. 나는 밖으로 나온 그녀의 한쪽 발을 이불로 덮어주고 발자국 소리를 죽이며 거실로 나온다.

지은 지 오래된 아파트는 한낮에도 어두컴컴하다. 붙박이 장식장 위에 세워져 있는 액자 속의 사진을 바라본다. 아들의 초등학교 졸업식에 아내는 끝내 오지 않았고 교문을 연신 쳐다보던 아들이 울먹이는 표정으로 씨발, 하고 말했다. 집으로 돌아가는 차 안에서 아들은 꽃다발을 창문 밖으로 내던졌다. 씨발. 아들의 욕설에 참다못해 그의 뺨을 손바닥으로 갈겼다. 아들은 주먹을 꽉 쥔 채 어깨를 들썩이며 울었다.

방으로 들어간다. 오래된 벽지가 흘러내리는 벽과 웅크려 자고 있는 그녀의 몸 사이로 내 몸을 밀어 넣는다. 훅, 그녀의 몸에서 땀내와 함께 농약 냄새가 피어 오른다. 그녀는 살충제 통을 짊어지고 넓은 작업장을 헤집고 다녔을 것이다. 나는 지하철 교각 아래 차를 세운 채 광활한 산딸기 묘목 농장에서 긴 호스로 물을 주는 그녀를 바라보곤 하였다. '나와 어디 먼 곳으로 가지 않겠어요?' 하는 나의 말에 그녀가 난처한 표정을 지었다.

"그건 안 돼요. 주말 근무를 하면 평일의 두 배를 받을 수 있어요. 아들에게 면회를 가려면 시간과 돈을 아껴야 하거든요."

그녀의 입술이 바로 나의 턱 아래에 놓여 있다. 그녀가 혼잣말처럼 중얼거린다. '자꾸만 몸이 가라앉아요. 죽어가고 있는 것처럼. 그럼 안 되는데. 우리 아들, 억울해서, 가여워서 어쩌지요.'

나는 이런 선량한 여자가 남편을 죽이려고 했다는 것을 믿을 수 없었다. 그리고 그녀의 아들이 아버지를 죽였다는 것도 믿을 수 없었다. 선량하지 않은 사람만이 살의를 품는다. 나처럼, 내 아들처럼 일찍이 의심과 거짓말과 속임수와 폭력을 저지른 사람만이 죽이려고 하거나 죽이기 때문이다.

이른 새벽, 그녀가 나가고 있다. 그녀의 발소리가 희미해지고 나서도 나는 일어나지 않는다. 요 위에는 그녀의 머리카락 몇 가닥과 짧고 꼬부라진 음모가 붙어 있다. 음모를 손에 쥐고 비틀어보다가 입에 넣는다. 누군가 이런 나를 바라보고 있다면 혐오감에 치를 떨지도 모른다. 입시학원의 국어강사로 일했던 때를 떠올린다. 동료 선생들은 내가 자리를 비울 때마다 내 가족에 대해 험담을 했다. 정신병원에 있는 아내와 감옥을 들락날락거리는 아들, 그런 지경에서도 아무렇지도 않은 듯 출근을 하고 책을 읽는 나에 대한 것이었다. 그러니까 저런 위험한 자가 자신들과 같은 공간에 있다는 것에 대한 거부감 같은 것이었다. 언젠가 학원에서 가까운 공원의 매점 여주인은 내가 성 매매를 하고 있는 것을 목격했다고 말했다. 그 여주인의 말은 학원 안을 몇 바퀴나 떠돌다가 마침내 나에게 닿았다. 학원 원장이 물었다.

"사실입니까? 여자를 사려고 했던 것 말입니다."

나는 원장의 이상야릇한 표정을 보고 나서야 그 일이 떠올랐다. 여름비가 추적추적 내리는 날이었다. 학원 건물 뒤편에 있는 산책길을 따라 조각공원에 갔다. 수업이 빌 때마다 동료 선생들은 끼리끼리 모여 매점에서 커피를 마시곤 했고 당연히 나는 외톨이였다. 공원 안 매점에 앉아서 혼자 소주를 마셨고 그러다가 힐끔힐끔 나를 바라보고 있는 한 여자의 시선을 느꼈다. 내가 손짓을 하자 여자가 나의 테이블로 자리를 옮겼고 함께 술과 안주를 먹었다. 여자는 자꾸만 도로 쪽을 기웃거렸고 그것을 보다 못한 내가 누굴 기다리고 있는 거냐고 물었다. 여자는 트럭 기사가 오늘 밤을 책임진다고 해서 기다리는 중이라고 말했다. 나는 '내가 책임을 지면 안 되겠냐, 따스한 모텔 방에서 야식을 시켜서 함께 먹자.' 하고 여자에게 치근덕거렸다. 그러나 여자는 '안 돼요. 나는 의리 있는 여자라고요.' 하고 말했다. 그 말을 듣는 순간, 그 트럭 기사에게 묘한 질투심을 느꼈다. 얼마 지나지 않아 트럭 기사가 왔고 여자는 냉큼 트럭 조수석에 올라탔다. 여자가 뭐라고 종알거렸을까, 트럭 기사가 나를 향해 얼빠진 놈이라고 소리쳤다. 나는 트럭 기사를 향해 '왜 그따위 욕을 합니까?' 하고 말했다.

그러자 트럭 기사가 나를 향해 침을 뱉었다. 나는 '이 씨발놈아, 내려와, 당장 내려오라니까?' 하고 소리를 질렀다. 트럭 기사가 여자의 웃음소리를 따라 웃더니 '어이, 이 불쌍한 새끼야. 어디 할 짓이 없어서 남의 여자를 꾀려고 들어? 에이 퉤.' 하며 또다시 침을 뱉고는 공원을 빠져나갔다. 그때 매점 여주인이 경멸 어린 눈빛으로 나를 바라보고 있었다는 것을 겨우 떠올릴 수 있었다.

"그뿐입니다. 여자를 사려고 한 게 아니란 말입니다."

"그 말을 믿으란 말입니까? 여기 학원에서 훤히 내다보이는 그런 곳에서 그따위 행동을 하면 어떡합니까? 보는 눈이 얼마나 많은데."

"왜 제 말은 믿지 않으십니까? 그딴 매점 여주인의 말만 믿으십니까?"

"당신은 거짓말을 하고 있어요. 좀 솔직해지세요."

학원 원장이 이맛살을 찌푸리며 앞으로 이런 일이 또다시 일어난다면 더 이상 간과하지 않겠다고 말했다. 나는 그때의 불쾌한 기억을 지우기라도 하듯 자리에서 일어나 거실로 나간다.

햇살에 남루한 세간이 드러난다. 방문이 열린 아들의 방 한가운데에는 샌드백이 매달려 있다. 아들은 웃옷을 벗은 채 샌드백을 두드리곤 하였다. 나는 청동조각상처럼 균형 잡힌 아들의 벗은 몸을 훔쳐보았다. 하지만 아내는 그런 아들을 보는 것조차 싫어했다.

"결국 당신을 닮아버렸어. 낳지 말았어야 했는데. 그랬다면 당신은 이 세상에 아무 흔적도 남기지 못한 꼴이 되는 건데. 그게 분통이 나서 미치겠어."

우울증 약기운이 다할 즈음이면 아내는 이렇게 발광을 하였다. 그러던 어느 날, 아내가 학원으로 쳐들어왔다. 수업을 하고 있던 나에게 동료 선생이 귓속말로 전했다.

"큰일 났어. 자네 부인이 지금 들이닥쳤어. 칼을 들고 왔다니까."

내가 사무실로 뛰어내려 왔을 때 아내는 사라지고 없었다. 내 책상 위에는 수없이 많은 칼자국이 찍혀 있었다. 아내는 책상이 아니라 나의 심장에 칼을 꽂기 위해 쳐들어온 것이다. 학원 원장은 이번에야말로 나가줘야겠다고 말했고 결국 사표를 쓰고 말았다.

아내가 속옷 대신 칼을 든 것은 그때가 처음이었다. 아내는 자주 나의 얼굴을 향해 생리혈이 잔뜩 묻은 속옷을 던졌다. 나는 아내가 무엇을 말하고 있는지 잘 알고 있었다. 아내와 처음으로 몸을 섞은 날, 나는 이불을 들춰서 아내의 순결을 확인하고자 했던 것이다. 내가 구겨진 요를 손바닥으로 더듬으며 왜 아무 흔적이 없냐고 다그치자 아내가 울먹이며 말했다.

"나를 의심하는 거예요? 난 처녀예요."

나는 믿지 않았다.

"거짓말."

내가 거듭 추궁하자 아내가 입술을 구기며 조소하듯 말했다.

"안 넘어가네. 다른 새끼들은 다 넘어가던데."

나는 아내의 뺨을 갈겼다. 아내가 발악하듯 소리 질렀다.

"겨우 이 따위의 남자에게 몸을 주려고 생각했다니 내가 계산을 못했어. 책을 읽는다고 해서 여자를 존중할 줄 알았는데, 정말 억울해."

나는 또 한 차례 귀때기를 올려붙였다. 아내가 빈정거렸다.

"여자에게 폭력이나 행사하는 형편없는 새끼. 두고 봐. 어떻게 되는지. 어떻게 파멸해가는지. 나도 당신도 말이야."

말문이 막혔다. 그런 일이 있고 난 뒤 아내는 생리가 있을 때마다 속옷을 벗어 집 안에 아무렇게나 던지곤 하였다. 그것은 그날, 고작 첫 관계로 태어난 아들이 성장하는 과정 내내 이어졌다. 아들은 자주 사고를 쳤다. 나는 나의 부모를 닮지 않은 부부관계에 대해 절망했다. 아버지는 임종 전 오래전에 죽은 어머니를 회상하면서 말했다. '네 엄마와의 첫날밤이 있고 난 다음 날, 네 할머니가 담장에 요를 내걸었어. 피로 얼룩진 붉은 요였지. 동네 사람들은 모두 나를 부러워했지. 난 처녀를 만나서 평생 안심하고 살았다.' 아버지는 혼수상태로 의식이 오락가락하면서도 그 순간을 기억하는 것인지, 그때만큼은 한껏 자랑스러운 표정이었다.

나는 그런 아버지의 사고방식을 이어받았다. 또한 그것은 아들에게도 답습될 것이라고 생각하였다. 그러나 그것은 착오였다. 아들은 아비나 조부의 자장이 아니라 성의 개방이라는 거대한 자장 아래 침윤되었다.

아들이 석방되는 날은 이제 한 달도 채 남지 않았다. 가슴이 답답해졌다. 부동산 중개 사무소에 전화했다.

"재건축이 되든 말든 나와는 상관없어요. 가격을 팍 낮춰서라도 한 달 내 무조건 팔아야 합니다."

접견실에서 아들은 여전히 돈타령이었다.

"나오기 싫었지만 영치금을 많이 넣어달라는 말을 하기 위해서 나왔어. 집으로 가기 전에 옷도 사 입고 여자도 사고 싶어. 출소 때 올 필요는 없어. 먼저 나갔던 감방 동기가 오기로 했으니까. 돈 버는 법을 가르쳐준 놈이지."

아들은 종료 벨이 울리기도 전에 접견실을 나갔다. 힘이 빠졌다. 대기실 의자에 앉아 있던 그녀가 나를 보자 자리에서 일어섰다.

"무슨 일이 있어요? 안색이 좋지 않네요."

나는 그녀의 말에 아랑곳하지 않고 영치금을 넣는 창구 앞으로 갔다. 나는 만 원권을 수십 장 꺼냈다가 허겁지겁 주머니 속으로 넣었다가 다시 꺼냈다.

"이게 마지막이니까. 암, 이게 마지막이야."

나와 그녀는 주차장으로 걸어가서 차에 올라탔다.

"무슨 일이 있는 거예요?"

그녀가 다시 물었다. 고개를 저었다.

"이제 얼마 남지 않았네요. 아들을 만질 수 있겠네요. 손도 어깨도 가슴도."

나는 하마터면 손바닥으로 여자의 입을 칠 뻔하였다. 간신히 충동을 누르며 물었다.

"어때요? 당신 아들은?"

"오늘 난 덜 고통스러워요. 미친 듯 일하지 않고도 마음이 고통스럽지 않은 것은 오늘이 처음이에요. 아들이 말했어요. '아버지는 죽어서 귀하게 된 거예요. 살아 있다면 어머니와 난 아버질 좋은 사람으로 생각하지 않았을 거니까. 이제 걱정하지 마세요. 난 이게 더 나아요. 거짓말에 영혼을 점령당하며 살았던 지난 과거보다 이게 백 번천 번 나아요. 난 지금 완벽해요. 완전해요. 갇힌 게 아니에요. 두려움이 없는 자유 그 상태예요.' ……아들의 말대로 아들은 갇혀 있는 게아닌지도 몰라요. 갇힌 건 오히려 나일지도 모르겠네요. 그게 얼마나다행이에요?"

나는 눈물범벅이 되어 웃는 건지 우는 건지 분간을 할 수 없는 그녀를 보자 화가 솟구쳤다. 겨우 감정을 억누르며 말했다.

"나와는 정반대군요. 나는 바닥인데. 바닥이 가까워 오는데."

그녀가 불안한 눈동자로 나를 바라보았다. 마음속으로 천천히 내뱉었다. '당신의 아들이 한 말은 거짓말일지도 몰라. 당신을 위로하기 위해서 말이지. 그런 경지에 도달하기는 어렵지. 사람은 그렇게쉽게 변하지 않거든. 그러니까 당신은 계속 그렇게 속는지도 모르는채 살아가라고. 하지만 나를 속이려 들진 마. 난 그렇게 만만한 놈이아니야. 근데 말이야. 난 당신의 남편이 부러울 지경이야. 비록 죽음을 당했다 하더라도 말이지. 나도 이제부턴 거짓말을 해야 할 것 같아. 내 아내처럼, 내 아들처럼, 그리고 당신의 남편처럼, 당신의 아들처럼, 당신처럼 말이지.'

그녀는 영문을 모르는 표정이 되었다.

'드디어 아내가 죽었다.' 나는 입 밖으로 소리 내어 말했다. 병원 건물 꼭대기 옥상에서 아내는 간병인이 잠시 한눈을 판 사이에 투신하였다. 몇 차례 병원을 무단으로 뛰쳐나가거나 침대 시트를 찢어 자신의 목을 감기도 한 아내로 인해 병원에서는 거듭 퇴원을 종용하였다. 나는 아내에게서 일어나는 어떠한 사고에 대해서도 병원의 책임을 묻지 않겠다는 서약서를 쓴 뒤라 그들의 부주의를 물을 수가 없었다. 아니, 묻고 싶지도 않았다.

결국 나는 처녀라고 했던 아내의 최초의 말이 거짓인지 참인지 확인할 길이 없어졌다. 결국 아내는 승리한 셈이다. '어디 한번 잘 찾아보시지? 진실을 알려면 목숨 하나 정도는 던질 각오가 되어야 하지 않겠어?' 나는 죽은 아내가 비아냥거리는 것처럼 느껴졌다.

특별 귀휴로 장례식장에 온 아들을 보자 지인들은 혐오와 두려움이 반반 섞인 어색한 웃음을 지었다. 그럴 때마다 아들의 얼굴이 심하게 일그러졌다. 아들은 유골함을 안은 채 차에 올랐다. 지인들은 일찌감치 사라졌고 함께 가겠다고 하는 사람도 없었다. 아들이 말했다.

"모두들 나를 기생충 보듯 하는군. 이제 내가 나가기만 해봐. 아주 고통스럽게 만들어줄 테니까."

나는 아내의 유골을 어디에 뿌려야 할지 막막했다.

"근데 유골이 원래 이렇게 뜨거운 거야? 자지가 익을 것 같아. 히히. 우리 어머니 참, 뜨겁긴 뜨거웠지. 옷을 훌렁훌렁 자주 벗었지. 그 알몸으로 동네방네 돌아다녔으니."

나는 경찰이 아내의 몸을 담요로 덮은 채 집을 찾아준 것이며 불을 질러 소방차가 출동한 날도 떠올랐다.

"어머니를 기억할 수 있는 장소라? 어머니와 함께 가본 곳이 있어야 말이지. 아, 어렵네. 아버지도 이참에 내게 미리 말해두는 게 좋겠어. 묻히고 싶은 장소 말이야. 아무래도 내가 아버지보다는 오래 살지 않겠어?"

나는 아내의 유골을 어디에든 얼른 뿌려주고 아들을 교도소에 데려다주고 그녀를 향해 달려가고 싶은 충동을 느꼈다. 그녀의 불안한 표정이 떠올랐다. 며칠 전 나는 그녀에게 최후통첩을 하였다.

"이젠 여기에 오면 안 돼. 아들이 오니까."

그녀가 고개를 끄덕였다.

"집을 팔게 되면 돈이 좀 생길 거야. 그 돈으로 당신과 살 수 있어. 비록 길 위에서 떠도는 것이지만 그게 나나 당신에겐 나을 거야. 유목을 한다면 과거나 미래에 대해 더 이상 후회나 불안감을 가지지 않을지도 모르니까 말이야."

하지만 그녀는 단번에 고개를 저었다.

"안 돼요. 떠날 수 없어요. 난 아들에게 집중해야 하거든요. 돈도 모아야 하고. 그리고 난 언제 죽을지 모르니까 시간을 아껴야 해요. 무엇보다 아들은 감옥 안에서 맹렬하게 마음을 닦고 있는데 이 어미가 방탕하면 안 되잖아요? 그리고 당신도 아들이 있잖아요? 이제 곧 출소하는 아들과 떠나면 되지요. 난 그게 부러워요."

나는 여자에게 버럭 고함을 질렀다.

"그럼 그때 한 말은 거짓말이었군 그래. 나에게 줄 수 있는 게 있다면 주고 싶다고 했던 그 말 잊었어? 그리고 미안하지만 내 아들은 당신의 아들과 달라. 절대 나와 함께하지 않을 거야. 우린 둘 중 하나가 없어져야만 살 수 있는 관계이거든."

그녀가 잠시 사이를 두고 말했다.

"아, 그랬나요? 내가? 만약 그랬다면 그땐 그랬을 거예요. 하지만 지금은 달라요. 나는 아들이 했던 말의 깊은 뜻을 알아요. 이 어미도 밖에서 수행을 하길 바라는 것 말이에요. 그리고 당신도 포기해선 안 돼요. 사랑 말이에요. 부모가 자식에게 할 수 있는 최상의 애틋함."

나는 책 속에서 숱하게 읽었던 격언과도 같은 그녀의 말에 얼굴이 찌푸려졌다. 아무리 몸부림을 쳐도 그녀의 말이 사실인지, 거짓말인지 알 길이 없다는 절망감이 들었다. 죽은 아내가 또다시 내 앞에 나타난 것과 같은 느낌이었다.

"아들이 오면 피비린내 나는 결투가 일어날 거야."

그녀가 입술을 깨물며 말했다.

"자식을 이기는 부모는 없어요."

그때 이렇게 말했던가.

"나는 자식을 이기는 최초의 아비가 될 거니까, 암."

그녀가 슬픈 표정으로 나를 바라보고 있었다.

불쑥 아들이 말했다.

"아무래도 바다가 좋을 것 같아. 어머닌 오랫동안 갇혀 있었으니까. 그리고 나도 마찬가지니까 말이야."

나는 아들의 말 때문에 겨우 그녀에 대한 상념에서 멀어질 수 있었다. 아들은 자신이 제안한 것이 마음에 들었는지 양쪽 발을 차 유리창

앞까지 바짝 올려놓고는 머리를 뒤로 기댔다. 차는 고속도로로 진입했다. 산과 나무와 집들이 뒤로 휙휙 물러나면서 뭉개졌다.

"아버진 이제 자유로워졌네. 원하는 대로 된 거 맞지?"

"내가 무엇을 원하고 있는지 네가 알기나 하니?"

"이젠 더 이상 어머니 병원비를 낼 필요가 없으니까. 무엇보다 이제 영치금도 넣어줄 필요가 없으니까 말이야. 그 돈을 모두 나에게 주면 되지. 그런 정도야 할 수 있잖아. 출소하고 나면 돈을 벌기 위해 어떤 짓이라도 할 거야. 일을 벌이려면 종잣돈이 필요해."

"몸을 쓰지 않고 예전의 방법대로 살겠다면 넌 완전히 실패하는 인생이 될 거야."

"이미 실패한 인생이라는 것을 잘 알면서 뭘 그래? 태어나지 않았어야 할 인생이라는 것 말이야. 그리고 몸을 쓸 생각은 추호도 없어. 너무 오래 있어서 몸이 제대로 작동하지 않거든. 돈으로 몸을 사는 수밖에."

"이 아버지는 집을 팔 거야. 몽땅 현금으로 만들어 유랑이나 할 생각이야. 너에게 줄 돈은 없어. 그러니까 넌 착실히 정직하게 버는 길을 택하는 게 좋아. 네가 앞으로 또다시 수형자가 된다 해도 난 널 찾아가거나 도울 생각이 전혀 없으니까."

아들이 내 얼굴을 노려보았다.

"여자가 생겼어?"

아들의 말에 깜짝 놀랐다.

"집은 팔든 말든 마음대로 해. 나도 현금이 좋으니까. 집을 판 돈의 반만 줘. 그 돈을 몇 배로 튕겨볼 생각이니까. 교도소에서 배운 게 좀 있거든."

아들이 불안해하는 것을 느꼈다. 돈이 없다면 아무것도 하지 못할 놈이라는 것을 알고 있었다. 하지만 아들을 살릴 수 있는 마지막 방법을 놓쳐서는 안 된다는 생각이 들었다.

"네가 출소하고 나올 때 이 아버지는 없을 거야. 물론 집도 없을 거야. 이제 넌 네 힘으로 살아야 해. 돈은 너에게 남겨주지 않을 거야."

"에이, 씨발. 그런 게 어디 있어? 제 새끼를 돕지 않는 아버지가 어디 있어?"

아들이 우악스럽게 내가 잡고 있는 운전대를 거머쥐었다.

"그럼 그냥 지금 같이 죽어버리는 게 낫겠어. 어머니의 유골도 있으니까 세 명이 똑같이 고기밥이 되는 게 좋겠네."

나는 두려움에 휩싸여 운전대를 잡은 양손에 더욱 힘을 주었다. 아들이 다시 말했다.

"내가 과거에 무슨 짓을 저질렀는지 잘 알면서 그래? 난 살인 빼고는 다 해본 놈이란 말이야."

내가 알았다, 알았어, 하며 고개를 끄덕이자 겨우 아들이 운전대에 엉겨 붙은 손을 내려놓았다. 나는 이런 날이 기어코 오고야 말았다는 생각이 들었다. 그러니까 죽을 수 있을 때 죽었어야 했다. 나는 아내와 함께 동반자살을 기도한 적이 있었고 아들이 먹을 음식에 극약을 넣는 상상을 한 적도 있었다. 나는 중얼거렸다.

'오히려 내가 널 죽일 수도 있지. 너처럼 교도소에 가겠지. 우린 파멸로 가는 거지. 가족 중 한 사람이 불행하게 죽었는데 나머지 사람들이 행복하면 안 되겠지. 그러나 그럴 용기가 있을지 모르겠네. 정말 그건 용기가 필요하거든. 단 한 번도 목숨을 내놓을 만한 일을 해본 적이 없는 나로서는 말이지.'

내가 말했다.

"유골을 뿌린 뒤 잠시 집에 들렀다 가거라. 그리고 교도소에 널 데려다주어도 늦지 않을 테니."

"좋아. 아버지의 아들이 바로 나라는 것을 잊지 마. 아버지를 가장 많이 닮은 유일한 사람이라는 것도."

차는 이윽고 고속도로를 빠져나갔다. 소도시의 한적한 도심 안으로 들어와 해안도로가 표시되어 있는 곳을 향해 달려갔다. 순간 신호등이 적색불로 바뀌고 간신히 브레이크를 밟아 정지선에 섰다. 연인 한 쌍이 서로 부둥켜안은 채 횡단보도를 걷고 있다가 급정거하는 차 소리에 내 쪽을 바라보았다.

"확 밀어버려. 저런 것들 말이야. 꼴 보기 싫은 것들 말이야."

아들이 키들거렸다. 아들의 웃음소리에 머리통의 피가 역류하듯 뜨거워졌다.

"여기가 좋겠어. 이렇게 움푹 들어간 쪽이 좋아. 파도가 치면서 이쪽으로 시체가 모일 수 있는 구조야. 실종이나 시체 유기나 살인으로 죽은 시신들이 이런 곳에 모이거든. 이런 곳이라면 일 년에 한 번씩 재를 지내줄지도 몰라. 아버지나 나나 이곳에 다시 오겠어? 합동

제사에 우리 어머니도 밥 한 그릇 얻어 자시는 거지. 뭐. 불쌍한 어머니."

"어떻게 그걸 알았니?"

"감방에서 들었지. 그런 일에 선수들만 모여 있으니 말이지. 바다에 빠뜨리는 경우가 많더라고. 낚시꾼들이 없어서 다행이네. 금방 물고기 밥이 되는 건 억울하잖아?"

아들은 능숙하게 유골을 뿌렸다. 포말에 뼛가루가 이내 녹아들었다. 아들이 울부짖었다.

"불쌍한 어머니, 잘 가시우. 거기선 절대 아버지 같은 놈과는 몸을 섞지 마시우. 여자에게 처녀냐고 묻는 얼빠진 놈이 어디 있겠어? 난 어머니가 한 말 믿거든. 처녀였다는 말, 순정을 바쳤는데 돌아오는 것은 의심이었다는 말. 네 아버지가 죽어야 내가 살겠구나 하고 말하셨지. 이제 그따위 말 같지도 않은 말은 하지 않을 남자 귀신과만 섹스하시우. 실컷 하시우. 이승에서 못다 한 거 거기선 실컷 하시우. 뒤돌아보지 말고 잘 가시우."

믿을 수가 없었다. 아내가 아들에게 신혼 첫날밤의 거사를 이야기했다는 것도, 순결했다고 말했다는 것도, 내가 먼저 죽기를 바랐다는 것도. 아들을 쳐다보았다. 아들은 유골함 단지를 바다에 던지고 내 쪽으로 다가왔다. 아들이 나를 비껴 차 쪽으로 걸어갔다.

"정말이야? 엄마가 너에게 한 말?"

아들이 나를 쳐다보았다.

"왜? 이제 마음에 들어? 처녀였다는 것이 진실로 드러나서? 나 같은 천하의 잡놈도 여자에게 처녀냐고 함부로 묻지 않아. 그건 남녀 상도덕에 위배되거든. 공평해야지. 안 그래? 그럼 아버지는 숫총각이었어? 그럴 리가 없지. 더럽게 논 놈들만 그런 걸 따지거든. 어쨌든 이제 공은 아버지에게 넘어왔어. 남은 평생 죄책감을 가지고 살아야지. 그걸 이 아들에게 회개하면 되겠네. 돈으로 말이지."

나는 아무 말도 할 수가 없다.

"뭐 해? 어서 가자고. 집에 들렀다가 가자며? 집에 가서 샤워나 하고 가야겠어. 바닷바람에 뼛가루가 온통 내 머리통으로 올라붙었다니깐."

아들은 집 안으로 들어오자마자 웃통을 훌렁 벗어젖히는가 하더니 난데없이 나의 목에 칼을 겨눴다.

"아버지의 속셈을 알아버려서 어떡하지? 지금 내 손에 죽지 않으려면 잘 들어. 피를 묻히고 싶지 않아. 무엇보다 다시 감방에 갇히고 싶지 않아. 내 눈을 똑똑히 봐. 내가 출소해서 나올 때까지 아버진 살아 있어선 안 돼. 자살하는 게 좋겠지. 정신병원에 있던 마누라가 투신한 것이 자살의 유리한 핑계가 되겠지. 나라는 범죄자 아들도 그렇고. 그렇게 하겠다고 말해. 만약 하지 않는다면 아버지를 죽일 수밖에 없으니까. 아버지의 시신을 싣고 조금 전 유골을 뿌린 그곳에 가서 수장시켜버릴 테니까. 그렇게 해도 법망에 걸리지 않는 방법을 잘 알아. 난 완전범죄에 성공할 수도 있고 정당방위를 주장하는 법도 알아."

내가 아무 말도 하지 않자 아들이 버럭 소리를 질렀다.

"말을 하라고. 약속을 하라고."

"알았다. 알았어. 그렇게 하마."

나는 거짓말을 하는 자신을 발견했다.

"좋아. 내가 출소해서 돌아오는 날까지 반드시 자살에 성공해야 돼. 아, 내가 돌아오기 이틀 전쯤이나 그러면 좋겠어. 너무 일찍 자살해버리면 시체에서 나는 냄새로 인해 집이 고약해질 수 있으니까. 내가 원체 냄새에 민감해서 말이지. 감방에서도 그놈의 더러운 새끼들 냄새 때문에 얼마나 고생했는지 짐작도 못 할 거야. 자, 이야기 끝났어. 이제 나가서 고기 좀 먹고 가자고. 고기 냄새를 풍겨야 감방 새끼들이 침을 흘리며 날 부러워할 테니까."

깊은숨을 내쉬었다. 그녀가 한 말이 떠올랐다. '죽일 수 있을 때 죽였어야 했어요.' 아들이 주섬주섬 옷을 입느라 칼을 내려놓은 사이에 나는 재빨리 칼을 집어 들고 아들의 가슴을 향해 달려들었다. 칼은 가슴 한복판에서 다소 빗나갔다. 아들은 단말마 같은 신음 소리를 내며 쓰러졌다. 아들의 가슴에서 얼른 칼을 뽑아 방바닥에 내던졌다. 아들은 그렁그렁 소리를 내었고 그 소리를 듣지 않으려고 양손으로 귀를 막았다. 그러다가 칼을 집어 들고 나의 목에 갖다 대었다. 피 묻은 칼은 미끄덩거렸다. 칼의 손잡이를 잡고 다시 목에 겨누었지만 칼끝은 겨우 살갗의 표면을 스쳤을 뿐이다. 칼을 벽으로 던졌다.

그녀가 나를 뚫어질 듯 바라보았다. 하마터면 그녀를 집 안으로 들어오라고 말할 뻔하였다. 그녀는 피 냄새가 진동하는 집 안, 침대 위에 얌전하게 누워 있는 아들의 시신을 보면 실신할지도 모른다. '내가 한 말 때문에 그런 거예요? 아버지가 아들을, 아들이 아버지를 죽이려고 했다는 말 때문에 이런 일을 벌인 거예요? 아, 내가 말을 하지 말았어야 했는데.' 이렇게 부르짖을지도 모른다.

도대체 무슨 짓을 저질렀던가. 나는 그녀를 보고 나서야 내가 엄청난 일을 벌여놓았음을 알게 되었다. 그렇게 하지 않았더라면 그녀와 함께 각자의 아들을 면회하고 길을 걷고 물오리 떼를 구경하고 나아가 그녀의 몸속에 흡입될 수도 있었다. 무엇보다 그녀의 말에 대한 진위를 파악하느라 의심과 질투와 증오의 유희를 즐겼을 것이다. 나는 간신히 후회를 억눌렀다. 그녀에게 말했다.

"여기에 오면 안 된다고 했을 텐데……."

그녀가 놀란 눈으로 나를 바라보았다.

"절대 다신 여기에 오지 마. 내가 없을 테니까."

"당신 설마…… 설마…… 무슨 짓을 한 건 아니지요? 아들에게…… 아들을…… 그랬다면, 정말 그랬다면 당신은 악인이군요. 내 남편처럼. 신고할 거예요. 지금 당장."

여자가 문에서 멀어지며 계단을 향해 달려갔다. 발자국 소리가 어지럽게 들렸다. 나는 집 안으로 들어갔다. 아들은 축 늘어져 있다. 아들의 몸은 축축하면서도 차갑다. 아들의 피 묻은 가슴에 내 머리통을 갖다 대었다. 심장은 완전히 멈춰 있다. 서서히 나의 목에 칼을 갖다 대었다가 떼었다. 그것을 두 번쯤 반복하다가 세 번째가 되어서야 칼을 완전히 목줄기에 꽂을 수 있었다.

근친(近親)을 선택하는 세 가지 방식

근친(近親)을 선택하는 세 가지 방식

방이 하나면
근친상간의 소문을 무릅쓰고
어머니와 아들이 함께
지낸다. 아니
아들과 어머니 사이에
진짜 근친 같은 일이 벌어지기도 한다.
　　　　— 장정일 시집『햄버거에 대한 명상』중「방」에서

　여기까지 흘러왔다. 재개발의 광풍도 닿지 못한 지방의 한 작은 동
네는 바로 앞에 역이 있어서일까, 미처 떠나지 못했거나 영영 떠나지
못하는 사람들이 옹기종기 모여 있는 형국이었다. 골목의 가장 막다
른 집 앞에서 가쁜 숨을 내쉬었다. 금이 가 있는 담벼락, 칠이 벗겨져
녹물이 줄줄 흘러내리고 있는 붉은 대문 앞에서 그가 얼굴을 찌푸렸

다. 나는 그가 돌아설까 봐 얼른 주저리주저리 말을 늘어놓았다. 나의 말에 겨우 이곳까지 따라온 그였다.

'이 도시에서 보증금 없이 월세인 집은 여기밖에 없어. 마당을 보면 마음이 달라질 거야. 꽃나무가 얼마나 많이 있는지 몰라. 석류나무, 모과나무, 장미덩굴. 이층 우리 집으로 올라갈 때마다 그것을 볼 수 있어. 무엇보다 원룸이 아닌 게 어디야? 난 절대 원룸에서 아기를 낳고 싶지 않아.'

칠십 대 후반의 주인 여자는 만삭이 다 된 나의 배를 얼마나 간절하게 쓰다듬는지 일순 병으로 오래전에 죽은 어머니를 떠올리게 하였다.

그는 계단을 올라가면서 집 둘레 전체를 삥 둘러쳐놓은 나무판자로 된 울타리가 마음에 걸렸는지, '원룸과 뭐가 다르다는 거야? 마치 감옥 같군.' 하고 말했다.

"이 동네를 한번 둘러봐요. 전부 다 이렇지. 모두들 혼자 사는 노인네들뿐이고 무엇보다 좀도둑이 여간 많아야 말이지."

주인 여자는 뭔가 숨기는 듯 보였지만 별거 아닐 것이라고 애써 마음을 추슬렀다. 하루가 다르게 배가 불러왔기 때문이다.

주인 여자의 구차한 변명에 그의 얼굴은 더욱 굳어졌다. 요즘 들어서 그는 더욱더 예민해졌다. 진정제를 먹어야 겨우 잠을 청하는 형편이었다. 결혼하기 전 그는 정신병력이 있음을 고백했다. '결혼하기에 나는 치명적인 결함이 있어. 자주 사라지고 싶은 충동이 일어나는 질병 말이야. 이런 나를 감당할 수 있겠어?' 이미 임신을 하고 난 뒤였다. 물론 임신 때문에 결혼을 서두른 것은 아니었다. 그가 있는 세상과 그가 없는 세상은 현격한 차이가 났고 나는 그와 어떤 식으로든 연결되어 있고 싶었다. 그를 아주 가까운 곳에서 바라보고 싶었다.

"누구나 그만한 병은 있어. 그 어떤 것으로도 당신을 구속하는 일은 없을 거야."

그가 입술을 깨물며 기분 나쁜 웃음을 지었다. 가슴이 철렁한 것은 바로 그의 빈정대는 표정이었다. 웃지 않는 남자. 웃음을 모르는 남자가 할 수 있는 최대한의 긍정이 겨우 비틀린 표정이라니. 뱀이 대가리를 치켜들며 나를 칭칭 감는 듯한 공포를 느꼈다. 하지만 나는 뱀의 몸통을 누르듯 그 감정을 발로 완강하게 눌렀다.

그는 그의 말대로 자주 사라졌다. 집에 돌아오지 않는 날이 많았고 휴대전화는 자주 꺼져 있었다. 그가 부재 중임을 알릴 때마다 그의 어머니는 '내 자식인데도 말이 없고 차가워서 생판 남처럼 어렵구나.' 하고 한숨을 내쉬었다. 그가 고등학교 때 손목에 칼을 긋는 자살을 감행했다는 것도 그의 어머니를 통해서 알게 되었다.

"병원 응급실에서 깨어난 뒤 이렇게 울부짖더구나. 왜 날 살린 거야? 왜? 여기가 지옥이나 마찬가진데. 정말 가슴이 무너지더구나."

열흘 동안이나 소식이 없는 그를 기다리다가 전화를 했을 때 그 아이에게 간 건지도 모르겠다, 그의 어머니는 탄식 끝에 말을 흘렸다. 겨우 아들과 어머니라는 단출한 가족에 이렇게 복잡한 사연이 있다는 것이 믿어지지 않았다. 그와 그의 어머니, 그리고 그 아이라는 사람의 비밀이 스멀스멀 기어 나오는 것처럼 느껴졌다. 언젠가 이렇게 물은 적이 있었다. '혹시 나 말고 다른 여자가 있어? 그래서 자주 사라지는 거야?' 그러자 그는 '겨우 이 정도이면서 사랑 타령을 했던 거야?' 하며 조롱하듯 말했다.

"내가 그랬지? 난 이런 사람이라고. 함께 살기에 부적합한 사람이라고. 그래 더 견뎌봐. 네가 자초한 거니까."

하지만 나는 그에 대한 애정을 포기하지 않았다. 오히려 그와 동류의식마저 들었다. 그 또한 나처럼 위험하고 혼란스러운 시간을 경유한 사람이라는 예감 때문이었다.

'작은어머니, 드디어 제가 결혼하게 되었어요. 밥도 챙겨주시고 용돈도 챙겨주신 작은어머니의 고마움을 제가 잊을 리가 있겠어요?' 싱글벙글 웃고 있는 사촌오빠를 보자 나의 몸이 사정없이 떨렸다. '그렇게 멍하니 서서 뭐 하고 있어? 오빠를 축하해주지도 않고.' 그러자 그가 껄껄 웃었다. '야, 내가 결혼한다니까 충격받았어? 취업도 못 한 주제에 결혼이라니, 하고 생각하는 모양이구나? 그건 너무한데?' 나는 사촌오빠의 말에 더욱 몸이 얼어붙었다. 교복을 벗고 있던 나의 손목을 잡아채어 내 방으로 질질 끌고 갔던 것을 잊은 모양이었다. 울고 있는 나의 얼굴에 입술을 갖다 대며 속삭였던 것도 잊은 모양이었다.

"쉬쉬. 울지 마. 이건 너와 나만 알고 있는 비밀이야. 무덤 속에 갈 때까지 말하면 안 돼. 네가 만약 말하게 되면 네 아버지와 내 아버지는 원수가 될 거야. 그러면 우리 집안은 풍비박산이 되는 거지. 안 그래? 쉿."

나는 사촌오빠의 결혼식 전날 큰아버지의 집으로 찾아갔다.

'너 정말 무서운 계집애구나. 그래. 내가 잘못했다고 하자. 그건 남자라면 으레 일어나는 성충동 때문에 그런 거라고. 그때 그냥 네가 있었던 거야. 내 앞에 단정한 교복을 입은 눈부신 갈래머리의 여고생 말이야. 그런데 그렇다고 해서 이렇게 하면 안 되지. 네가 지금 무슨 짓을 하려고 하는 것인지 알아?' 내가 말했다. '이제 난 그때의 힘없는 여고생이 아니야. 어떻게 해? 나를 따라갈 거야? 아니면 오빠 집과 우리 집에 이 사실을 알릴까?' 그러자 사촌오빠는 한참 동안 길길이 날뛰다가 으박지르다가 회유하다가 결국 고개를 푹 숙이고는 여관으로 따라 들어왔다. 나는 나의 의지대로 사촌오빠와 성관계를 마쳤다. 관계가 끝난 후 사촌오빠는 '이건 내 신부든 그 누구든 절대 알아선 안 돼. 알았지? 이것으로 끝이다.' 하고 말했다.

사촌오빠는 결혼식장에서 내내 불안한 표정이었고 연신 땀을 흘렸다. 그것을 지켜보던 엄마가 속삭였다. '아니 쟤가 왜 저래? 평소와는 다르게 왜 저렇게 긴장하는 거야? 신부도 울상이고. 신부 혼주석 봐. 못마땅해서 어쩔 줄 모르고 있잖아?' 난 크게 소리 내어 웃었다. '어머 깜짝이야. 갑자기 얘가 왜 이래? 쉿, 웃지 말라니까. 사람들이 보고 있잖아? 아니, 얘가 미쳤나.' 엄마가 나의 입을 손바닥으로 막았다.

그는 약기운에 취한 채 잠들어 있다. 얼굴을 잔뜩 찌푸리고 태아처럼 웅크리고 있다. 선글라스를 한 그가 카메라를 든 채 신부 옆에서 못마땅한 얼굴로 서 있을 때 미용실 원장이 내 귓가에 속삭였다.

"사진만 잘 찍지 않으면 벌써 잘랐을 거야. 근데 신랑신부들의 입소문이 자자해서 말이지. 저렇게 시건방진데도 어쩔 수가 없어."

실내 웨딩 사진 촬영 때의 일이었다. 신랑이 '오늘 잘 부탁합니다.' 하고 말했을 때 그는 미간을 찌푸리며 뒤돌아섰다. 신랑이 그의 불친절한 태도에 대해 항의하자 신부가 '참아야 해. 자기야. 사진만 잘 찍으면 되지 뭐.' 하며 팔짱을 끼었다. 그러다가 메이크업 담당이 그와의 불화로 그만두게 되었고 결국 그 일은 나에게 맡겨지게 되었다. '제발 부탁이니까 잘 좀 참아줘. 저만 한 사진작가가 없어. 요즘은 사진 연출이 더 중요하니까. 이미지 말이야.' 하고 원장이 말했다.

그의 차를 타고 처음으로 야외 촬영을 갔던 날, 그는 도중에 철수하였다. '아, 제 코가 선명하게 드러나지 않았잖아요? 다시 찍어주세요.' 하며 연신 카메라 모니터를 보며 조른 것은 신부였고 '제 키가 좀 더 크고 다리가 길게 나오도록 해주세요. 신부는 상대적으로 작게 해주고요. 당신은 우리 때문에 고용된 거 아닌가요? 근데 왜 우리의 말을 들어주지 않는 거지요?' 하고 말한 쪽은 신랑이었다. 그는 차를 타고 가버렸고 결국 나는 무거운 가방을 든 채 시외버스를 타고 돌아와야 했다. 그런 일은 자주 있었고 그럴 때마다 혼자 버스를 타고 돌아왔다. 그러던 어느 날이었다. 순조롭게 야외 촬영을 마치고 그는 내가 사는 원룸에 데려다주었다. 나는 집 앞에서 그에 대한 나의 연정을 고백했다. 그는 당황한 듯 한참 동안 말을 하지 않고 있다가 결심을 한 듯 차에서 내려 원룸으로 들어왔다. 얼마 지나지 않아 나의 몸과 그의 몸은 겹쳐졌다. 나는 성행위가 어색하게 느껴졌고 마치 근친 상간처럼 느껴지기도 했다. 그 또한 그랬던가. 그가 얼굴을 찌푸리며 말했다.

"이것으로 엮을 생각 하지 마. 우린 둘 다 생리적인 욕망을 해결한 것에 지나지 않으니까."

그는 빨래를 널고 있는 나를 힐끗 곁눈질하고는 카메라 가방을 멘 채 계단을 내려간다. 오늘은 야외 촬영이 있는 날이다. 만삭인 나는 그를 따라갈 수가 없다.

'자, 찍습니다. 웃으세요. 서로 마주 보시고요. 신부는 신랑의 어깨에 얼굴을 기대시고. 이제 입술을 포개십시오.' 그는 이 말을 온종일 지껄여야 하는 자신에 대한 자괴감에 사로잡혀 있다.

"그들의 몸통을 산산조각 내어놓은 뒤 낱낱이 찍고 싶을 정도야."

그는 잔뜩 피곤에 전 얼굴로 돌아와 이렇게 내뱉곤 했다. 난 그의 말이 이렇게 들렸다. '난 네가 아이를 낳을 때쯤이면 또다시 달아날지도 모른다. 아이와 대면하는 것이 정말 괴롭다.' 이미 그는 만삭의 나를 정면으로 보지 못하고 있다. 출산할 날짜가 다가오면서부터 그는 더욱더 예민해지고 있다. 죽기 위해 떠나는 것처럼 지치고 무력한 그의 뒷모습이 완전히 사라질 때까지 나는 바라보았다.

싱크대 환풍기 위에 뚫려 있는 창문으로 후두두 비가 떨어졌다. 비는 창틀에 고여 있는 먼지를 쓸어 가면서 알싸한 먼지 냄새를 풍겼고 정원의 흙냄새와 뒤섞여 이층까지 올라오는 듯했다. 나는 욕실로 들어갔다. 출산 예정일이 가까워질수록 자주 요의를 느꼈다. 그 순간 이상한 소리를 들었다. 처음엔 간헐적으로 들리던 소리가 점차 길어졌다. 그 소리는 화장실 천장 가까이에 붙어 있는 작은 창문으로 들려왔다. 그것은 뒷집에서 나는 소리였다. 담이 붙어서인지 마치 방 하나를 사이에 두고 있는 것처럼 가깝게 들렸다. 녹슨 쇠처럼 탁한 쇳소리와 병든 짐승의 신음과도 같은 소리가 겹쳐 들려왔다.

마치 고양이가 쥐를 어르고 회유하는 것처럼 쇳소리가 다그쳤고 나이가 든 여자, 노파의 것으로 들리는 목소리는 일방적으로 공격을 당하고 있다. 그 소리는 점점 더 가깝게 들려왔다. 쇳소리는 '옷을 벗어.' 하고 요구하고 있었고, 노파는 '이놈아, 제발 큰소리 좀 내지 말아.' 하고 쩔쩔매었다.

나는 변기 위에 앉은 채 창문에 귀를 바싹 갖다 대고 있었다. 나의 귀는 거대한 물음표가 되었다. 호기심은 점점 불온한 상상으로 번졌고 나중엔 이 불온한 상상이 뒤집히길 바라는 절박한 심정이 들었다. 노파는 '아이고 이 불쌍한 놈아.' 하고 낮은 목소리로 울먹였다. 먼 사막을 걸어온 듯 지치고 지친 노파의 목소리는 비통했다. 쇳소리의 남자는 벌컥 소리를 질러댔다. 폭죽처럼 큰 그 소리에 노파가 '알았다, 알았어. 제발 소리만 지르지 마라, 이 불쌍한 놈아.' 하고 말했다.

이윽고 부스럭거리는 소리와 함께 거친 숨소리가 들려왔다. 헐떡이는 가쁜 숨소리는 비 내리는 한여름 밤과 단번에 섞였다. 세상에서 들어본 소리 중 가장 끔찍한 소리가 규칙적으로 새어 나왔다. 현기

증을 느끼며 변기에서 일어났다. 귀 안에서 수많은 지네가 꿈틀거리고 있는 듯 느껴졌다. 헛구역질을 몇 번이나 했다. 그러다가 방으로 들어왔다. 희끄무레한 방 안에 그가 돌아누워 있었다. 힘없이 바닥에 주저앉았다.

방바닥은 거대한 빨판처럼 느껴졌다. 피가 몽땅 빠져나가는 듯 현기증이 일어났다. 공포에 질린 아이처럼 몸을 떨며 간신히 누웠다. 그의 몸이 얼음장처럼 굳어 있었다. 그가 몸을 돌려 나를 안았다. 그는 점점 더 다가오는 불온한 소음에서 벗어나기 위해 안간힘을 쓴다. 하지만 나는 그의 깊은 불안은 남녀의 교접으로는 해소할 수 없다는 것을 알고 있다.

주인 여자의 문을 두드렸다. '예수천국 불신지옥'이라는 글귀가 쓰인 문에 십자가가 걸려 있었다. 문을 두드리자 주인 여자가 나왔다. 거실에는 몇몇 사람들이 무릎을 꿇은 채 기도를 하고 있었다. 주인 여자는 기도를 마쳐야 한다며 문을 닫아버렸다. 마당에는 덩굴장미가 울타리를 만들고 있었다. 정원 뒤쪽으로 걸어갔다. 겉으로 보는 것과 달리 나무판자로 된 담의 둘레는 상당히 길었다. 그것은 마치 철옹성과도 같았다.

그제야 이 울타리의 용도를 완전히 알 수 있었다. 울타리는 바로 뒷집의 소음을 차단하기 위해서 만든 것이다. 마치 그것은 선과 악의 경계를 긋는 방호벽인 것처럼 서 있었다. 이윽고 현관문이 열리면서 주인 여자와 교인들이 차례로 나왔다. 그들은 옆구리에 두꺼운 성

경책을 끼고 있다. 마치 이 일을 예감이라도 한 것일까? 주인 여자는 '기한 전이니까 세입자가 세를 놓고 나가야 하는 것은 잘 알고 있을 거야. 사실 세 놓기가 쉽지 않을 거야. 그래도 난 어쩔 수가 없지.' 하고 냉정하게 말했다. 하지만 망연히 서 있는 내가 불쌍해 보였던 것일까, 한숨을 내쉬며 말했다.

"그 집 아들, 예전엔 정말 착실했던 사람이야. 인사성도 바르고. 그러다가 이상해졌지. 회사에서 잘려서 그렇다는 말도 있고 따돌림을 당했다는 말도 있고. 그 아들의 마누라가 아이들을 데리고 나간 후로 증세가 더 심해졌지. 문제는 저 노파가 아들을 정신병원에 넣지 않으려고 하는 데 있어. 아들이 없으면 자신은 죽은 목숨이라고 하는데 그걸 어쩌겠어?"

할 말을 잃어버린 채 돌아서는 내 등에 대고 주인 여자가 말했다.

"모든 건 우리 주 예수님에게 의지해야지. 난 뒷집의 모자를 위해 매일 기도해."

다시 문이 닫히고 나는 계단으로 올라갔다. 계단 맨 끝에 서서 뒤편으로 보이는 노파의 집을 내려다보았다. 막다른 골목 끝에 있는 노파의 단층집은 폭삭 주저앉아 마치 날짐승이 먹이를 숨겨놓은 굴처럼 보였다. 한눈에 들어오는 작은 마당 한쪽에 콜라 병과 소주 병이 산처럼 수북이 쌓여 있고 그 옆에 노파와 아들이 있었다. 노파는 마당에 앉아 있었는데 그 앞에 바로 아들이 서 있었다. 아, 미친, 나는 비명을 지를 뻔하였다.

아들이 바로 노파 앞에서 성기를 꺼낸 채 오줌을 누기 시작하였다.

거대한 성기는 바로 노파의 얼굴을 향해 있다. 노파는 앉은뱅이걸음을 하며 옆으로 피했다. 아들이 부르르 몸을 떨며 마당에 구르고 있는 찐 옥수수를 입에 문 채 어디론가 사라졌다. 노파는 뜨거운 햇빛에 그대로 목덜미를 드러낸 채 마당 한 편에 걸린 솥에서 연신 옥수수를 꺼내고 있다. 뿌연 김이 노파의 얼굴을 덮었다. 노파는 찐 옥수수와 찐 감자를 채반에 올려놓았다. 순간 아기가 발로 차는 듯 배가 툭 불거져 나왔다. 엉금엉금 기다시피 하며 겨우 방으로 들어갔다.

그가 웅크려 자고 있다. 그는 점점 명확해오는 불온함에서 벗어나기 위해 몸부림을 치고 있다. 그는 달아날지도 모른다. 그의 정신병력은 이것을 이겨내기 힘들다. 그가 자신의 질병을 고백했을 때 나 또한 사촌오빠와의 일을 말하고 싶었다. '어떻게 너는 그렇게 할 수 있었니? 어떻게 그렇게 엄청난 짓을 할 수 있었니?' 그게 나았을까. 그를 붙잡아두기 위해선 그게 최선이었을지도 모른다. 나는 그를 오래도록 바라보았다.

바람 한 점 없는 여름밤, 악취가 나는 음식물 쓰레기통과 쓰레기봉지가 대문 밖에 뒹굴었다. 주차한 차 밑으로 고양이가 잽싸게 숨어들어갔다. 옆 골목 끝에서 누군가 어른거렸다. 뒷집 노파였다. 노파는 금방이라도 꺾어질 듯 잔뜩 굽은 등으로 폐지를 줍고 있었다. 평상 위에서 술을 마시고 있는 사내들이 힐끔 노파를 훔쳐보았다. 노파는 손수레에 종이상자와 플라스틱 용기, 각종 병과 깡통, 낡은 의자를 매달고 있었다. 사내들 중 한 사람이 노파의 발밑을 겨냥해서 담배꽁초를 던졌다. 노파는 떨어진 담배꽁초를 주워 녹슨 깡통에 넣었다. 그러자 앉아 있던 사내들이 와 하고 소리를 지르며 웃어대었다.

노파는 그림자를 길게 끌며 도로를 향해 걸어갔다. 이제 사내들은 노파를 바라보고 서 있는 나를 보았다. 그들의 눈빛은 마치 아들과 붙어먹은 노파에 대한 반감을 나의 만삭의 배를 향해 드러내고 있는 듯했다.

그때 주인 여자가 한껏 멋을 부린 차림으로 대문을 나서고 있었다. 주인 여자는 나를 보자 허둥대며 어둠 속으로 사라졌다. 화장품 냄새가 진동했다. 나는 주인 여자가 이 밤을 피해 어딘가를 향해 달아나는 것처럼 보였다.

뒷집에선 또다시 끔찍한 소음이 시작되었다. 어제보다 더욱 가깝게 들려왔다. 노파의 말라비틀어진 젖가슴과 그 젖가슴에 얼굴을 파묻고 있을 아들이 겹쳐진다. 그리고 이웃 사람들조차 나처럼 귀를 바싹 붙인 채 엿듣고 있을지도 모른다는 생각이 들었다. 주인 여자처럼 죄의식을 벗어던지기 위해 밤거리로 뛰쳐나갈지도 모르고 사내들은 아내를 마구 쓰러뜨리고 사춘기 소년들은 고통스러운 수음에 열중하고 있으며 그는 어딘가에 있을 '그 아이'와 사랑을 나누고 있을지도 모른다.

나는 화장대 앞에 앉아 화장을 하기 시작했다. 기미가 앉은 얼굴 전체에 파운데이션을 바르고 눈두덩에 보랏빛과 형광색의 펄을 덧칠하였다. 코 옆으로 음영을 주는 파우더를 뿌리고 입술에 붉은 립스틱을 발랐다. 마치 무대 위에 선 무희처럼 화려한 화장을 마쳤다. 어느

새 거울 속엔 낯선 여자가 들어와 있었다. 입술을 비틀며 웃어대고 있는 여자의 입가엔 서늘함이 서려 있다. 여전히 끔찍한 소리는 이어지고 있다. 거친 숨결 밑에 깔린 노파의 아랫도리에서 핏물이 번지는 것처럼 느껴진다.

나는 얼굴 중앙에 붓으로 선을 그었다. 먼저 세로로 긋다가 가로로 긋다가 대각선으로 마구 그었다. 온통 붉은 피로 물든 여자가 낄낄 웃고 있었다.

동네 슈퍼에서 맞닥뜨린 뒷집 아들은 한눈에도 환자처럼 보였다. 온몸이 털로 뒤덮여 있어 마치 동굴에서 나온 원시인처럼 보이는 그는 연신 불안한 눈동자를 사방으로 굴리고 있었다. 그는 진열대에서 콜라 몇 병을 가져와 진열대에 올려놓았다.

"이제 돈을 가져오지 않으면 줄 수 없다고 했지?"

"죄송해요. 이번만 봐줘요."

그는 유순한 아이처럼 진열대에 매달려 있었다. 슈퍼 여자는 뒤에서 기다리는 나를 의식해서인지 '네 엄마가 불쌍해서 이번에는 봐주지만 다음엔 어림도 없어.' 하고 윽박질렀다. 그는 싯누런 이빨을 드러내며 고개를 땅에 처박기라도 할 듯 여러 번 절을 하고는 가게를 나갔다. 슈퍼 여자는 쯧쯧, 하며 혀를 찼다. 그는 불안한 걸음걸이로 도로를 건넜다. 달리는 차들이 연신 경적을 울려댔다. 슈퍼 여자는 혼잣말처럼 중얼거렸다. '저렇게 착한 사람이 밤만 되면 지어미에게 덤빈다니 믿기지가 않지.'

슈퍼 여자는 그러다가 내가 올려놓은 세제와 휴지를 보더니 단박에 표정이 달라진다.

"아, 얼마 전에 이사 온 새댁이구나. 아이고, 만삭이네. 이 더운 여름에 얼마나 힘들까?"

슈퍼 여자가 내 앞으로 바싹 다가와 속삭이듯 말한다.

"주인 여자가 좀 그렇지? 절대 동네 가게는 오지도 않거든. 휴지 하나만 사는 것도 대형 마트에 간다니깐. 그전에는 안 그랬어. 아들 내외가 그렇게 되고부터 갑자기 교회를 다니더니, 이젠 교회 사람이 아니면 상종도 하지 않는다니깐. 아, 그 주인 아들 내외 말이야. 그 집 며느리가 새댁처럼 만삭이었을 때 그만 사산이 되고 말았어. 아마 이층 방에서 밤마다 스트레스를 많이 받았던 때문일 거야. 화가 난 아들이 그들 모자를 죽인다고 갔을 때 노파가 발밑에 머리를 조아리며 애걸하더라고 하네. 자신과 아들을 찔러달라는 노파 옆에서 미친 아들은 웃고 있었다고 하더구먼. 결국 아들 내외는 다른 곳으로 이사 갔지. 집을 팔려고 내놔도 소문 때문에 성사가 안 돼."

나는 가게를 나와 전봇대와 벽, 그리고 집 대문에 '방 있음'이라고 쓴 전단지를 붙였다. 도로 밖에까지 나왔다. 해는 거대한 복사기가 여러 개 찍어낸 것처럼 이글대었다. 차들은 녹아버린 듯 천천히 움직였고 그 사이로 앰뷸런스가 사이렌을 울리며 지나갔다.

전단지가 모두 떨어질 때까지 붙였다. 그러다가 어느새 시장 입구까지 왔다. 과일과 채소를 파는 난전 사이에 끼어 있는 낯익은 노파를 발견하였다. 찐 옥수수와 찐 감자를 앞에 차려놓고 있는 사람은 바로 그 뒷집 노파였다. 말라비틀어진 손목으로 부채를 만들어 젓고 있는 노파는 태엽 감은 인형처럼 '맛있어요. 정말 달아요.' 하며 반복하고 있다. 그러나 그 힘없는 소리마저 달리는 차들의 소음에 묻혀버렸다. 낡은 옷과 닳아빠진 슬리퍼를 걸친 노파의 몸은 너무나 깡마른 나머지 옷이 마구 휘감길 정도였다. 얇은 윗옷 사이로 축 늘어진 젖가슴이 보였다. 노파는 빤히 쳐다보고 있는 나에게 '한번 먹어봐요. 몸에도 좋아요.' 하며 찐 감자를 내민다. 나는 손사래를 치며 경멸하듯 노파를 쳐다보았다. 노파는 나의 배를 빤히 보았다. 그러더니 찐 옥수수 하나를 나에게 건넸다.

"돈을 받으려고 하는 게 아니에요. 순산하라고 그냥 주는 거예요."

불에 덴 것처럼 얼굴이 화끈거렸다. 노파의 손을 거칠게 내쳤다. 그 서슬에 찐 옥수수가 바닥으로 떨어졌다. 노파는 어쩔 줄 모르는 표정이었다. 도망치듯 그 자리를 빠져나왔다.

메이크업을 담당하던 여자가 갑자기 펑크를 낸 때문에 그를 따라 나서야 했다. 사십여 분을 달려 차는 시 외곽에 있는 한 유원지에 도착했다. 다리 옆으로 폭이 넓은 하천이 흐르고 있었다. 나는 서둘러 신랑신부의 얼굴을 화장하기 시작했다. 신랑신부는 계속 투덜대었다. 뿌연 거품의 녹조가 고인 하천은 몇 달 전과는 완전히 달라져 있었다. 하천 아래 하나둘씩 들어서기 시작한 식당과 모텔이 원인이었다. 왜가리는 더 이상 보이지 않았고 대신 까마귀가 하천에 쌓인 오물 더미 위에 앉아 있었다.

신부는 코를 막고 웨딩드레스 자락을 한껏 끌어올린 채 바위에 앉았다. 신랑은 연신 담배를 피우고 있다. 그가 셔터를 누르는 순간 그들의 주위로 까마귀 떼가 날아들었다. 까마귀 떼는 큰 동심원을 그리며 그들 주위를 맴돌았다. 신부는 까마귀의 원무를 불안한 얼굴로 바라보았다.

사진을 찍고 있는 그에게 음료수를 갖다 주기 위해 노상 주차장으로 갔다. 음료수를 꺼내는 순간 가방 밑에 있는 한 장의 사진을 발견했다. 한 여자를 찍은 사진이었다. 알록달록한 한복과 머리 위에 붉은 종이꽃을 단 여자는 진한 화장 때문에 예사롭게 보이지 않았다. 눈에 서린 귀기가 사진에서 뿜어져 나올 듯 강렬했다.

마침내 사진 촬영이 끝났다. 그는 차를 몰았다. 나는 식은땀에 온몸이 젖었다. 사진을 그에게 내밀었다. 그가 무서운 얼굴로 돌변했다. 그는 차를 난폭하게 몰더니 유원지를 빠져나오자마자 차를 세웠다.

"내려."

나는 무슨 말인지 알 수 없었다. 그러자 그가 소리를 질렀다.

"내리지 않으면 같이 죽을래?"

그의 목소리는 마치 뒷집 아들의 목소리와 같았다. 나는 공포에 질려 차에서 내렸다. 차는 흙먼지를 일으키며 쏜살같이 사라졌다. 칠흑같은 어둠이 나를 에워쌌다.

그는 집에 돌아오지 않았다. 사진 속의 무복을 입은 여자에게로 간 것일까? 결국 그의 어머니가 말한 '그 아이'가 바로 그 여자였던 것이다. 흙과 오물에 더러워진 옷을 벗고 몸을 씻었다. 화장을 하기 시작했다. 아이섀도를 바르고 마스카라를 칠하고 광대뼈에 볼 화장을 하였다. 그리고 마지막으로 빨간 립스틱을 발랐다. 괴기스러운 여자가 거울에 비쳤다. 눈물이 번져 더욱 음습하게 보였다.

그러나 아무리 발버둥을 쳐도 정신은 온통 뒷집에 가 있다. 지옥에서 들려오는 듯 지독한 그 소리는 벽을 뚫고 들어오는 것처럼 크고 가깝게 들렸다. 쉰 목소리와 기진맥진한 채 저항하는 낮은 목소리가 한동안 이어진 뒤 그 끔찍한 소음이 시작되었다. 부스럭거리며 바닥을 끄는 소리, 그리고 곧 이어지는 거친 숨소리. 그들 모자를 죽이고 싶다는 강한 충동을 느꼈다. 모자가 피를 뿌리며 방바닥에 마구 뒹구는 상상을 하였다. 복통이 일어났다. 배를 움켜쥐었다. 태아처럼 몸을 웅크렸다. 현관문 사이로 굵은 비가 떨어지는 소리가 들렸다. 역한 냄새를 피우며 여름비가 땅으로 스며들고 있다. 점점 복통이 심해졌다.

목에 탯줄을 친친 감은 태아는 나를 노려보았다. 팅팅 불어터진 눈두덩 아래 허연 점액질로 반쯤 가려진 눈동자가 쏘아본다. 탯줄은 조금씩 태아의 목을 옥죄고 태아의 눈은 붉은 피로 번진다. 그때 그가 가위를 들고 나타난다. 그는 태아보다 더 붉은 눈동자를 하고 있다. 그는 가위로 탯줄을 자른다. 피가 그의 몸을 칠갑한다. 그는 태아를 높이 쳐들고 입을 벌린다. 단번에 태아를 삼킨다. 태아는 사라진다. 그리고 그도 사라진다. 다급하게 그의 이름을 부르지만 완전히 사라지고 없다.

의사의 가운이 희미하게 보였다. 그의 어머니가 슬픈 얼굴로 나를 내려다보고 있다. 아랫배가 홀쭉해진 것을 느꼈다. 비명조차 나오지 않았다.

"태아가 탯줄에 감겨 그만 질식된 채 사산되었습니다."

그의 어머니의 흐느낌이 아스라하게 들렸다. 의사의 말이 현실인지 아닌지 구분이 되질 않았다. 의사의 목소리는 바다 위에 떠 있는 부표처럼 아득하게 느껴졌다.

기찻길 건널목에서 쩌렁쩌렁 경고음이 오랫동안 이어졌다.

"여길 찾아가 봐라. 난 이제 더 이상 그 꼴을 볼 수가 없구나."

그의 어머니는 멍하니 누워 있는 나를 붙들고 무복을 입은 여자의 정체를 알려주었다.

"어릴 적 걔가 장난으로 누이동생을 밀어버렸어. 근데 그만 달리는 차에 머리를 다쳤어. 누이동생은 그 사고로 정신질환을 겪게 되었어. 각별한 남매였으니 걔의 상처가 컸지. 누이동생을 정신병원에 맡길 때마다 난리였으니까. 평생 누이동생과 산다고 할 정도였어. 어느 날 병원에 갔더니 걔가 와서 데려갔다고 하더라고. 신기가 든 누이동생을 위해 굿당을 차렸던 거야. 얼마나 기가 막히는지. 그 굿당을 찾아갔더니 그 아이는 날 알아보지도 못해. 내 말 잘 들어라. 아기가 그렇게 된 것, 어쩌면 너에겐 잘된 일이다. 내 욕심으로야 널 내 며느리로 붙잡고 싶지만 그건 너에겐 너무나 몹쓸 짓이지. 가봐라. 가보고 난 뒤 단념해라. 그것들은 평생 그렇게 묶여서 살아갈 운명이니까."

골목 입구에 푸른 대나무가 꽂혀 있었다. 골목 안으로 들어가니 낯익은 그의 차가 있다. 집 안으로 들어갔다. 작은 마당을 지나니 바로 나란히 있는 방 두 개와 그 사이로 마루가 보였다. 마루에 그의 옷과 모자가 걸려 있다. 그때, 한쪽 방에서 여자가 나왔다. 허공을 걷고 있는 것처럼 날렵하게 생긴 여자가 나를 내려다보았다. 사진 속에서처럼 눈빛이 매서웠다. 여자는 아무 말 없이 다시 방으로 들어갔다. 마루에 올라섰다. 향냄새가 진동하는 방에는 울긋불긋한 종이꽃들로 꽉 차 있었다. 제단 위에는 작은 불상이 있고 그 앞에 과일과 떡, 쌀 등이 놓여 있다. 여자는 상 앞에 눈을 감은 채 앉아 있었다. 여자의 맞은편에 앉았다. 여자의 얼굴에 그의 얼굴이 겹쳐 있는 듯 보였다. 그의 정갈한 입매를 그대로 베낀 듯하였다. 눈 아래 웅덩이처럼 패어 있는 불안한 그늘까지 그대로 닮아 있었다. 한참이 지났을까, 여자가 입을 뗐다.

"기다려. 그럼, 반드시 돌아온다."

그 여자가 한 말은 이것뿐이었다. 여자의 눈 밑이 서서히 젖어들었다. 나는 아무 말도 하지 못한 채 일어섰다. 나오다가 대문으로 들어서는 그와 부딪쳤다. 그의 손엔 포도송이가 들려 있다. 그는 나의 홀쪽한 배를 보더니 뭐라 말을 하지 못한 채 어, 어, 하는 외마디 소리만 지를 뿐이었다. 그를 지나쳐 밖으로 나갔다. 기차가 경적을 울리며 지나갔다.

노파의 흐느낌이 들려왔다. 소금에 절여지듯 가슴을 쓰리게 하는 소리는 한참 동안 이어졌다.

"아이고 이 불쌍한 놈아. 이제 너를 보낼 수밖에 없구나. 네가 정신이 들면 이 어미를 다신 안 볼까 봐 널 병원으로 못 보낸 거야. 네가 나에게 한 짓을 알게 된다면 어찌 우리가 모자로 만날 수 있겠느냐. 모두 이 못난 내 욕심 때문이지."

노파는 통곡했다. 나는 어지러움을 느끼며 간신히 자리에서 일어났다. 현관문을 열고 나가면서 습관적으로 배를 손으로 받쳤다. 배는 빈 자루처럼 후줄근하다.

노파의 통곡은 한낮의 정적을 찢어놓았다. 노파의 발 밑에 옥수수와 감자가 어지럽게 뒹굴고 있었다. 노파의 얼굴은 피투성이가 되어 있다. 옆에 서 있는 아들의 손엔 몽둥이가 들려 있다. 노파를 때린 게 분명하다. 노파는 혼절할 듯 위태롭다. 울타리 너머로 이웃 사람들이 노파의 집을 훔쳐보고 있다. 주인 여자와 교인들은 두 손을 모으며 기도할 뿐이다. 순간 노파의 목이 부러진 인형처럼 꺾어지면서 축 늘어진다. 노파가 한동안 아무 말이 없자 아들은 몽둥이를 던지고 노파를 흔들며 엄마, 하고 부른다. 노파는 축 처진 채 미동도 않는다. 아들은 손등으로 눈물을 훔치며 엄마, 엄마, 하며 연신 외친다. 그 광경을 지켜보고 있던 사람들 중 어느 누구도 그들을 구해주려고 하지 않는다. 아들은 노파를 등에 업었다. 축 처진 노파의 팔다리가 그의 등 아래서 절지동물처럼 흐느적거린다. 아들은 짐승처럼 울부짖는다. 아들의 발걸음은 비틀댄다. 햇볕은 사정없이 그들 모자를 찌른다. 도로 위에 서 있는 모자는 콜타르처럼 녹아내릴 듯하다. 골목 끝에서 아들은 지나가는 차를 향해 손을 크게 흔들고 있다. 그러나 차들은 멈추지 않는다. 나는 노파와 아들 쪽으로 빠른 걸음을 내디딘다.

그는 여전히 돌아오지 않고 있다. 그가 돌아오면 사산된 아기가 누웠던 나의 자궁 안으로 그를 품어줄 것이다. 그의 길고 긴 시련의 고통을 씻어주기 위해 오래도록 품을 것이다.

나는 죽었다

나는 죽었다

죽는 것에 성공했다. 수명을 다하기 전에 죽고 싶었다. 태어나지 않는 것에는 실패했으나 내 의지대로 죽는 것에는 성공했다. 나는 태반의 살점이 묻은 채 좁은 산도를 빠져나와 세상의 첫 광경을 목격하는 태아처럼 느껴진다.

죽으면 모든 것이 분명해지리라고 믿었다. 그러나 여전히 이승에서처럼 혼란스럽고 복잡하며 슬픈 감정에 휘둘리고 있다. 마음은 종잡을 수 없다. 마음의 시작을 모르니 끝도 있을 수 없으리라. 쉼 없이 질문하며 대답을 구할 수밖에 없을지도 모른다. 그 대답을 듣기도 전에 바로 자살이라는 방법을 선택하였다. 나로선 그것이 최상의 질문이었다.

남편은 구급차 안에서 '왜 하필 나에게 이런 일이 생긴 거지.' 하고 중얼거린다. 남편은 내가 사망했음을 통보하는 의사의 말을 듣는 둥 마는 둥 하며 내 곁으로 다가왔다. 그는 내 이마 쪽에 입술을 가져 가는 듯했다. 그러나 입술이 닿기 바로 전에 고개를 돌렸다. 아들이 그것을 보았다. 아들은 아버지의 그런 냉담함에 남편을 노려보았다. '너에게 미안하구나.' 아들의 이마에 입술을 대었다. 아들은 흠칫 놀 라는 기색으로 한 손으로 이마를 문질렀다. 그리고 하얀 시트로 가려 진 침상을 쳐다보았다. 어미의 자살도 믿을 수 없고 더구나 아버지의 싸늘한 태도도 믿을 수 없었던 아들은 죽은 자의 입맞춤은 상상할 수 조차 없다. 아들은 이미 나를 죽은 것으로 생각하고 있다. 이렇게 애 절한 안녕을 퍼붓고 있지만 아들은 나를 더 이상 산 자로 여기지 않고 있는 것이다. 잉태의 시간을 함께했던 어미가 그토록 쉽게 생사의 경 계를 넘어서지는 못한 것이라고 말하고 싶은 것일까. 나는 자꾸만 아 들에게 매달린다.

오래전부터 죽음을 준비해왔었다. 물론 이렇게 볼썽사나운 죽음은 아니었다. 쾌적하고 소박하며 무엇보다 그 누구에게도 간섭받지 않 는 시간과 장소를 원했다. 사람들의 동정이나 연민 따위가 필요 없는 죽음을 원했다. 어느 것에도 휘둘리지 않는 독립적인 죽음을 동경해 왔다.

베란다에 의자를 놓고 발을 올릴 때까지는 오랜 시간이 걸리지 않 았다. 오히려 수억 겁의 엄청난 시간이 느껴진 것은 떨어지고 있는 바 로 그 순간이었다. 출생에서부터 죽음의 순간까지 파노라마처럼 펼쳐졌다.

결국 이 방법을 택하고 말았다. 아들에게 믿음을 주지 못하고 남편에게 사랑을 주지 못한 채 이렇게 혐오스러운 몰골이 되어 이들을 당황스럽게 만들고 말았다. 그러나 죽은 자로서 변명하자면 아들은 좀 더 건전하고 건강한 가정에서 성장해야 하며 남편은 보다 쾌활하고 발랄한 여자와 살아야 한다.

살아 있는 자로서 그들을 지켜보기란 힘들었다. 죽은 이 편이 훨씬 낫다. 미워하며 사는 것보다 이렇게 더 이상 애착하지 않고 그들을 바라보는 것이 낫다. 결국 마음먹은 대로 잘 해치웠다.

남편은 평상시와 다름없는 걸음으로 아파트 안으로 들어가고 있다. 배우자를 잃은 사람이라고는 보이지 않을 정도로 단정하다. 그의 지인은 그와 함께 있기를 원했으나 남편은 혼자 있고 싶다는 말로 거절했다. 자살한 나의 시신을 발견해야 했던 그의 친구들 내외는 그날의 충격에서 벗어나지 못했다. 나의 죽음을 바라보는 그들의 평가는 한결같았다. '처음부터 귀신처럼 보였어. 그게 결혼식장에서 신부가 짓는 표정으로 볼 수 있겠어? 정말 더럽게 음산했어. 원하지 않는 결혼을 한 건지도 몰라.' 그들은 나의 치정 유무와 우울증 병력을 궁금해했다.

남편은 엘리베이터를 타고 올라갔다. 그는 '자살하기에 십삼 층의 높이는 적당한 게 틀림없군그래. 그대로 즉사했으니.' 하고 혼잣말로 중얼거렸다.

아직도 집 안은 그대로였다. 어질러진 거실 탁자 위에 남은 음식들이 말라붙어가고 있었다. 나뒹굴고 있는 술병과 내가 마지막으로 끓인 커피가 상 위에 있다.

베란다에는 나의 슬리퍼가 얌전히 놓여 있다. 나는 슬리퍼를 신고 죽을까, 벗고 죽을까 잠시 갈등했었다. 신발은 벗어야만 할 것 같았다. 삶의 궤적을 함께한 신발을 두고 감으로써 이승에 대한 마지막 예의를 차리고 싶었다.

남편은 나의 슬리퍼를 보며 한참 생각에 잠겨 있다가 거실로 나간다. 참을 수 없는 졸음이 몰려온 것일까. 남편은 어지러운 거실 한복판에 드러누웠다. 그리고 눈을 감고 잠에 빠져들었다.

아들은 잠들어 있다. 창밖에서 들려오는 시끄러운 소음에도 아랑곳 않고 깊은 잠에 빠져 있다. 교장선생의 훈화는 삼십 분을 훌쩍 넘기고 있다. 연단에 선 육십 대의 교장은 두서너 개의 이가 빠져서인지 발음이 샜다. 그런 비참한 노후의 징후를 숨기려는 듯 몇 번이고 '정신 똑바로 차려.' 하며 호통을 친다. 사각의 링처럼 네모난 운동장에 서 있는 남학생들의 도열 속에 아들은 없다. 아들은 조회를 나가지 않은 채 잠을 자고 있다. 지난밤 아들은 밤새도록 오토바이를 타느라 잠을 자지 못했다.

책상에 엎드린 아들의 모습은 여전히 아름답다. 푸른 이마와 선한 눈매, 단정한 입술과 멋진 어깨는 몇 번의 성관계와 방만한 습관에도 훼손되지 않았다.

아들의 입술에서 향기로운 숨결을 맡는다. 아들은 현재에 살고 나는 과거에 살고 있다. 다시는 현재로 돌아갈 수 없음을 아들의 규칙적인 숨결이 말해주고 있다. 그러나 이 청춘의 절정에 있는 아들도 언젠가는 죽게 된다. 죽어서 썩게 된다. 다시 태어난다고 해도 또다시 죽어야 하는 인간의 숙명에서 벗어날 수는 없다. 모든 것은 지나가버린다. 아무도 그것을 붙들 수 없다. 아들이 할 수 있는 저항이란 기껏해야 아침 조회를 나가지 않는 정도일 뿐 영원한 슬픔을 끝낼 수는 없다. 아들의 이마에 입술을 가져간다. 그러자 좀체 미동도 않던 아들이 얼굴을 찌푸리며 얼굴을 반대편으로 돌린다. 죽은 자가 그렇듯 내 입술은 차갑다. 나는 그만 이것을 잊고 말았다.

교정에 있는 어떠한 사람도 교실에 혼자 남아 단잠을 자고 있는 한 소년을 알지 못하듯, 나의 존재를 의식하지 못하고 있다. 죽은 자가 어떻게 이렇게 한 공간 안에서 겹쳐질 수 있는지 알지 못한다. 그리고 이렇게 죽은 자의 처소로 들어가지 못하는 죽은 자의 갈애를 알지 못한다.

아들은 도로 바닥에 침을 사정없이 뱉는다. 공원 입구에서 아들은 오토바이를 세워놓고 담배를 연거푸 피워대며 누군가를 기다리고 있다. 멀리서 요란한 음악 소리가 울려 퍼지고 있다. 아들은 혼잣말처럼 중얼거린다. '쳇, 그렇다고 자살까지 할 건 뭐람.' 아들이 또다시 침을 뱉으며 오토바이에 올라탈 때였다. 치마를 나풀대며 한 여자애가 아들의 앞에 나타났다. 아들의 표정이 달라진다. '미안해. 늦었지?' '아냐. 괜찮아.' 아들은 소녀를 눈부신 듯 바라본다. 소녀는 오토바이에 올라탄다. 짧은 치마에도 개의치 않고 다리를 좍 벌려 탄다. 소녀는 봉긋한 가슴을 아들의 등에 밀착한다. 그리고 아들의 허리에 팔을 감는다. 그들은 음악이 울려 퍼지는 곳으로 가고 있다.

청소년 댄스 경연대회가 한창인 야외음악당 안으로 아들과 소녀가 들어선다. 오토바이를 세우고 아들은 소녀의 솜털이 보송보송한 귓가에 뭐라 귓속말을 하고 있다. 소녀는 간지러운 듯 허리를 비틀며 웃는다. 아들은 소녀의 어깨를 감싸 안으며 소녀의 어깨에 턱을 갖다 대었다가 떼고는 담배를 피워 문다. 담배연기가 어두운 밤하늘에 아지랑이처럼 피어오른다. 곁에 서 있던 중년의 여자가 담배연기에 눈살을 찌푸리며 아들을 노려본다. 소녀는 주위 사람들의 눈치를 살핀다. 조금 전부터 한 사내가 계속 그들 쪽을 향해 못마땅한 시선을 보내고 있었기 때문이다. 사내는 마치 학생주임 같은 눈빛으로 노려보고 있다. 소녀는 아들의 팔을 잡고는 '다른 곳으로 가자.' 하며 속삭인다. 그때 사내가 그들 쪽으로 다가오고, 소녀는 그만 울상이 되어버린다. 사내는 아들의 앞으로 다가와 '담배꽁초를 어디 함부로 버리는 거야.' 하며 소리를 지른다. 아들은 사내의 얼굴을 노려본다.

"보기 싫으면 당신이 치우면 되는 거 아냐?"

사내는 아들의 목을 한 손으로 잡고 누른다.

"이런 나쁜 놈."

아들은 '어디 한 번 쳐보시지. 그럼 당신을 죽여버릴 거야.' 하고 내뱉는다. 아들의 눈빛은 파랗게 피어오른다. 사내는 아들의 예기치 않은 기세에 눌려 손을 풀었다. 옆에 서 있던 군중 중 몇 사람이 사내의 팔을 잡아당긴다.

"큰일 나겠네. 이 사람아. 저런 애들 함부로 건드려서 어떤 화를 당하려고 그래. 가만 보니 부모도 어쩔 수 없이 내놓은 자식 같은데."

아들은 바닥에 다시 침을 뱉는다.

"나이 많은 게 무슨 대수라고."

주위 사람들은 더러운 똥을 보듯 아들을 피한다. 아들은 오토바이에 올라탄다. 아들과 소녀는 멀어진다.

남편은 가래를 뱉는다. 목이 불편해서가 아니라 마치 사람들에게 혐오감을 주기 위해 하는 것처럼 나오지도 않은 가래를 쥐어짜듯 뱉고 있다. 살아 있을 때, 나는 그가 가래를 뱉을 때마다 적의가 일어났다. 그가 그러지만 않았어도 그토록 일찍 그를 혐오하는 일은 없었을 것이다, 하고 생각할 정도였다.

이제 남편은 거울을 본다. 거울 속엔 내가 미처 보지 못했던 평온한 그의 얼굴이 보인다. 적어도 자살을 택한 배우자의 절망을 안다면 저렇게 평온할 수는 없을 것이다. 아파트에서 떨어져 죽은 아내가 짓이겨진 몰골로 나타나 자신을 지켜보고 있을지도 모른다는 섬뜩한 느낌은 전혀 없는 것이다. 그의 그 무신경하고 무심함이 좋아 선택한 결혼이었다는 것을 새삼 깨닫는다.

남편은 욕실을 나와 거실로 들어가려다 잠시 멈추고 내 방 쪽을 바라본다. 마치 방의 존재를 이제야 알았다는 듯한 눈빛이다. 그는 천천히 내 방으로 들어간다. 책상 맞은편 창문을 열고 창문틀에 있는 먼지를 보며 얼굴을 찌푸린다. 의자에 앉은 채 창문을 통해 바깥을 보기도 하고 의자 등받이에 걸쳐져 있는 나의 옷가지들을 훑어보기도 한다. 주인을 잃어버린 옷들은 청승스럽게 보인다. 적어도 아내를 애잔하게 여긴 적이 있었던 남편이라면 그 옷가지 중 하나를 얼굴로 가져가지 않을까. 냄새를 맡거나 울음을 터뜨리지는 않을까. 연민과 후회의 슬픈 표정을 짓지 않을까. 나는 터무니없는 기대를 하고 있다. 그러나 그는 그렇게 하지 않는다. 마치 범죄의 현장에서 코를 킁킁대는 수색견처럼 찬찬히 살피고 있다.

이제 남편은 바닥에 놓인 책들을 보고 있다. 이렇게 많은 책들이 있으리라고는 예상하지 못했던 것일까. 쌓여 있는 책에 질린 표정이다. 그는 책상 서랍에서 내가 완성하지 못한 소설을 찾아내었다. 그는 읽을 것인가, 말 것인가 꽤 오래 고민하는 듯했다. 그는 소설을 읽는 순간 그 글이 독사가 되어 자신의 코를 물게 될지도 모른다는 두려움을 예견할 수 있어야 한다. 다행히 그는 소설이 담긴 원고 뭉치를 펼쳐 보지 않은 채 담배를 피워 물었다. 그러다가 방을 나갔다.

여전히 그녀는 뛰어내리지 못하고 있다. 그날 베란다에서 떨어지기 직전에 마지막으로 본 사람이 바로 그녀였다. 우리는 늘 그랬듯이 서로를 향해 오래도록 마주 보고 있었다. 그러다가 그녀가 베란다에서 사라졌다. 노파가 있는 안방으로 들어가고 있었다.

그녀는 우리 집 베란다에서 바로 보이는 맞은편 쪽에 살았다. 공간의 효용성을 최대한 활용한 디귿자 모양은 반대쪽 집 내부를 훤히 볼 수 있도록 만들어졌다. 나와 그녀의 집은 베란다 창문을 통해 서로의 안부 인사를 물을 수 있을 정도로 가까웠다. 같은 시간, 같은 공간에서 서로의 동향을 보는 은밀한 즐거움이 있었다.

이사를 하던 날, 고가사다리로 올라가는 그녀의 이삿짐은 단출했다. 그녀의 남편은 노파를 안아 안방으로 들어갔다. 초등학생으로 보이는 딸의 손을 잡고 거실로 들어가는 그녀는 얼핏 보아도 상당히 거구인 듯 보였다.

그녀는 하루 종일 집 안에만 있었다. 아이가 돌아오면 천천히 몸을 움직여 밥을 차렸고 느릿느릿 빨래를 널고 돌아와 노파에게 밥을 떠먹이곤 하였다. 저녁 여섯 시 삼십 분이면 어김없이 양손 가득 비닐봉지를 든 그녀의 남편이 돌아왔다. 거실의 불이 꺼지고 아이의 방이 꺼진 후에도 안방의 불은 좀체 꺼지지 않았다. 그녀의 남편이 침대에 죽은 듯 누워 있는 노파의 얼굴을 바라보고 있는 것이 보였다.

처음부터 그녀의 집을 탐색하듯 볼 생각은 없었다. 그녀에 대한 관심이 생긴 것은 바로 내가 자살을 하기 위해 매일같이 베란다에 나가면서부터였다. 투신자살을 하기 위해 베란다에서 지상까지의 거리를 가늠해보았다. 식물인간이 되는 일은 막아야 했기 때문이었다.

주차장에 차들이 없고 점심을 먹느라 경비원이 자리를 비우고 수업을 마치고 돌아오는 아이도 없는, 불운하게도 나를 발견하고 만 사람들의 외마디 비명조차 뒤늦게 울려 퍼질 수 있는 절호의 타이밍에 대해 골몰하던 때였다.

매일 베란다를 어슬렁거렸다. 그러던 중 맞은편 동의 그녀가 나와 똑같이 베란다에서 서성이는 것을 보게 되었다. 처음엔 그녀가 운동을 하러 나온 것이라고 생각했다. 그러나 그게 아니었다. 그녀는 의자를 가져왔고 그 위로 올라섰던 것이다. 그녀는 의자 위에 선 채 한 발을 베란다 창틀에 갖다 올리려고 부단히 애를 쓰고 있었다. 그러나 그녀의 다리는 위로 잘 들려지지 않는지 몇 번이나 시도하다가 그녀는 그만 의자에 풀썩 주저앉아버렸다. 그리고 내 쪽을 바라보았다. 오랫동안 그녀를 바라보고 있었던 나를 기어이 알아채고 만 것일까, 오랫동안 나를 바라보았다.

그날 우리는 자살을 모의하는 사람들답게 서로에 대해 동질감을 가진 것이다. 나와 그녀는 같은 시간대에 베란다에서 서로를 향해 무언의 메시지를 주고받는 듯 바라보고 있었다. 서로를 응시할 때만큼은 자살에 대한 유혹이 사라지는 것을 느꼈고 나는 더욱더 그녀에게 매달리는 것에 당황했다. 그녀 또한 마찬가지였을 것이다. 나와 그녀는 점차 살기 위해서 서성이는 형국이 되고 있었다.

어느 날이었을까, 복도를 어지럽게 오가는 아파트 여자들의 말소리가 들려왔다. '세상에, 아이를 안고 떨어졌다고 하네. 바닥이 온통 피투성이라는데. 아이고, 끔찍해.' 일순 그녀가 아닐까 생각했다. 결국 성공했구나. 나는 부러우면서도 한편 쓸쓸해졌다. 배신감마저 들었다. 베란다 쪽으로 다가갔다. 그녀를 볼 수 있었다. 그녀 또한 자살의 주인공이 바로 나일지도 모른다고 생각했던 모양이었다. 베란다에 나타나는 나를 보자 그녀가 양팔을 힘차게 흔들었다. 나 또한 탄성을 지르며 그녀를 향해 힘차게 손을 흔들었다.

그녀의 병든 시어머니는 여전히 죽지 않았다. 내가 바닥에 떨어져 죽어가고 있는 동안 그녀는 노파의 똥오줌을 받고 있었다. 그녀는 두툼한 손으로 노파의 앙상한 엉덩이를 들어 올려 용변을 처리하였다. 사람들의 비명소리에도 그녀는 밖을 내다볼 생각을 하지 않았다. 내가 자살에 성공하리라곤 그녀는 상상도 하지 못했다. 구급차가 오고 사람들이 웅성거리며 '1306호 여자래. 왜 그 귀신처럼 말 없는 여자 있잖아?' 하고 말을 하여도 그녀는 내다보지 않았다. 그러다가 그녀는 노파의 입으로 향하던 숟가락을 내던지고 베란다 쪽으로 달려갔다. 나를 실은 구급대가 막 떠날 때였다. 그녀는 털썩 베란다 바닥에 주저앉았다. 남편이 '왜 하필이면 이런 날, 사고를 저지를 게 뭐람.' 하며 볼멘 표정으로 구급차 안에서 투덜거리고 있을 때이기도 하였다. 나는 그녀가 베란다 바닥에 주저앉아 그 넓고 두툼한 어깨를 들썩거리며 울고 있는 것을 보았다.

그녀는 음식물 쓰레기통을 손에 든 채 문을 나서고 있다. 음식물 쓰레기를 비우고는 헛구역질을 하였다. 아파트 여자들이 힐끗 쳐다보며 지나간다. 천천히 화단 쪽으로 걷기 시작한다. 그녀의 몸은 한 발자국씩 옮길 때마다 힘에 부친다.

나는 죽어서야 그녀의 삶을 관통할 수 있게 되었다. 죽음 이후에라야 타인을 온전히 이해할 수 있다니, 가혹하고 가혹하다. 그녀는 또 임신하였다. 그녀가 이미 몇 차례 임신과 낙태 수술을 반복하였다는 것을 알게 되었다. '또 임신이군요. 도대체 어쩌려고 이렇게…….' 하며 경멸 어린 시선으로 자신을 바라보는 의사에게 수모를 당했다는 것을, 기분 나쁜 마취와 함께 모멸적인 수술을 당했다는 것도 알게 되었다. 그녀의 남편은 회복실로 들어와 그녀의 손을 잡으며 사과했다. 그때마다 그녀는 '한 번만 더 내 몸에 손을 대면 죽어버릴 거야.' 하고 울부짖었다. 그러나 그것은 그때뿐. 그녀의 남편은 술을 마시고 들어온 밤이면 어김없이 그녀의 몸 위로 올라갔고 달처럼 풍만한 가슴에 얼굴을 묻고 서럽게 울곤 하였다.

그녀는 여전히 베란다에 서서 망설이고 있다. 나는 그녀의 등을 떠밀어버릴까 하는 충동이 일어난다. 그렇게 된다면 그녀는 우리 안에 갇힌 코끼리처럼 어슬렁거릴 필요도 없으며 병든 노파의 시중을 들 필요도 없을 것이다. 뚱뚱한 어미를 부끄러워하는 자신의 딸에게 쩔쩔맬 필요도 없으며 이기적인 남편을 원망하는 일도 없을 것이다. 나는 그녀 대신 죽어야 할 사람을 찾는다.

원숭이처럼 작은 얼굴에 부엉이처럼 큰 눈동자의 노파는 나를 노려보았다. 나는 양손으로 노파의 코와 입과 목을 누른다. 노파는 앙상한 손으로 내 손을 잡으며 버둥거린다. 노파는 목숨에 대한 집착이 강하여 쉽게 숨을 놓으려고 하지 않는다. 나는 손아귀에 더욱 힘을 주었다. 그제야 노파는 손에 힘이 풀리면서 눈을 감는다. 축 늘어진 노파의 몸 위로 이불을 덮는다.

하지만 이것은 나의 상상으로 그치고 만다. 노파는 바나나를 먹고 있다. 그녀는 바나나를 으깨어 노파의 입에 넣어주고 있다. 그녀는 어쩌면 노파와 함께 죽을지도 모른다. 그럴 각오로 삶을 유예하고 있는지도 모른다.

　그녀의 남편이 그녀의 몸 위로 올라간다. 아파트 지하 보일러실에서 일하는 그는 그녀의 몸 위에서라야 겨우 기계와 분리된다. 기름 냄새와 녹슨 쇠, 뜨거운 열기 속에서 일하는 그는 아내의 풍만한 몸을 안으며 기계의 독성을 지운다. 그녀의 남편은 이제 가쁜 숨소리를 내며 절정을 향해 나아간다. 달이 서서히 구름 뒤로 숨는다.

　나는 그녀의 어깨 위에 손을 얹는다. 멍하니 서 있던 그녀가 일순 몸을 떨며 입가에 옅은 미소가 번진다. 마치 봄바람에 연잎이 흔들리듯 육중한 몸이 살며시 움직이는 듯하다. 그때 그녀가 나지막이 혼잣말처럼 중얼거린다. '나는 죽을 수 없을 거야. 당신처럼.' 나는 그녀를 가만히 등 뒤에서 안는다. 그녀의 눈가에 눈물이 고이기 시작한다. 그녀의 더운 눈물로 인해 나의 몸이 점점 온기로 데워지고 있음을 느낀다. 산 자가 죽은 자를 소생시킨다.

　삶만을 믿는 사람은 어리석다. 죽음만을 믿는 사람도 마찬가지이다. 삶과 죽음은 정반대의 위치에 있는 것이 아니라 아주 가까이 겹쳐있다. 나의 차가운 몸 옆으로 그녀의 몸이 겹쳐지고 그녀의 몸 옆에 또 다른 이가 겹쳐진다. 우리는 깊고도 깊은 숨을 내쉰다. 흙에 공기를 불어넣어 생명체를 탄생시키듯 서로의 들숨과 날숨이 반복되면서 여러 영혼이 겹쳐진다.

　아들은 여전히 소녀와 함께 달려가고 있다. 아들과 소녀는 도시의 어두운 밤거리를 관통하고 있다. 이제 소녀는 아들의 깊은 우울과 방종에 전염된 듯 보인다. 아들의 허리를 껴안은 소녀는 머리를 한껏 뒤로 젖히고는 바람을 있는 대로 맞고 있다. 바람은 말의 검은 갈기처럼 아들과 소녀의 머리카락을 가르고 있다.

아들과 소녀는 공터에서 서로의 몸을 껴안고 있다. 불결하고 누추한 장소에서 나누는 그들의 섹스는 가엾고 슬프다. 나는 그런 그들을 위해 순찰차의 진입을 온몸으로 막곤 하였다. 그러나 이제 더 이상 그들은 섹스하지 않는다. 소녀는 흐느끼고 있고 아들은 담배를 거칠게 비벼 끄며 소녀에게 소리를 지르고 있다. 소녀의 얼굴은 불안과 두려움으로 창백하다.

"나 죽어버릴 거야."

소녀가 말한다. 아들은 말이 없다.

"이제 난 집에도 학교도 못 가. 너 때문에 난……."

아들은 침을 퉤 하고 뱉었다. 그리고 다시 담배를 입에 문다.

"그만 좀 피워대. 아기에게 좋지 않단 말이야."

소녀는 이렇게 말을 뱉고는 이내 자신이 한 말을 떠올리고는 와락 울음을 터뜨린다.

"우리 아이 낳고 살아볼래? 학교 그만두고 무조건 함께 살아보는 거지 뭐."

"미쳤어? 그걸 말이라고 해. 난 못 해. 나에겐 꿈이 있어. 좋은 대학에 가려고 했는데. 장학금을 받고 대기업에 취직하고 싶었는데. 아이를 낳으면 학교에도 갈 수 없잖아."

"그럼 어쩌자는 거야?"

"돈을 마련해줘. 나 수술할 거야. 병원에 따라가줄 거지?"

여전히 아들은 말이 없다. '난 죽어버릴 거야.' 소녀가 자리에서 일어나 달려간다. 아들은 붙잡지 않는다. 아들은 세워둔 오토바이를 발로 차버린다. '씨발, 그러게 왜 죽은 거야?' 아들은 이렇게 말한다.

나는 온몸으로 아들을 안고 싶다. 단 한 번만 안아보았으면, 저 아름다운 목덜미에 코를 대고 숨을 쉬어보았으면, 저 청동의 굳센 등줄기를 손바닥 전체로 쓸어보았으면, 온몸의 뼈를 모두 쓰다듬어보았으면.

나는 살아 있어야 했던 것일까. 살아서 아들에게 힘이 되어주어야 했던 것일까. 그것이 나의 피를 돌게 한, 나의 심장을 뛰게 한 유일한 존재인 아들에 대한 최소한의 보답이었을까. 그러나 이미 나는 죽었다.

남편은 지하철을 기다리고 있다. 안내방송과 함께 지하철이 들어오고 있다. 그의 머리는 며칠 감지 않은 것처럼 지저분하였고 턱수염은 잔뜩 자라나 있다. 그로서는 좀체 없는 일이었다. 그는 늘 단정하였다. 누구를 위해서가 아니라 바로 자신을 위해서였다. 그는 자신만큼 위대하고 훌륭한 사람을 보지 못한 것처럼 자신을 섬기는 유형이었다.

남편은 그 여자에게로 가고 있는 중이다. 진즉에 나는 남편을 그 여자에게 돌려줘야 했다. 그랬다면 나에 대한 적의와 함께 남편이 거짓말을 하는 일은 없었을 것이다. 그의 정갈한 손이 보인다. 나는 저 손을 신뢰하였다. 그의 몸 중 유일하게 내 마음을 사로잡은 것이 있다면 그것은 바로 손이었다. 하지만 그는 저 손으로 나의 머리채를 잡고 베란다 창문에 여러 번 찧었다. '정상으로 좀 살아주면 안 될까. 다른 여자들처럼 하면서 살아보라고. 행복한 척, 사랑하는 척 말이야.'

나는 좌석 아래로 내려뜨린 남편의 손을 잡고 싶다. 그 하얀 손을 내 가슴 위에 얹고 싶다. 우리가 서로 맞지 않는다고 해서 사랑하지 않았던 거라고 말할 순 없다. 단지 우리는 서로의 물리적이고 정신적이고 영적 성장에 도움이 되지 않는 지루한 힘겨루기를, 에너지 낭비를 끝내야 했다.

그날, 나는 왁자지껄한 소음과 담배 연기를 피해 베란다로 나왔다. 거실로 나 있는 전면 유리창을 통해 여러 부부들의 모습이 보였다. 그들은 술에 취해 불콰한 얼굴로 마시고 웃고 떠들고 있었다. 아내들은 그들 남편의 넓은 허벅지에 손을 갖다 대며 허리를 비비 꼬고 있었고 그런 아내들을 남편들이 사랑스러운 눈길로 바라보고 있었다. 그는 그런 친구들의 모습을 부러운 듯 바라보고 있었다. 그의 쓸쓸한 시선을 보자 감당할 수 없는 두려움이 밀려왔다. 저 외로운 사람을 만족시킬 수는 없다.

남편은 이리저리 고개를 돌렸다. 나를 찾는 것이 분명했다. 나는 그의 눈에 띄지 않기 위해 베란다 배관 뒤에 몸을 숨겼다. 하지만 이내 남편의 낮고 묵직한 목소리가 들려왔다. '나와, 빨리.' 그는 내 손

을 잡아채었다. '오늘만큼은 좀 평범하게 있어주면 안 될까. 보통 여자들처럼 말이야.'

그리고 남편은 다시 거실로 들어갔다. 나는 커피를 타기 위해 물을 끓였다. 가스레인지의 시퍼런 불빛이 일렁였다. 불꽃은 나의 끓어오르는 슬픔을 삼키지 못했다. 거실의 부부들은 '음, 커피 맛이 좋습니다. 설마 이걸로 지금 우릴 쫓아낼 생각은 아니겠지요?' 하며 말했다.

그때 보았다. 남편이 비아냥거리는 표정으로 무릎을 꿇은 채 상으로 커피잔을 옮기고 있는 나를 보고 있었다. '네가 별수 있어? 그렇게 찌그러져 사는 거지. 별수 있냐고. 좋은 게 좋은 거야.' 나는 남편의 입술에 담긴 차가운 독백을 읽었다.

나는 다시 베란다로 나왔다. 슬리퍼를 벗어놓고 의자 위로 올라가 베란다 난간에 서서 단숨에 뛰어내렸다. 남편에 대한 충동적인 분노가 내 지지부진했던 자살의 결정적인 동력이 되어주었다.

소녀는 버스 안에 있다. 후줄근한 치마, 꾀죄죄한 가방, 장식구슬이 달아난 머리핀, 부스스한 머리를 한 소녀는 손잡이를 꽉 잡고 있다. 그것을 보자 과거의 모습이 떠오른다. 나는 버스 안에서 늘 문제집을 풀어야만 했다. 그런 내 서글픈 등굣길을 더욱 비참하게 만든 것은 한 친구였다. '달리는 차 안에서 그렇게 하면 눈이 나빠져.' 나는 이렇게 말했던가. '난 너처럼 운 좋게 태어난 게 아냐. 지금 이 시간이 아니면 공부할 시간도 없는 가난한 집에서 태어났으니까 말이야. 그러니 제발 방해하지 말아줘.'

소녀는 휴대전화를 뚫어져라 바라보고 있다. 아들의 전화를 기다리고 있는 중이다. 만약 지금이라도 전화가 걸려온다면 소녀는 단번에 마음을 바꿀 것이다. 소녀는 버스에서 내려 아들이 있는 곳으로 한달음에 달려갈 것이다. 수술비를 구하러 간 아들에게서 소식이 끊어진 지 사흘째. 결국 소녀는 직접 구할 수밖에 없는 처지에 놓였다. 소녀는 더러운 화장실에서나 차가운 공터에서 아기를 낳고 싶지 않을 뿐더러 그 아기를 공원이나 남의 집 앞에 버려놓는 일도, 복지시설에 맡겨 입양하는 일은 더더욱 하고 싶지 않은 것이다.

소녀가 선택한 것은 하나밖에 없다. 소녀는 휴대전화에서 채팅을 하였고 한 사십 대 중반의 남자와 만나기로 하였다. '원하는 액수를 말해봐. 다 줄 테니.' 화면에 뜬 남자가 콕콕 찍은 여러 개의 숫자는 소녀가 단번에 결정하도록 만들었다. 소녀는 또다시 휴대전화를 본다. 그러나 아들의 전화는 끝내 걸려오지 않는다. 소녀는 입술을 깨물고 창밖을 바라본다.

소녀가 위험한 일을 감행하고 있는 바로 그때 아들은 집으로 들어가고 있는 중이다. 아들은 엘리베이터를 타고 올라가고 있다. 귀금속이든 돈이 될 만한 물건을 훔치기 위해 아들은 결국 자신의 집으로 도둑이 되어 들어가고 있다.

아들은 안방으로 들어가 화장대 서랍과 장롱을 연다. 화장대 서랍 속에 들어 있는 지폐를 몽땅 집어 바지주머니 속에 넣는다. 그러다가 화장대 위에 있는 작은 액자를 들여다본다. 액자 속에는 나와 다섯 살

무렵의 아들이 나란히 찍은 사진이 들어 있다. 아들은 오랫동안 그 사진을 들여다보고 있다가 액자를 점퍼 안주머니에 넣었다.

그리고 난 뒤 아들은 아파트 입구에서 소녀에게 전화를 건다. 그러나 전원이 꺼져 있다는 메시지를 듣는다. 아들은 불길한 예감을 느꼈을까, 표정이 굳어진다.

아들은 액자 속에서 빼낸 사진을 들여다보고 있다. 사진 속의 어미에게서 자살의 징후를 찾기라도 하듯 오랫동안 바라보던 아들은 사진을 주머니 속으로 밀어 넣고는 지폐를 꺼낸다. 아들은 담배를 꺼내 문다. 소녀는 그제야 나타난다. 소녀의 얼굴은 창백하다. 아들은 소녀를 보자마자 버럭 소리를 지른다.

"도대체 뭐야. 하루 종일 연락도 안 되고. 돈을 구했는데."

아들은 소녀가 어떤 엄청난 일을 치렀는지 전혀 알지 못한다.

"이젠 다 끝났어. 돈을 구했거든. 자, 가자. 병원으로."

소녀는 그만 울음을 터뜨리고 만다.

"왜 그래?"

"이제 방금 병원에 갔었어. 돈을 구했거든. 그냥 너 없이 혼자 가서 잘 해치우려고 했어. 근데 보호자가 있어야 한다는 거야. 의사가 보호자를 모시고 오라고 하잖아. 근데 내겐 보호자가 없잖아."

소녀는 아들의 어깨에 머리를 기댄다.

"그럼 수술 못 한다는 거야?"

"이제 어쩌지? 하루가 다르게 배가 불러오는 것 같아 미칠 지경이야. 이러다가 미치고 말 것 같아."

"우리 그냥 낳아버릴까?"

"또 그 소리야? 난 싫어. 이렇게 어린 나이에 엄마가 되는 거. 친구들이 뭐라고 놀리겠어? 난 하루빨리 이 아길 떼고 다시 예전으로 돌아가고 싶어. 그리고 널 만나기 전의 상태로 돌아가고 싶어."

아들은 입술을 꼭 깨문다. 아들은 소녀에게 말한다.

"우리 죽어버리자. 살아서 너와 헤어지느니 죽어서 너랑 함께 하고 싶어."

"미쳤어."

소녀가 말한다. 그러나 소녀는 말과는 달리 뭔가를 깊이 생각하고 있다.

남편은 여자에게서 도망치고 싶어 한다. 남편은 쉽사리 몸의 판단을 믿지 못하고 있다. 여자는 자신과 몸을 섞고 난 뒤 돌아서는 남편을 볼 때마다 절망감에 빠졌다. 여자의 눈에 눈물이 고이기 시작한다. 사랑하게 되면 약해진다. 약해지길 두려워하는 남편은 이 여자를 잃게 될지도 모른다.

나는 육체가 내리는 판단을 믿지 못하는 남편에게 속삭인다. '본능을 믿어봐. 이미 당신은 저 여자를 자신 이상으로 사랑하고 있어. 당신의 마음은 위장되어버린 지 오래되어 버려 당신을 속이는 사기꾼에 지나지 않아. 그러니 몸이 시키는 대로 따라가봐.'

그녀는 노파를 휠체어에 태운 채 공중목욕탕에 들어온다. 노파를 두꺼운 수건 위에 눕혀놓고 몸을 닦고 있다. 얇은 수건에 치약을 묻혀 이제 뿌리밖에 남지 않은 노파의 입안을 닦기 시작한다. 그러고 난 뒤 말라붙은 젖가슴과 움푹 파인 겨드랑이, 몇 가닥 남아 있지 않은 음모와 사타구니를 씻고 있다. 그것을 지켜보는 목욕탕 안의 여자들이 눈살을 찌푸렸다. 여자들은 시중을 들거나 시중을 받는 처지 모두 달갑지 않다. 그들은 지나치게 건강한 채로 오래 살고 싶은 열망을 가지고 있다. 이제 그녀는 자신의 몸을 닦는다. 몇 번의 낙태 수술로 생긴 무기력해진 자신의 몸을 닦다가 말고 노파에게로 향한다. 노파의 입술에 빨대를 꽂고 음료수를 먹인다. 그 순간 노파가 그녀의 손목을 잡는다. 노파는 생명에 대한 열망으로 가득하다. 하지만 그것은 노파 자신의 생명이 아니라 바로 며느리인 그녀에게 향한 것임을 나는 알았다. 살아 있어서 미안한 노파는 죽기로 결심한 젊은 그녀에게 자신을 죽여달라고 매달리는 것이다. 하지만 그녀는 노파의 뜻을 알지 못한다. 그녀가 노파의 손을 맞잡았다. 노파를 살리기 위해 자신의 수명을 얹어주고 싶어 하는 것이 그녀임을 알 수 있다.

아들과 소녀는 이십삼 층 아파트 맨 꼭대기 옥상의 물탱크 옆에 있다. 아들은 소녀의 손을 잡고 있다. 그들은 죽어서 함께하자는 데 합의를 보았다. 소녀는 일찍 집을 나가버린 아버지와 그 아버지를 기다리느라 평생 불평과 신세타령만 하며 살다가 암으로 죽어버린 어머니로 인해 자살을 결심하기가 쉬웠다. 무엇보다 배 속의 아기를 빨리 해치우고 싶었다. '내가 죽어야 아기도 죽지.' 소녀와 달리 아들의 마음은 애초의 마음과 멀어져 있다. 어머니와 똑같이 자살하게 되는 자신에 대한 두려움이 서서히 아들의 심장을 조이고 있다.

그들이 올라간 지 얼마 되지 않아 구급차와 경찰차가 도착했다. 모여든 많은 사람들은 겨우 고등학생인 듯 보이는 그들이 무슨 짓을 하려는 것인지, 왜 자살하려 하는 것인지, 과연 뛰어내리는 데 성공하게 될 것인지에 대한 호기심으로 웅성거리고 있다.

아들과 소녀는 손을 잡은 채 서 있다. 소녀는 아래를 내려다보았고 아들은 내려오라는 경찰의 지시에 이마를 찌푸렸다.

"오 분 안에 내려오지 않으면 강제로 끌어내리겠다."

경찰은 확성기를 들고 소리쳤다. 이미 몇 명의 구급요원은 로프를 몸에 감고 반대편 쪽으로 몰래 올라가고 있는 중이다. 계속 말을 시키면서 주의를 다른 곳으로 모은 뒤 아들과 소녀를 구할 작정이다. 아들은 소녀를 옥상 난간으로 이끈다. 이제 난간에 섰다. 수십 미터 아래가 거대한 구멍처럼 입을 열고 있다. 위를 올려다보는 사람들은 외마디 비명을 지른다. 어느새 구급요원들은 그들의 뒤쪽에 있다.

소녀는 아들에게 묻는다.

"나를 사랑해?"

"그럼, 널 사랑해."

아들은 소녀의 뺨에 입술을 갖다 대며 말한다. 그러자 소녀가 울음을 터뜨리며 아들의 목을 껴안는다.

"따라갈 거야. 어디든 따라갈 거야. 죽어도 후회 없어."

소녀는 이제 더 이상 망설이지 않는다. 사랑의 확신에 몸을 던질 결심이 다 된 것이다. 이제 그들은 발만 떼면 되었다. 그러나 아들은 다르다. 나는 아들의 마음을 알고 있다. 아들은 베란다에서 수십 번, 수백 번은 망설였을 어미를 생각하고 있는 것이다. 엄마는 무책임한 게 아니었다. 충동은 더더욱 아니었다. 어쩔 수 없는 선택이었다. 아들은 이렇게 생각하고 있다. 그런 아들을 소녀가 불안한 눈동자로 바라본다.

나는 이제 완전히 죽을 준비를 한다. 산 자를 지켜보는 일에서 손을 놓아야 할 때이다. 빛 무더기 속으로 흡입되듯 들어간다. 아들과 소녀를 껴안는다. 눈이 부신 듯 그들이 눈을 감자 구급요원이 덮친다. 아들과 소녀의 비명소리가 희미하게 들린다.

무화과나무 아래 그를 묻다

무화과나무 아래 그를 묻다

삼십 분 전부터 나는 그의 삭은 나뭇둥걸 같은 등을 긁기 시작하고 있다. 정확히 말하자면 긁는 것이 아닌 그저 시늉일 뿐이다. 바깥에서 불어오는 뜨듯한 바람 때문에 방 안은 한증막처럼 후텁지근하다. 비릿하고 역한 냄새가 방 안에 진동한다. 그는 아무것도 걸치지 않은 채 누워 있다. 이불은 허리께에 둘둘 말려 있다. 진통제의 약기운이 사라질 때면 그는 가려움과 답답함을 호소한다. 내가 모른 체하면 어디에서 힘이 솟는지 무시무시한 완력으로 내 손목을 잡고 긁어달라고 요구한다. 살갗에서 허연 비듬이 일어난다. 햇빛이 비치지 않는 방인데도 이것이 먼지와 뒤섞여 바닥에 깔려 있는 것을 본다. 그는 말라비틀어진 손으로 사타구니를 긁어댄다. 반사적으로 나는 침을 모은다. 입안 가득 침을 모아 하수구 앞으로 달려간다. 파손된 채 노출되어 있는 수채를 향해 침을 뱉는다. 침은 멀리 나가지 못하고 겨우 수채에 고여 있는 오물 위에 얹힌다. 욕지기가 나며 다시 침을 모아 뱉는다.

여름 한낮 너른 마당은 적요하다. 하수구 옆 야트막한 둔덕 위에 서 있는 한 그루 무화과나무는 나를 물끄러미 바라보고 있다. 무화과나무의 열매는 남자의 음낭 형상을 띠었고 푸른 물이 오를 대로 올라 있다. 열매를 따서 손톱으로 누르면 허연 액체가 뜨거운 정액처럼 흘러내린다.

이 무화과나무의 존재를 지난가을에서야 알게 되었다. 불그죽죽한 녹물을 뒤집어쓴 것 같은 그 열매는 하수구에 꽂혀 있었다. 몇 달 만에 찾아온 시누이는 마치 비밀을 털어놓는 것처럼 의미심장하게 말했다.

"참 이상한 일이지. 어머니가 돌아가시고 나서 심지도 않았는데 저 나무가 갑자기 생겼어. 아버진 '죽은 네 어미가 죽어서도 나를 감시하기 위해 환생한 거다.' 하고 말했지만 그건 말도 안 돼. 왜냐하면 엄만 한 번도 아버질 원망하거나 시샘한 적이 없었거든. 저런 지경의 아버지를 생각하면 엄마가 먼저 돌아가신 것은 천만다행인 거지. 마치 엄마가 아버지에게 복수한 느낌이 들 정도니까. 물론 올케한테는 안된 일이지만. 어쨌든 아버지는 엄마의 환생을 믿었던지 나무를 베어내지 않았어."

시누이는 그의 요강을 바로 이 하수구에 부셨다. 붉은 오줌이 닿을까 봐 나는 얼른 물에 젖은 열매를 끄집어 올렸다.

수돗가에 가서 손을 씻고 방으로 들어간다. 그는 메밀묵 같은 눈으로 나를 빤히 들여다본다.

텔레비전을 켠다. 흑인 여자와 백인 여자가 한창 테니스 시합을 벌이고 있다. 똑같이 머리를 뒤로 묶은 두 여자는 온 힘을 다해 공을 주고받고 있다. 공처럼 솟구쳐 오르는 두 여자의 탄력적인 몸매는 인간의 완벽한 원형을 보여주고 있다. 뛰거나 솟구칠 것, 땀 흘릴 것, 그리고 탄성을 지르는 것이 인간의 덕목이라는 것을 일깨우기라도 하듯 그들은 열정적이다.

갑자기 그가 몸을 뒤척인다. 그 서슬에 허리에 말려 있던 이불이 들춰진다. 마른 수세미 같은 성기가 정면으로 보인다. 그것을 자세히 들여다본다. 타인의 성기를 보는 팍팍한 서글픔 같은 것이 일순 밀려든다. 그의 앙상한 다리를 주무르기 시작한다.

흑인 여자 선수가 우승을 거둔다. 구릿빛의 야생마 같은 그녀는 공중으로 튀어오르며 소리를 지른다. 그는 신음을 흘리며 돌아눕는다. 엉덩이 바로 위에 생긴 욕창의 고통 때문이다. 다시 그의 등에 손을 갖다 대며 긁기 시작한다. 손톱이 지나가는 자리마다 또다시 비듬 같은 것이 피어오른다. 어느새 입안 가득 침이 고인다.

마당 한쪽 옆에 세워져 있는 차는 영구차를 연상시키듯 암울해 보인다. 남편이 프랑스로 떠나며 놔두고 간 차였다. 남편은 저 차를 사자마자 그와 나를 태우고 바닷가에서 드라이브했다. 그때까지만 해도 운신할 수 있었던 그는 남편의 옆자리에 앉은 채 상체를 뒤로 돌린 채 나에게 말했다.

"저기 방파제 보이지? 저게 바로 내가 만든 것이다. 지금이야 세월이 좋아 기계의 힘으로 되지만 옛날에는 다 손으로 했지. 바닷물에 들어가 수십 분씩 숨을 쉬지 않고 돌을 쌓아 올린다고 생각을 해봐라. 너희들은 엄두도 못 낼 거다. 밥 먹을 시간도 없어 물속에서 선 채로 전복 따 먹고 해삼도 먹고 했지. 이 바다에서 나는 전복의 반은 내가 먹었다고 봐야지. 내가 지금까지 이렇게 건강한 것은 바로 그때 먹은 전복의 힘일 게다. 너희들 날 너무 병자 취급하지 마라. 지금도 너희들 보다 더 오래 잠수질할 자신 있다."

병원에서 치료를 받고 돌아오던 중이었다. 의사는 고개를 저으며 '아마 오래 못 버틸 겁니다. 이미 폐 양쪽이 다 망가졌는데요. 암 전이가 아주 빠르게 진행되고 있는 중이라서. 드시고 싶다는 것 드시게 하세요. 별다른 처방은 없습니다.' 하고 말했다.

남편의 찡그린 얼굴이 보였다. 남편은 차 속력을 높이며 아이처럼 자신의 치적을 뽐내는 그를 못마땅하게 바라보기도 하고 자동차의 뒷거울을 통해 말없이 앉아 있는 뒷좌석의 나를 쳐다보기도 했다. 그것이 바로 이 년 전이었다. '오래 사실 수 있을 거야.' 남편은 두려움에 사로잡혀 있는 나에게 주술을 걸듯 말했다. 실지로 마치 의사의 진단을 비웃기라도 하듯 그는 이미 이 년을 넘기고 있었다. 그는 망설이는 남편을 향해 '너 오기 전까지 절대로 죽지 않을 테니 걱정 말고 다녀와.' 하며 호기를 부렸다. 남편은 프랑스로 향했다. 그는 남편이 떠나기 전 모든 재산을 남편 앞으로 상속했다. 공항에서 남편은 정말로 자유로워 보였다. 애써 미안한 표정을 짓기도 힘들었던지 형량을 채우고 나가는 죄수처럼 홀가분한 표정을 지었다.

차는 바닷바람에 칠이 많이 벗겨졌다. 허연 먼지와 새가 갈긴 똥으로 지저분하다. 차바퀴엔 핏자국이 희미하게 남아 있다. 며칠 전, 고개를 돌다가 고양이를 친 흔적이었다. 고양이는 미친 듯 질주하는 내 차를 피하지 못했다. 나 또한 브레이크를 뒤늦게 밟았고 차는 타이어 타는 냄새를 피우며 한참 동안 미끄러져서야 멈추어 섰다. 차 문을 열고 내려갔다. 차바퀴는 정확히 고양이의 몸통을 밟고 지나가 터진 뱃가죽 사이로 내장이 허물어지며 밖으로 흘러나왔다. 절단이 난 심장에서는 뜨거운 김이 피어오르는 것이 희미하게 보였다. 차 뒤편으로 멀리 희미하게 차의 헤드라이트 불빛이 내 쪽으로 다가오는 것이 보였다. 나는 차를 움직여 그 자리를 떠났다. 뒤차에 의해 고양이의 시체는 토마토처럼 터지고 으깨질 것이다. 야생의 고양이는 모험을 해서는 안 되었던 것일까. 결국 도로 위에서 달리는 기계에 의해 비참하게 생을 마치게 된 셈이다.

도로로 나 있는 대문으로 누군가 들어선다. 동네에서 하나밖에 없는 슈퍼마켓 주인 여자이다. 여자는 노란 플라스틱 바가지를 들고 들어온다. 그 안에는 똥으로 칠갑된 오리 알이 들어 있다. 여자는 그가 누워 있는 방을 힐끔 쳐다보며 나에게 어색한 미소를 흘린다. 휴지를 사기 위해 언젠가 들렀을 때 여자는 '밤에 어딜 그렇게 돌아다니지?' 하고 수상한 눈빛으로 캐물었다. 그리고 뒤돌아서서 나오는 내 등을 향해 혼잣말로 중얼거렸다. '긴 병에 효자가 있겠어. 그것도 며느리가 혼자 병든 시아버지를 돌보는 게 어디 쉽겠어. 쯧쯧.'

여자는 나에게 오리 알이 든 플라스틱 바가지를 건넨다.

"환자에게 이걸 삶아 먹이면 효과가 있을 거야. 오늘 새벽 우리 집 청둥오리가 낳은 알이야."

나는 그 여자의 말이 길어질까 봐 얼른 그것을 받는다. 여자는 마당을 한 번 둘러보며 '하수구를 고쳐야 할 텐데 악취가 진동을 하네. 집안에 남자가 없으니. 쯧쯧.' 하였다. 여자는 가지도 않고 계속 혀를 차며 이곳저곳을 둘러보더니 마침내 더 이상 기다릴 수 없겠다는 듯 '한 알에 천 원만 쳐서 줘. 시장에 내 가면 훨씬 더 비싸지.' 하고 말한다. 나는 그제야 여자의 의도를 알아차리고 방 안으로 들어가 돈을 꺼내온다. 그는 여전히 약기운에 취해 잠들어 있다. 여자는 지폐를 받아 들고는 '얼굴이 많이 상했네. 하루빨리 저 양반이 돌아가야 할 텐데.' 하고는 서둘러 나간다.

나는 똥냄새가 진동하는 바가지를 수돗가에 내려놓고 씻기 시작한다. 오리알은 좀처럼 씻어지지 않는다. 땀을 뻘뻘 흘리며 씻는다. 따가운 햇볕이 목을 사정없이 찌른다. 알은 조금씩 하얗게 제 색깔을 찾기 시작한다. 포장마차를 하는 그녀에게 줄 요량으로 바구니에 조심스럽게 담아 냉장고에 넣는다.

냉장고에선 여전히 여러 종류의 죽과 전복, 당근 즙이 부패하고 있는 중이다. 이미 표면엔 하얀 곰팡이가 피기 시작하고 있다. 그것을 계속 방치하고 있다. 썩어가고 있는 모든 것들을 두고 볼 참이었다. 마치 임상실험을 하는 연구자처럼 썩어가고 있는 것들 앞에서 진지하다. 부패된 소고기에서 풍기는 냄새를 맡으며 관 속에서 썩어가고 있는 그를 상상한다. 염을 할 때 입 속에 넣는 몇 톨의 쌀알과 함께 입이 가장 먼저 썩게 될 것이다. 청포묵 같은 눈동자와 이미 제 할 일을 마친 여러 구멍과 수컷으로서 제 역할을 마친 성기, 그리고 마지막까지 생을 연명하기 위해 인간으로서의 자존심을 버리도록 조종한 머리통까지 썩어갈 것이다. 몇 개 남지 않은 치아까지 인간의 형체에서 벗어날 것이다. 그가 썩지 않는다면 난 그를 애초에 포기했을 것이다. 싸질러놓은 똥과 질질 흘리는 오줌과 하루에도 몇 번씩 살기 위해 몸부림치는 그를 용서할 수 있었던 것은 그가 종국에는 썩어 문드러질 것이라는 사실 때문이었다.

갑자기 맹렬한 식욕이 일어난다. 나는 밥 대신에 잔뜩 사놓은 컵라면의 용기를 뜯고 뜨거운 물을 붓는다. 그리고 채 퍼지기도 전에 허겁지겁 먹기 시작한다. 이빨이 뭉긋하게 빠지는 느낌에 부엌에 걸려 있는 작은 거울에 입속을 비춰본다. 잇몸이 붉게 솟아올라 있다. 윗니 어딘가는 썩고 있는 것이 분명할 정도로 거뭇하다.

방 안으로 들어간다. 조금 전 피워놓은 향은 재가 되어 있다. 향냄새는 병자의 체취를 이겨내지 못하고 사그라졌다. 다시 향을 피운다. 그의 얼굴엔 땀방울이 솟아 있다. 휴지로 그의 얼굴을 닦아내고 아랫도리에 채워놓은 기저귀를 풀어본다. 똥은 이제 콜타르처럼 검고 진득하다. 기저귀를 끌어내고 사타구니와 항문을 물수건으로 닦아낸 뒤 파우더를 치고 다시 새 기저귀를 채운다. 욕창이 생긴 엉덩이엔 약을 바르고 거즈를 댄다. 그리고 똥 묻은 기저귀를 밖으로 내던지고 그의 몸 위에 선풍기를 고정시킨다. 그는 여전히 잠든 채로 있다. 그 옆에 눕는다. 그 옆에 정부(情婦)처럼 나란히 눕는다.

보건소 소장은 젊고 친절하다. 안쓰럽다는 표정으로 차를 권하거나 선풍기를 앞으로 밀어줄 때 나는 감미로운 기분에 사로잡힌다. 보건소에 약을 타 올 때마다 그를 위해서가 아니라 바로 소장의 팽팽한 목소리를 듣기 위해 올지도 모른다는 죄의식에 시달린다.

몇 달 전인가 갑자기 의식을 잃은 그 때문에 병원에 도움을 청하자 이곳 보건소를 연결해주었다. 가망 없는 늙은 환자에게 더 이상 관심을 갖지 않겠다는 뜻이었다. 주치의였던 의사는 '그 환자가 살아 있다는 겁니까? 허 참, 환자 보호자도 힘들지만 환자 본인에게도 고통스럽겠는데요.' 하고 말했다.

소장은 차를 몰고 이내 도착했다. 소장은 그의 동공을 살피고 응급조치를 하였다. 링거주사를 꽂고 난 뒤 주삿바늘을 빼는 방법을 알려주었다. 치료를 마치고 나가던 소장은 내 머리칼에서 뭔가를 집어 올렸다. 그의 뭉쳐진 하얀 머리칼이었다.

"욕창 방지를 막는 시트가 필요할 것 같군요. 욕창이 더 이상 번지지 않은 것만 해도 대단한 일입니다. 번거롭게 이제 병원까지 일일이 가지 마세요. 이런 시골도 의외로 좋은 점이 많습니다."

이후로 일주일 간격으로 보건소에 가서 약을 타 왔다. 소장은 한 달에 한 번 꼴로 링거주사를 주기 위해 집에 들렀다. '참으로 대단한 환자군요. 이렇게 링거를 투여하는 것이 환자의 고통을 더 가중시키는 것인지도 모르겠네요.' 하며 당혹감을 감추지 못했다. 그를 동정한 나머지 어쩌면 극약을 처방해줄지도 모른다는 의심이 들 정도였다.

소장은 한가한 진료실 내부를 계면쩍어하며 '요즘 한창 외지인들 민박을 받는다 해서 촌사람들이 아플 틈도 없나 봅니다.' 하고 말한다. 나는 대답 대신 소장의 바로 뒤에 나 있는 창문을 통해 넘실거리는 바다를 바라보았다.

보건소는 산 중턱에 자리해 있어 아래로 긴 해안선을 볼 수가 있다. 파라솔 아래 수많은 사람들이 운집해 있다. 마치 달력 속에 나오는 먼 이국의 풍경 사진을 보는 것 같다. 소장은 내가 바깥을 보고 있다는 것을 알아차리고 의자를 돌려 창밖을 바라본다. 소장의 머릿결은 물미역처럼 부드럽다. 불현듯 그의 머리칼 속으로 손가락을 집어넣어 보고 싶다는 충동을 느낀다.

무릎 위에 포개져 있는 손가락을 꼼지락거린다. 소장과 나와의 거리는 불과 일 미터도 되지 않는다.

"해마다 피서철엔 여기서 구경만 하다가 다 보냅니다. 마누라와 아이들이 없으니 혼자 가기도 뭣하고. 아, 예 나를 빼고 가족들은 모두 시내에 살고 있거든요."

소장의 얼굴에 쓸쓸함이 묻어 있다. 아이라는 말에 가슴이 쓰라리다. 아이, 조그맣고 새하얀, 아이. 나는 벌떡 자리에서 일어난다. 소장도 자리에서 일어나 문 앞에까지 배웅해준다.

뜨거운 태양빛을 그대로 받은 차는 용광로의 쇠처럼 달아올라 있다. 차 문을 열고 들어갈 생각도 못한 채 엉거주춤 밖에 그대로 서 있다. 갑자기 이상한 생각이 들어 고개를 들어보니 보건소 건물의 창문을 통해 소장이 나를 내려다보고 있다. 소장은 정물처럼 서 있다. 서둘러 차 안으로 들어와 시동을 걸고 주차장을 빠져나온다. 열린 차창으로 뜨거운 바람이 불어온다. 운전대를 한 손에 잡은 채 상의를 벗는다. 손을 바꿔가며 벗느라 차가 비틀대다가 하마터면 마주 오는 차를 받을 뻔하였다.

이 한낮 뜨거운 길 위에서 상대방 차와 내 차가 정면충돌을 하였다면 어떻게 되었을까. 아마 머리통은 토마토처럼 터져 길 위에 소스처럼 뿌려질 것이고 내장은 순대처럼 뿌연 김을 내며 아무렇게나 구불거릴 것이다. 뼈는 살인적인 햇볕에 더욱 하얗게 표백될 것이다. 야광의 뼈가 되어 밤이면 고양이의 눈처럼 살기를 띨지도 모른다.

차는 어느새 다리를 지나간다. 그녀의 포장마차가 보인다. 그녀는 목에 두른 수건으로 연신 땀을 훔치며 아이들에게 아이스크림을 건네고 있다. 조금 떨어진 곳에 그녀의 남편이 널브러져 자고 있다. 발치에 소주병이 나뒹굴고 있고 바로 옆에는 거대한 쓰레기장이 있다. 멀리서도 그녀 남편의 몸 위로 수많은 파리가 굼실대고 있음을 느낀다.

포장마차 앞에 차를 세우고 오리알이 든 바구니를 그녀에게 건넨다. 그녀는 바구니를 받은 채 어색한 미소를 흘린다. 음료수를 내미는 그녀의 손을 마다하고 차에 올라탄다.

어느새 색 바랜 지붕이 보인다. 화려한 외장을 한 주위의 집들과 달리 그의 집은 한눈에 봐도 퇴락해가는 집 같다. 도로보다 낮은, 푹 꺼진 집에 시체처럼 누워 있을 그. 갑자기 집 전체가 거대한 쓰레기장처럼 느껴진다. 썩어가는, 구더기가 꼬이고 있는 하치장에 그의 몸이 가장 빠르게 부패하고 있을지도 모른다. 천천히 차를 마당으로 몬다.

열어놓은 방문 안쪽에 그의 앙상한 발이 보인다. 차에서 내려 방으로 들어선다. 그는 아랫도리를 살피는 기색에 눈을 뜬다. 기저귀를 갈고 선풍기를 아래로 향하게 고정시킨 뒤 향을 피운다. 그리고 냉장고에서 포도 한 송이를 씻어 가져온다. 포도알 껍질을 벗기고 씨를 발라낸 뒤 그의 동굴 같은 입속으로 밀어 넣는다. 한 알의 포도알을 삼키는 데도 시간이 오래 걸린다.

이때 전화벨이 울린다. 친정어머니는 아이를 유치원에 데려다주고 돌아온 직후라고, 며칠 전 여름캠프를 다녀왔는데 아빠, 엄마가 없어도 아이가 씩씩하게 잘 다녀왔다고, 몸살 기운이 있어 오늘 아침 병원에 데려갔다가 유치원에 보냈다고, 다소 격앙된 목소리로 말한다. 전화 한 번 하지 않는 비정한 딸에 대한 섭섭함을 애써 감추고 있는 것이다. 외손녀로 인해 다시 인생을 사는 것 같다고, 오래전 너를 교문까지 데려다줄 때의 기분을 지금 다시 맛본다고, 이런 기회를 준 너의 시아버지에게 고맙다고 해야 할까 봐, 이렇게 말하고는 '정 힘들면 시누이와 이제 교대해라. 딸자식은 뭐 자식이 아니니?' 하고 말한다.

네 명의 시누이들은 이제 더 이상 나에게 전화를 하지 않는다. 그가 전답과 산은 물론 두 채의 집까지 남편에게 넘기고 난 뒤 얼굴 가득 섭섭함과 불편함을 감추지 못했던 그들이었다.

"잠깐이라도 여기 한번 다녀가면 안 되겠니? 애가 엄마 얼굴 잊어버리겠다."

"못 가."

나는 짧고 단호하게 말한다. 아이의 얼굴을 보고 싶지 않다. 눈물이 그렁한 채 온몸으로 매달리는 딸을 한 번이라도 안게 되면 다시는 그를 돌보지 못할 것 같다.

"지독한 년."

친정어머니는 전화를 끊어버린다. 나는 다시 그에게로 돌아온다. 포도알을 밀어 넣으려고 하는데 그가 입술을 오므리더니 나의 얼굴을 향해 포도씨를 내뱉는다. 포도씨가 얼굴에 닿았다가 바닥에 흩뿌려진다. 그는 내가 전화를 받고 있는 동안 접시에 놓인 포도알을 당겨와 입속으로 밀어 넣었던 것이다. 나는 얼굴에 붙어 있는 포도씨를 떼어내며 그의 얼굴을 뚫어질 듯 쳐다본다. 그가 생에 대한 욕망을 이토록 적나라하게 드러내는 것은 참으로 오랜만의 일이다. 나에 의해 방기되는, 실험되는 것을 더 이상 참지 않겠다는 뜻이다. 썩어가야 할 것은 바로 '너, 못된 며느리라는 년이다.' 하고 말하고 싶은지도 모른다.

비로소 나는 그가 가부장적인 수컷이라는 사실에 눈을 뜬다. '그럼, 당신은 죽지 않았어. 나에게 시체 취급당하지 않으려면 이렇게 온몸으로 저항해야 할 거야. 결국 당신은 죽음 직전에서야 며느리인 나의 신분과 같아지는 꼴이네. 그렇다면 며느리인 나는 겨우 죽어가는 사람과 신분이 같다는 것이지. 불행한 것은 나야. 그러니까 나에게 동정심을 바라지 말고 가부장으로서의 품위를 지켜.'

그의 입속으로 연신 포도알을 밀어 넣는다. 그리고 내 얼굴을 향해 포도씨를 내뱉는 그를 내려다본다. 그의 가쁜 호흡이 느껴진다. 일순 방문으로 습한 바닷바람이 밀려들어온다.

남편은 여전히 집에 없다. 룸메이트였던 외국인도 이제는 없는지 전화를 할 때마다 메시지를 남기라는 이국적인 멘트가 나올 뿐이다. 가끔씩은 외국인 여자의 목소리가 흘러나오기도 하였다. 윤기가 흐르는 여자의 목소리에 아무 말도 하지 못하고 전화를 끊을 수밖에 없었다.

몇 주일 전 남편은 지쳐 있는 나를 위로할 셈이었던지 궁색한 변명을 늘어놓았다.

"여긴 얼마나 미친 여자들이 많이 있는지 몰라. 공원에 산책을 갔는데 이곳 여자가 날 유혹하는 거야. 얇은 긴 코트 안에 아무것도 입지 않은 채 자기 집으로 같이 가자고 말하는 거야. 여기 여자들은 동양인 남자들에 대한 환상이 많지. 아, 물론 난 따라가지 않았지. 지금 그럴 시간도 없어. 하루빨리 이 학위 과정이 끝나고 나면 돌아갈 거야. 아, 참 아버진 여전하시지? 내 말이 맞지? 아버진 그렇게 쉽게 돌아가실 분이 아니라니까."

그는 조금 전부터 내내 텔레비전에 시선을 고정한 채 잠도 자지 않고 있다. 내가 밤 외출을 할까 봐 감시하듯 계속 나와 텔레비전을 번갈아 보았다. 텔레비전에서는 열대야 현상을 식혀줄 비구름이 중국을 거쳐 내일 우리나라에 상륙할 것이며 높은 파도와 강우량으로 인해 상당한 피해가 예상된다는 일기예보를 하고 있다. 선풍기는 끼익 소리를 내며 힘겹게 돌아가고 있다. 그의 용변을 처리하고 선풍기를 회전시킨 뒤 외출할 준비를 하였다.

그의 머리맡에 자리끼를 두고 나오려고 하자 갑자기 그가 나의 손목을 잡는다. 개의 혓바닥 같은 촉감이 싫어 그의 손을 내치려고 하자 그는 다리를 가리키며 주무르라는 신호를 한다. 그의 다리에 손을 갖다 대고 주무르기 시작한다. 몇 분이 지났을까 이마에서 땀이 쏟아진다. 그는 입을 벌린 채 여전히 텔레비전을 보고 있다.

그는 오늘 밤 좀처럼 잠이 들지 않는다. 수면제의 약효가 이제 다한 듯 효과가 없다. 마음이 초조해지기 시작한다. 수면제를 녹인 약을 숟가락 위에 놓고 녹인 뒤 그의 입속으로 밀어 넣는다. 그러나 그는 머리를 좌우로 흔들며 거부한다. 서슬에 숟가락을 놓치고 약이 바닥에 엎질러진다. 내가 다시 손으로 약을 입속으로 넣자 그가 내 손가락을 깨문다. 앗, 비명과 동시에 그의 얼굴을 손바닥으로 내려친다. 그러자 그 또한 한 손으로 내 한쪽 젖가슴을 움켜쥔다. 젖가슴이 얼얼할 정도로 그의 완력은 세다. 손바닥으로 그의 뺨을 갈긴다. 그리고 그의 머리를 두 손으로 잡고 땅바닥에 두세 번 내려 찧는다. 그제야 그는 젖가슴을 움켜잡은 손을 놓는다. 그의 입을 벌려 남은 수면제를 송두리째 밀어 넣는다. 일순 그의 눈에 눈물이 맺힌 것을 본다.

뒤도 돌아보지 않은 채 방문을 닫고 나온다. 차에 시동을 걸고 대문을 부수기라도 할 듯 무섭게 차를 몰고 도로를 질주한다. 그의 젖은 눈동자가 떠올라 더욱 광폭해진다. 성난 야수처럼 중앙선을 넘어 차를 몬다. 차는 고삐를 잃은 말처럼 갈기를 휘날리며 빠른 속도로 달려간다. 마주 오는 차가 속도를 늦추며 경적을 마구 울려댄다. 길 오른편으로 허연 거품을 뿜고 있는 바다가 넘실대고 있는 것이 눈에 들어온다. 차를 바다 쪽으로 밀어붙이고 싶은 충동에 사로잡힌다. 운전대를 오른쪽으로 조금만 꺾으면 수십 미터 낭떠러지 아래 저토록 분노하고 있는 바다에 합류할 수가 있다. 내 몸은 떨어지자마자 바다 거품 속에 녹아 내릴 것이다. 홱 운전대를 돌린다. 굉음과 함께 차가 앞으로 벌컥 솟구치면서 정지한다.

차를 공중화장실 앞에 세우고 포장마차로 다가간다. 그녀는 앉아서 꾸벅 졸고 있다가 차 소리에 놀라 깼는지 자리에서 벌떡 일어나 나를 쳐다본다. 그러다가 포장마차 앞으로 뛰어나온다. 비틀거리는 나를 부축하여 포장마차 뒤 평상 위에 앉힌다. 말수가 적은 그녀는 여전히 말을 아낀 채 물수건으로 내 얼굴을 닦아주고 유심히 나를 살핀다. 매일 밤 그에게 수면제를 먹이고 난 뒤 미친 듯 밤바다를 헤매고 있는 나에게 아무것도 묻지 않았던 그녀였다. 물수건이 닿은 자리마다 쓰라리다. 차의 앞 유리창에 이마를 찧은 모양인지 물수건에 피가 묻어 있다.

그녀의 남편은 보이지 않는다. 매일 밤 포장마차 주변을 맴돌며 그녀가 던져주는 소주를 병째 마시고 난 뒤 아무 곳에나 누워버리는 남편이었다.

"정신병원에 가 있어. 알코올성 치매가 진행되었대."

그녀의 표정이 어느 때보다 더 어둡고 가라앉아 있음을 알아차린다. 그녀는 연신 배를 손으로 문지른다.

"낙태 수술이 잘못되었는지 계속 이렇게 아프네. 하혈도 하고……."

"남편과 잤단 말이야? 이런 형편인데도 말이야?"

그녀는 혼잣말처럼 중얼거린다.

"마음은 통하지 않아도 몸은 통하는 것이 남편이란 작자거든."

어이가 없어 그녀의 얼굴을 노려본다. 그녀는 말수가 많아졌다. 고통을 참느라 술을 마신 게 분명하다.

"아픈데 이렇게 나와 있으면 어떻게 해. 나와 병원에 가보자."

그녀는 고개를 젓는다.

"내 몸은 내가 알아. 피곤하면 잘 이래. 오늘 꽤 매상을 올렸거든. 주정뱅이 남편이 없으니 손님이 배로 늘었어. 병원비라도 대려면 아플 시간도 없는데."

"바보 같은 소리 마. 고집 피우지 말고 병원에 가자."

"싫다. 이런 말 들을 것 같으면 너에게 말하지도 않았어."

그녀는 내 말을 완강하게 잘라버린다. 그리고 진열대 위에 놓인 물건을 정리하기 시작한다. 비닐로 포장마차를 덮고 묶는다. 그녀를 차에 태운다. 차 앞이 심하게 일그러진 것을 보고 그녀가 얼굴을 찌푸린다. 그녀는 몸을 의자에 깊이 기댄 채 물끄러미 밤바다를 응시하고 있다. 매일 새벽 술에 취해 비틀거리는 남편을 부축하며 집으로 돌아가던 그녀였다. 내가 태워준다고 해도 극구 사양하던 그녀였다. 걷다 보면 술주정뱅이 남편은 신기할 정도로 순한 양이 된다고 말했다.

"저 바다가 없었다면 버티지 못했을 거야. 남편을 버려놓은 바다지만 난 저 바다 때문에 사는 거야."

어부였던 남편은 바다 한가운데서 바다가 이기나 내가 이기나 하며 통째로 술을 들이붓곤 했다고 말한다.

"난 아무도 원망 안 해. 남편도, 교통사고로 먼저 간 아들도."

그녀가 마치 사막을 횡단하는 낙타처럼 느껴진다. 그녀의 목소리에 묻어 있는 사막의 모래 알갱이가 나의 머릿속을 마구 헤집고 다니는 느낌이 든다. 머릿속이 피로 가득한 듯한 아찔한 느낌이 든다.

"너도 힘들지? 이 세월이 너무 힘들지? 그럼 너도 나처럼 저 바다를 위안 삼는 거야."

그녀는 도리어 나를 위로하고 있다. 그녀는 차에서 내려 불이 꺼진 집으로 들어간다. 그녀가 떠나고도 나는 쉽사리 자리를 떠나지 못한다. 그녀와 나의 차이는 무엇일까? 그녀는 허물어진 남편과 몸을 섞으며 희망을 갖는다. 그녀에겐 희망이 있고 나에겐 희망이 없다. 이 간단한 차이가 나를 서럽게 만든다. 그녀는 살아 있고 나는 이미 죽은 것일지도 모른다. 갑자기 강렬한 충동에 휩싸인다. 내가 살아 있다는 것을 나 자신에게 증명해 보이고 싶다.

서둘러 차를 돌린다. 빨라진 내 심장박동 소리에 맞춰 차의 엔진 소리 또한 가열하다. 얼마 달리지 않아 보건소 건물이 보인다. 진료실엔 불이 꺼져 있다. 보건소 건물 뒤 사택 쪽으로 올라간다. 길모퉁이에 소장의 차가 가로등 아래 서 있다. 차를 세운다. 공중에 있던 하루살이가 차 유리창에 자진하여 몸을 던진다. 하루살이의 시체가 유리 표면에 들어붙는다.

이십여 가구가 채 되지 않는 동네여서 바로 소문이 날지도 모른다.

"시아버지 병수발하고 있는 그 여자가 결국 바람이 났어. 그것도 보건소 소장과 말이야."

소문은 나를 빼놓은 채 한동안 떠돌다가 제풀에 사그라질 것이다. 이곳은 휴양지로서 이미 마을 사람들은 해괴한 소문에 많이 익숙해진 터였다. 바닷가 텐트 안에서 엉겨붙어 자고 있는 남녀와 아무렇게나 나뒹굴고 있는 콘돔과 여자 속옷들, 이따금 기구한 사연으로 팅팅 불어터진 채 떠내려온 시체들로 인해 웬만한 일로는 난리법석을 피우지 않는다. 다만 끈질긴 효 사상만 남아 방파제를 만든 그의 고달픈 인생에 대한 연민만이 마을 사람들의 기억 속에 오래 남을지도 모른다.

몇 번인가 보건소에서 본 적이 있는 한 여자와 눈이 마주친다. 민박을 한다고 말했던 여자의 옆구리에는 음료수와 술병을 담은 플라스틱 바구니가 끼어 있다. 그 여자는 나를 유심히 바라보다가 황급히 사택으로 들어간다. 소장은 이내 밖으로 나왔다. 소장의 손엔 왕진 가방이 들려 있다. 내가 뭐라 말도 하기 전에 그는 내 차 옆 좌석에 올라앉는다. 아무 말도 하지 못하고 그저 차를 몰 수밖에 없다. 언덕을 다 내려올 즈음 소장은 운전대에 올려진 내 오른손을 잡는다. 소장은 그의 죽음을 예견한 듯 나를 위로하고 있는 것이다. 수면제를 한 움큼이나 삼킨 그는 어쩌면 죽어 있을지도 모른다.

집으로 가는 방향과 다른 곳을 향해 차를 몬다. 소장은 내 손 위에 올려놓은 자신의 손을 슬그머니 내리고 나를 쳐다본다. 나는 아무 말없이 차를 몬다. 소장은 뭐라 말하려다 말고 나처럼 물끄러미 앞을 본다.

여전히 바닷가 해안도로는 차와 사람들로 가득 차 있다. 사람들은 반라의 옷차림으로 도로를 무단 횡단하고 있다. 해안도로의 끝까지 달린다. 저 멀리 등대의 불빛이 깜박이고 있다.

어느 모텔 앞에 차를 세운다. 그가 얼굴을 찌푸리며 나를 노려본다. 불쾌함을 감추지 못하는 표정이다. 나는 창녀처럼 매달린다. 소장은 얕은 한숨을 내쉰다.

"미안합니다. 하지만 만약 자고 나면 난 당신에 대해, 우리의 관계에 대해 환멸을 느끼게 될 것이고⋯⋯."

그는 낮은 목소리로 중얼거린다. 사람들이 두려워하는 것은 바로 이런 상태일지도 모른다. 관계를 맺지 못해 안달이다가 막상 기회가 찾아오면 달아난다. 나는 수치스러움에 몸을 떨었다. 보건소가 있는 쪽으로 차를 돌렸다. 보건소가 가까워질 무렵 소장이 소리쳤다.

"그곳으로 다시 갑시다. 내가 생각을 잘못했어."

소장은 정염에 가득 찬 눈길로 나를 바라보고 있다. 하지만 여전히 그의 얼굴에는 일탈에 대한 망설임과 두려움이 깔려 있다. 나는 소장의 무릎에 놓여 있는 앙징 가방을 낚아채어 창밖으로 내던진다.

"내려요, 어서."

소장은 기가 찬 듯 나를 노려본다. 나도 그에 질세라 노려본다.

"빨리 내려, 이 개새끼야."

소장은 누가 볼세라 허둥대며 얼른 차에서 내린다. 소장이 차 문을 달자마자 가속페달을 밟는다. 차가 탄환처럼 앞으로 튕기듯 나아간다. 그러나 차의 급발진과 달리 소장에게로 돌아가고 싶다는 충동에 사로잡힌다. 더럽고 축축한 침대 위에서 소장과 격렬한 정사를 벌이고 싶다. 정갈한 소장의 손에 기꺼이 젖가슴을 내맡긴 채 한껏 애욕의 교성을 지르고 싶다.

썩고 싶지 않다. 썩어가고 있지 않다는 것을 소장과 몸을 섞어서라도 증명해 보이고 싶다. 썩고 있는 것이 아님을 보이고 싶다. 순간 온몸에서 악취가 나는 것 같은 착각에 젖는다. 비리면서도 구역질 날 것 같은 악취가 온몸에서 뿜어져 나온다. 내 몸은 거대한 쓰레기장으로 변한다.

그는 죽지 않았다. 그의 입가엔 침과 함께 뒤섞여버린 허연 약 알갱이가 버짐처럼 붙어 있다. 수면제를 필사적으로 뱉기 위해 애쓴 흔적이 역력하다.

그의 손엔 지폐가 한 움큼 들려 있고 방바닥 여기저기에는 지폐가 어지럽게 널려 있다. 들추어져 있는 장판을 제친다. 습기로 검게 썩어가고 있는 장판 밑에 많은 지폐가 숨겨져 있다.

그가 말한다.

"가…… 가……."

그리고 남편의 이름을 부른다. 아들이 있는 곳으로 보내달라고 말하고 싶은 것일까?

하지만 남편은 지금 다른 여자와 살고 있다. 나는 남편이 외로움을 이겨낼 수 없다는 것을 알고 있다.

"거긴 갈 수 없어요. 너무 멀고. 게다가 그 사람은 이미 아버님을 잊어버렸어요. 이제 아버님을 기억하는 사람은 아무도 없어요. 모두들 아버님과 제가 죽기만을 바라고 있을 거예요."

사실이다. 그가 살아 있으면 있을수록 불효에 대한 죄의식 때문에 그들은 그에게 비수를 꽂을 것이며 어쩌면 그들은 이미 그 피 묻은 비수를 씻고 있는지도 모른다. 죄의식에 사로잡힌 사람들은 결국 타인을 살해하고 달아나는 운명을 지게 되어 있다.

그는 고개를 가로젓는다. "너…… 가." 하고 반복하여 말할 뿐이다. 그는 이 말을 하기 위해 그의 머리맡에 버티고 서 있던 죽음의 저승사자와 치열한 싸움을 했을지도 모른다.

"이제야 선심을 쓰겠다는 건가요? 이미 난 썩어가고 있는데, 이제 너무 늦어버렸어요."

나는 적의에 찬 눈으로 그를 노려본다. 그의 얼굴이 일그러지며 사지를 비튼다.

"나를 이렇게 만들어놓고 혼자만 떠나겠다고요? 그렇게는 안 돼요. 그렇게 쉽게 아버님을 용서할 줄 알았어요? 아버님을 두고두고 괴롭힐 테야. 썩어 들어가는 것을 보며 오래두록 즐길 거야."

손거울로 그의 얼굴 위를 비춘다. 그의 목을 돌려 거울 앞에 고정시킨다. 이미 사시가 되어 있는 그의 반쯤 감긴 눈동자가 거울 속에 드러난다. 그는 경련하기 시작한다. 나의 입술에선 피가 솟는지 비린 냄새가 피어오른다.

"똑똑히 보세요. 아버님은 죽어가고 있는 중이라고요. 숨이 완전히 멈출 때까지 나는 지켜볼 거예요."

이때 그는 더 이상 참을 수 없다는 듯 내 손에 들려 있는 거울을 손으로 제친다. 거울은 바닥으로 떨어져 박살이 난다. 생의 마지막 입김을 내뿜는 처절한 몸부림이 느껴진다. 그는 손가락으로 밖을 가리킨다. 검붉은 밤이 마당에 깔려 있다.

"무화과나무…… 묻어…… 무화과나무…… 묻어."

그는 무화과나무를 손가락으로 가리킨다. 어둠 때문에 무화과나무의 형체는 보이지 않는다. 그의 벗겨진 엉덩이에서 검은 똥이 비질 새어 나왔다. 시꺼멓고 축축한 똥이 요를 검게 적신다. 그의 동공은 풀리고 입술은 파랗게 변한다. 몸은 얼음처럼 차갑다. 그의 눈이 완전히 감긴다. 그의 겨드랑이에 양손을 집어넣어 일으켜 세운다. 벌컥 그의 입에서 오물 같은 것이 쏟아져 나온다. 몸에선 진물 같은 것이 흐른다. 팽창된 그의 내장이 구멍이란 구멍 사이로 모두 뿜어져 나올 듯하다.

마루 끝에서 그를 등에 업는다. 더러운 하수구를 넘어 무화과나무 아래에 그를 눕힌다. 떨어진 무화과나무 열매가 그의 몸에 의해 으스러진다. 그는 무화과나무와 함께 썩어갈 것이다. 그의 차가운 이마에 입술을 대었다. 갑자기 굵은 비가 쏟아진다.

세 사람의 침대

세 사람의 침대

현관문을 열고 나온다. 낡고 오래된 아파트 계단은 물때와 흙먼지, 껌 자국으로 지저분하다. 며칠 전 술 취한 사내가 지린 오줌의 흔적도 희미하게 남아 있다. 화단 앞은 유치원 버스를 기다리는 아이들과 여자들로 소란스럽다. 비행기의 굉음이 날 때마다 여자들은 서로 약속이라도 한 듯 일제히 아이의 귀에 양손을 갖다 대곤 하였다. 아이들은 제 어미의 그런 행동에 익숙한 듯 키득키득 웃었다. 여자들의 얼굴에는 이런 행위를 언제까지 해야 하나 하는 두려움이 역력했다. 공항 주변에 사는 한 불임과 유산에 대한 두려움에서 벗어날 수 없다. 용케 온전한 아이를 낳은 어미 또힌 혹여 아이가 비행기의 굉음에 청력을 잃게 되지는 않을까 두려워하였다.

아내는 비행기 소리에 놀랄까 봐 아이의 귀를 막아주는 심약한 여자가 아니었다. 비행기의 운항 노선과 시간표를 줄줄이 꿰고 있는 것이 아내였다. 단 한 번도 비행기를 타보지 못했던 나는 공항에서 아내와 아들에게 손을 흔드는 것으로 만족해야 했다. 아내는 아파트만 남기고 자신이 장만한 상가 건물과 처가의 유산까지 처분하였다.

아내는 부부 중 한쪽이 죽으면 수십억 원의 생명보험금이 나온다고 말했다.

"한 사람이 죽으면 살아 있는 몇 사람이 윤택해지는 거야."

그런 말을 들을 때마다 '당신, 우리를 위해 죽어주면 좋잖아. 당신은 사랑도 야망도 없으니까 말이지.' 하는 말로 들렸다. 나는 아내에게 여러 경구를 말해주었다.

"공동체가 부패하면 할수록 개인적 성취의 유혹도 강해진다, 부르주아지를 증오하는 것이 지혜의 시작이다, 하는 말도 있지."

아내는 짜증 섞인 한숨을 내쉬었다.

"나는 어쩌다가 이런 남자와 결혼하게 되었을까. 당신은 수지타산이 맞아. 나와 결혼해서 말이야. 하지만 난 이게 뭐야. 씨받이에다가 가정부에다가 매춘부 꼴이지 뭐야."

어이가 없었다. 여자를 그렇게 대하던 시대는 이미 오래전에 끝났던 것이 아닌가.

방을 얻기 위해 들어간 중개사무소에 아내가 있었다.

"이 전세금으로 아파트를 사는 게 좋아요. 직업이 어떻게 되세요? 무조건 대출받아요. 이 아파트는 곧 재개발될 확률이 백 퍼센트예요. 만약 사실이 아니면 제가 책임질게요."

아내는 자신의 예상대로 아파트 시세가 올랐다는 전화를 자주 걸어왔다. 얼마 지나지 않아 아내의 말대로 재개발이 확정되었다. 아파트의 주인이 되어 이사를 했을 때는 더 이상 나 혼자가 아니었다. 나는 아내와 함께 산 지 얼마 지나지 않아 내가 읽은 책의 양과는 비교도 할 수 없을 정도로 아내의 물욕이 높다는 것을 알게 되었다. 다른 사람이 가지고 있는 것을 소유하지 않으면 고통의 몸부림을 치는 여자라는 사실도 알았다.

아내는 두 아들을 성공한 인물로 키워내는 것이 필생의 목표이자 업적이었다. 나의 어머니가 그러했듯이 아내 또한 자신이 낳은 아이를 통해 자신의 영토를 확장하려고 했다. 여자들의 자궁은 바로 이러한 치열한 경쟁의 시장인지도 몰랐다. 나는 낡은 차의 가속페달을 힘껏 밟았다.

흐린 하늘이 잔뜩 내려와 있다. 가무끄름한 날씨가 며칠 계속되어서일까, 사람들의 눈빛이 초식의 짐승처럼 불안하게 보였다. 낡은 회백색의 건물로 들어섰다. 구립도서관은 도심에서 한참 벗어난 공원의 후미진 입구에 위치했다. 지하 매점에서 눅눅하고 비릿한 냄새가 올라왔고 그 냄새는 이층 자료실을 타고 올라갔다. 전문도서, 문학도서, 디지털실로 구분된 자료실은 오래된 책 속의 곰팡이와 사람들의 머리카락, 타액, 정액이 한데 뒤섞인 채 불온한 냄새를 풍기고 있다. 마치 무덤 속에서 빠져나온 듯 사람들은 잔뜩 등을 굽힌 채 책을 읽고 있다.

학생들이 열람실로 들어가고 있다. 그들은 책을 읽을 시간이 없다. 오로지 닭장과도 같은 칸막이에 갇혀 암기하는 도리밖에 없는 그들의 억울한 청춘을 위로해주는 것은 아무것도 없다. 두 아들도 그랬다. '다시는 이곳에 오나 봐라.' 하는 비장한 표정으로 오 년 전 아내와 두 아들은 떠났다. 그들은 이별하는 혈육의 슬픔 대신 다가올 모험과 자유를 고대하는 개척자처럼 흥분을 감추지 못했다.

"여기 이렇게 있다간 아버지처럼 재미없는 인생을 살게 될 것 같아요."

두 아들은 나를 생물학적인 아버지로만 기억하고 있는 것이 틀림없다. 난자를 향해 필사적으로 달려가 정확하게 착지한 운 나쁜 정자 그 이상 그 이하도 아니다.

두 아들이 만든 블로그를 열어보았다. 아내와 두 아들이 디즈니랜드에 가서 찍은 사진이 올라와 있다. 아내는 선글라스를 쓴 채 웃고 있고 두 아들은 공포영화 속에 나오는 가면을 쓴 채 서로를 향해 손가락을 겨누며 장난을 치고 있다. 마치 그들에겐 애초부터 남편과 아버지의 존재는 없었던 것처럼 보인다. 그들은 내 전화를 열에 아홉은 받지 않는다. 그들이 고의적으로 전화를 받지 않는다는 것을 알 수 있다. 아내가 전화를 거는 유일한 경우는 돈을 부쳐달라고 할 때뿐이었다.

"오죽하면 집조차 팔라고 하겠어? 당신이 보내는 그 적은 돈으론 여기 생활이 턱도 없단 말이야. 이게 다 당신 아들을 위한 거잖아."

아내는 돈을 많이 벌지 못하는 사람이 느껴야 할 수치심에 대해 말했다. 아내는 이승의 전부는 돈이라고 말했다.

"물론 저승의 전부도 돈이고. 사람 사는 세상이 어디 다르겠어?"

아내는 내가 원하는 것을 들어주지 않았다. 함께 밥을 먹고 책을 읽고 산책하는 일. 요리를 하고 여행을 가고 아픈 가족을 간호하는 일. 내가 원하는 것은 이것이었다.

"에게 겨우 그거야? 남자가 되어서 꿈이 그게 뭐야?"

나와 아내는 이렇게 서로 달랐다. 내가 고양이를 말하면 아내는 독수리를 말하고 내가 꽃을 말하면 아내는 쥐를 말하는 형국이었다. 상대가 원하는 것은 절대 들어주지 않는 것이 부부의 속성인 것처럼 우리 부부는 그렇게 으르렁대었다.

시험 기간이라 복잡하다. 열람실의 학생들에게 떠밀려 내려온 사람들로 자료실은 빈자리가 없다. 돋보기를 쓴 늙은 남자가 한시를 소리 내어 읽고 있다. 옆에 앉은 여대생이 울상을 한 채 늙은 남자를 쳐다본다. 책장 맨 뒤에서는 한 사내가 낮은 목소리로 휴대전화로 통화를 하고 있다. 다리를 정신없이 떨며 책을 읽는 청년과 재채기를 끊임없이 연발하며 신문을 읽는 늙은이와 머리카락을 손가락으로 빙빙 돌리며 여성잡지를 읽는 중년의 여자가 학생들 틈에 앉아 있다. 몇몇의 노숙자는 책상에 엎드려 잠을 자고 있다.

공원 벤치에서 신문지를 덮고 잠을 자던 사람들이 도서관 안으로 들어오는 일이 갈수록 늘어나고 있다. 그들은 간밤의 노숙을 숨기기 위해 공중화장실에서 얼굴을 씻고 들어온다. 몸에서 나는 먼지와 찌든 냄새는 그들이 얼마나 오랫동안 공공시설에서 유영하고 있었던가를 말해주었다. 그들은 서가에서 해몽 책이나 요리책, 건강 관련

책을 꺼내 읽다가 얼마 지나지 않아 잠에 떨어졌다.

나는 이 평화로운 공간과 시간을 동경하였다. 지상의 모든 소음이 멈춘 채 오직 앎에 대한 열정, 깨달음의 에너지, 살아 있다는 경이감으로 가득한 도서관의 오전. 나는 인간의 행위에 대한 저자들의 통찰과 예언이 없으면 이 세상은 존재하지 않는 것이라고 믿었다.

그리하여 모두가 반대하는 직업을 선택했다. 직장 동료 가운데 그어느 누구도 나와 같은 자긍심과 포부를 가진 자는 없었다. 그들은 나의 성실함과 검소함을 비웃었고 돈에 인색한 것과, 불화 상태에 있는 가족들에 대해 수군대었다. 그러나 나의 직업을 가장 부끄럽게 생각하는 사람은 아내였다. 아내는 책을 읽는 것은 욕망을 거세하는 일이고 욕망이 없는 것은 장애라고 말했다.

"책을 읽으면 읽을수록 무책임한 자들을 양산할 뿐이야. 책은 비겁한 사람들의 도피처에 불과해."

내가 경구를 거스른 것은 오직 하나, 결혼이다. 결혼을 경계하던 수많은 경구를 무시한 벌을 지금 톡톡히 받고 있는 것이다.

자료실 안을 둘러보았다. 책을 찢거나 몰래 가방 속에 넣고 나가는 사람이 있을까 싶어서이다. 도서관에는 기이한 행동을 하는 사람들이 많다. 같은 페이지를 계속 펼쳐놓은 채 뚫어지게 보는 사람, 연신 헛기침을 하며 주위를 두리번거리는 사람, 책갈피 속에 자신의 머리카락을 집어넣는 사람, 책에 침을 뱉거나 낙서를 하는 사람. 사서가 하는 일 중 가장 번거롭고 귀찮은 일이 바로 이런 사람들을 상대하는 일이다. 그러나 이것보다 더욱 끔찍한 것은 바로 책을 빌려가는 사람에게서 범죄의 냄새를 감지하는 것이다. 자살, 살인, 유기, 납치, 폭행, 감금 등 범죄에 관련된 책을 계속 빌려가는 사람에게서는 불안한 징후가 느껴졌다.

범죄에 관련된 책을 대출한 사람은 대부분 책을 반납하지 않은 채로 연락을 끊었다. 책 속에서 정보와 영감을 얻은 그들 중 누군가는 완전범죄를 꿈꾸며 범행을 저지르고 있을지도 모른다는 생각이 들었다.

공영주차장에 차를 세운 뒤 테니스장을 지나 만남의 광장이라는 간판을 향해 걸어갔다. 비닐 휘장이 쳐진 매점 안으로 들어갔다. 희뿌연 김이 매점 안을 가득 메우고 있다. 늙수그레한 사내들 몇몇이 플라스틱 테이블에 앉아 가락국수와 소주를 마시고 있다. 자판기 커피를 뽑아 밖으로 나왔다. 공원 안을 걸었다.

중풍에 걸린 늙은 남자가 지팡이에 의지한 채 겨우 걸음을 떼며 걸어가고 있고 늙은 여자가 폐지를 쌓은 유모차를 끌고 갔다. 조각공원으로 들어섰다. 오래전에 죽은 향토시인의 시가 새겨진 비석을 지날 때였나. 비명소리가 들렸다. 비석 뒤에서 한 사내가 여자를 때리고 있었다. 사내는 여자의 등에 마구 발길질을 하고 있다. 여자는 미동도 없이 웅크린 채 맞고 있다. 사내가 여자의 머리 쪽을 향해 침을 뱉고는 차를 타고 가버렸다. 여자에게 다가갔다.

"괜찮아요?"

여자가 고개를 끄덕였다. 순간 엉뚱한 생각이 들었다. 보통의 남자라면 이럴 때 어떻게 할까, 여자를 집으로 데리고 가서 따끈한 차를 주면서 위로의 말을 건넬까, 여자의 환심을 사고 난 뒤 시중을 들게 하거나 자신의 정욕을 채우게 될까. 하지만 나는 그런 유의 남자가 아니었다. 무엇보다 사내에게 대낮에 흠씬 두들겨 맞고도 저항 한 번 하지 않는 여자에 대한 호기심이 없었다.

서둘러 조각공원 밖으로 나와 도로 쪽으로 걸어갔다. 순간 여자가 뒤를 따라오는 것이 느껴졌다. 뒤를 돌아보았다. 여자가 나와 몇 미터 거리를 띄워놓고 걸어오고 있었다. 여자를 피하기 위해 조금 전 들렀던 휴게소로 들어갔고 자판기에서 커피를 뽑아 나왔다. 여자가 휴게소 입구에 서 있었다. 여자의 얼굴을 보았다. 헝클어진 머리카락과 창백한 얼굴빛, 초점 없는 눈동자를 보았다. 미친 여자, 혼잣말로 중얼거렸다. 여자를 지나쳐 커피를 단숨에 마시고는 종이컵을 입구에 있는 휴지통으로 내던졌다. 뒤도 돌아보지 않고 주차장 쪽으로 걸어갔다. 마침내 차 앞에 왔다. 뒤에서 여자의 목소리가 들려왔다.

"어디로든 따라갈게요."

여자가 말했다. 뒤를 돌아보았다. 여자가 바로 뒤에 서 있었다. 여자는 마치 나의 처분을 바라는 듯 고분고분한 표정이었다.

"그건 곤란해요. 급한 일이 있어서 어딜 가는 중이었어요."

거짓말을 하였다.

여자가 입술을 깨물었다. 침묵이 흘렀다. 더럽고 불결한 물건을 대하듯 여자의 시선을 피했다. 차에 올라탔다. 그러자 여자가 말했다.

"난 당신을 알아요. 도서관에서 봤어요."

여자를 올려다보았다. 곧 얼마 지나지 않아 여자의 정체를 알 수 있었다. 책을 정기적으로 대출하는 여자였다. 연 대출 권수로는 가장 높은 기록을 세우는 여자였다. 하지만 책을 빌리러 온 것인지 잠을 자러 온 것인지 모를 정도로 잠에 곯아떨어졌던 여자였다. 내가 주춤하자 여자가 차 문을 열고 옆 좌석에 올라탔다. 불쾌감에 여자를 밀어내고 싶었다. 그러나 이상하게도 여자에 대한 호기심이 반감과 혐오감 사이를 비집고 들어왔다. 책을 읽는 여자. 이것으로 여자를 참아내기로 작정하였다. 천천히 공원 밖으로 차를 몰기 시작했다.

여자가 말했다.

"돈을 좀 주세요."

어이가 없었다. 여자는 돈을 빌리는 사람의 전형적인 표정이었다. '결국 이런 꼴이군. 나에겐 돈을 달라는 여자만 있으니까 말이야.' 쓴웃음을 지었다.

매번 어느 누구에게든 돈을 빌려도 되게끔 만드는 나 자신의 존재가 의아했다. 가까운 친척에서부터 먼 친척, 학교 동창, 동네 이웃까지 모두 나에게 손을 벌렸다. 아내는 나의 직업이 그렇게 만들었다고 말했다. 아내는 책을 읽는 사람을 경멸했다. '책과 함께 있는 한 당신은 타인에게 만만하게 비칠 수밖에 없어. 함부로 돈을 빌리고 돈을 갚지 않아도, 그렇게 해서 평생 보지 않는다 해도 하등 안타까운 마음이 들지 않도록 만드는 사람이 바로 당신이란 존재야.'

"왜 내가 당신에게 돈을 줘야 하지요?"

"돈이 필요해서요."

나는 잔인하게 말했다.

"부끄럽지 않아요? 거지처럼 구걸하는 게. 게다가 책을 그렇게 많이 읽었으면서."

"책을 읽는다고 해서 배가 고프지 않은 건 아니에요."

"그래 얼마를 주면 되지?"

"이만 원만 주세요. 그 돈이면 쌀과 감자를 살 수 있어요."

"만약 못 주겠다면?"

"그럼 다른 사람에게 부탁할 수밖에 없어요."

더 이상 참을 수가 없었다. 버럭 소리를 질렀다.

"그럼 굶으면 되겠군. 어서 차에서 내려요."

차를 세웠다. 여자가 느릿느릿 차에서 내렸다. 속력을 내어 달렸다. '돈을 주었어도 이렇게 마음이 스산했을 거야. 난 최선을 다했어. 적어도 다른 남자처럼 두들겨 패지는 않았으니까.' 이렇게 위로를 하며 집으로 돌아갔다.

여자가 들어오고 있었다. 여자는 자료실로 들어오자마자 서가에서 몇 권의 책을 꺼내 테이블로 가지고 갔다. 그리고 쌓아놓은 책 위에 머리를 대고 누웠다. 두 명의 여학생이 여자 쪽을 향해 눈을 흘기며 수군거리고 있다. 여자 쪽으로 다가갔다.

"여긴 자는 곳이 아닙니다."

여자는 나의 목소리를 듣지 못한 듯했다. 여자는 일어나지 않았다.

여자의 어깨를 손끝으로 툭툭 쳤다.

"여기서 자면 어떡합니까? 나가주세요."

그러자 여자가 겨우 몸을 반쯤 일으켜 세운 자세로 나를 바라보았다. 여자의 눈은 심하게 충혈되어 있어 똑바로 보기가 민망할 정도였다. 여자는 또다시 책상에 엎드렸다. 어이가 없어 여자의 등을 노려보았다. 여자는 어제 있었던 일을 완전히 잊어버린 것일까, 아니면 잊어버린 체하는 것일까.

"다른 사람에게 피해를 주는 일입니다. 그러니 여기서 나가주세요."

그러자 엎드려 있던 여자가 고개를 들었다. 여자는 자리에서 일어나 책장을 향해 걸어갔다가 이윽고 내가 있는 쪽으로 다가왔다. 여자는 나에게 책 세 권을 내밀었다. 여자가 말했다.

"퇴근하고 난 뒤 시간이 날까요?"

나는 당황했다. 옆자리의 봉사자가 이상한 눈으로 바라보는 게 느껴졌다. 차갑게 말했다.

"책 반납 일은 이 주일 뒤입니다."

여자가 돌아섰다.

창문을 통해 아래를 내려다보았다. 여자는 내가 자신을 보는지 전혀 눈치를 채지 못한 채 도서관 입구의 낡은 벤치에 앉아 있었다. 새삼 여자가 기다리고 있다는 것이 부담스럽고 두려웠다. 지금이라도 늦지 않았다. 여자에게로 가서 '당신이 무슨 말을 하든지 당신의 요구를 들어줄 수는 없다.' 하고 말해야 한다. 하지만 몸이 따라주지 않았다. 퇴근 시간이 되자 나는 벤치로 향했다.

"돈 좀 주세요."

여자가 말했다.

"난 돈이 많은 사람이 아니야. 그리고 내가 돈을 주면 당신은 거지가 되는 거야."

"당신은 나보다 돈이 많을 것 같고, 없는 사람이 있는 사람에게 좀 나눠달라고 하는 게 뭐가 나빠요?"

여자가 혐오스러웠다.

"당신이 사내에게 두들겨 맞았을 때 알아차렸어야 했어."

"그래요. 돈을 더 달라고 하면 남자들은 때려요."

여자가 말했다.

"책을 읽는 여자라면 적어도 이런 식으로 사람을 대하진 않아."

하지만 우습게도 이 지경이 되어서도 책을 읽는 여자에 대한 호기심과 경외감을 버리고 싶지 않았다.

"책 이야기를 해봐. 그럼 돈을 줄 수도 있어."

나는 담배를 물었다. 여자가 생각에 잠긴 채 나를 바라보았다.

"조르바를 아세요?"

여자가 말했다. 하마터면 담배를 떨어뜨릴 뻔하였다.

"알지. 내가 닮고 싶은 인물 중의 하나지. 조르바는 배짱이 두둑하고 무엇보다 행복이 뭔지 알았던 사람이었어. 그 책을 쓴 작가는 자신이 창조한 인물인 조르바에 대해 이 세상에서 가장 행복한 사나이라고 말했지."

여자가 말했다.

"조르바는 어느 날 버찌가 먹고 싶어 화가 났어요. 버찌가 자신을 가지고 논다는 생각에 속이 상한 조르바는 아버지의 돈을 훔쳐서 버찌 한 소쿠리를 사서 토할 때까지 먹어요. 다시는 버찌 생각이 나지 않도록. 조르바는 누구의 지배도 받지 않는 자유로운 영혼이에요."

단박에 여자가 굉장하게 보였다.

"다른 책 이야기도 해봐."

여자가 말했다.

"그럼 돈을 더 많이 주세요."

나는 싱긋 미소를 지었다.

"당신이 나를 웃게 만들었어. 그러니까 더 줄 수 있을지도 몰라."

여자가 말했다.

"월든이라는 책 중에 이런 대목이 있어요. '우리 모두가 알다시피 가난해서 삶이 힘겹다고 생각하는 사람들이 있다. 말하자면 이런 사람들은 때때로 숨조차 제대로 내쉬지 못한다. 이 책을 읽고 있는 독자들 중에도 실제로 자신이 먹은 저녁 식사비를 제대로 치르지 못하고 외부와 구두를 새로 시지도 못하면서 빌리거나 훔친 시간으로 그러니까 채권자에게 한 시간을 훔쳐 이 책을 여기까지 읽은 사람이 틀림없이 있을 것이다.' 나는 이 대목이 좋아요."

"더 해봐."

"이게 다예요."

"나는 책 읽는 여자를 기다려왔어. 오랫동안 아주 오랫동안."

내가 말했다.

컴퓨터에서 여자가 빌린 책 목록을 검색해보았다. 십여 년 전 여자가 처음으로 대여한 책은 죽음, 자살, 안락사에 관련한 것이었다. 이후 심리학, 문학, 자연과학, 사회과학, 예술 등 주제별, 장르별로 다양하게 대여되었고 최근엔 또다시 죽음에 관련된 것이었다. 여자는 하루에 세 권씩 규칙적으로 빌려갔고 한 번도 연체된 적이 없었다. 책을 좋아하는 사람이라는 사실만으로 여자의 구걸 행위를 이해하고 싶다는 생각이 들었다. 사내에게 두들겨 맞을 때의 여자, 책 이야기를 하던 여자를 떠올렸다. 여자의 모습은 하나의 일관된 형태가 아니라 마치 여러 명의 여자가 뒤섞인 형태로 나타났다. 여자에게 근사한 책을 가져다주어야겠다는 충동이 일어났다. 자살이니 죽음이니 하는 것을 지울 만한 책을 읽도록 해주어야겠다는 생각이 들었다. 여자의 집으로 찾아가리라 마음먹었다.

여자의 대출카드에 적힌 주소지로 도착했다. 재개발 건축 고시를 알리는 현수막이 전봇대에 걸려 있고 담벼락마다 철거 예정이라는 표지가 붉은 페인트로 찍혀 있다. 이미 문을 닫은 지 오래된 구멍가게와 방앗간, 철물점이 마주한 골목 사이로 거대한 쓰레기 더미가 쌓여 있다. 골목 돌계단 위에는 다 깨어진 화분이 놓여 있고 화분에는 푸성귀가 말라비틀어져가고 있다. 고양이 한 마리가 낯선 방문객을 무서워하지 않는 듯 꼼짝도 하지 않고 있다.

여자의 집은 막다른 골목의 끝이다. 철대문 옆에 있는 초인종을 눌렀다. 한참이 지나도 기척이 없다. 대문 사이로 마당에 쓰레기 봉지가 쓰러져 있는 것이 보였다. 어쩌면 집 주소가 거짓일지도 모른다는 생각이 들었다. '헛수고를 한지도 모르겠군.' 하며 돌아서려고 하는 찰나, 안에서 소리가 들렸다.

"누구세요?"

여자의 목소리가 들리자 다리에 힘이 풀리는 것 같은 느낌이 들었다. 여자가 다시 사라질까 봐 다급하게 '도서관에서 나왔습니다.' 하고 말했다. 여자가 잠시 주춤하더니 계단을 내려오는 것이 대문 사이로 보였다. 이윽고 여자가 문을 열었다. 여자는 놀란 눈으로 나를 바라보았다. 여자의 어깨 너머로 마당을 훔쳐보았다. 오랫동안 돌보지 않았던지 나무들은 모두 메말라 있었다. 여자는 아무 말도 하지 않았다. 나와 여자 사이엔 침묵이 흘렀다.

여자에게 두 권의 책을 내밀었다. 세계의 아름다운 정원을 찍은 사진집과 삶에 대한 용기와 희망이 주제인 수필집이었다. 여자가 정원을 꾸며볼 의지를 갖게 되고 다시 살고 싶어 하는 욕구가 생긴다면 나의 책 추천은 성공이라고 할 수 있을 것이다. 그러나 여자는 아무 말도 없이 돌아서서 가버렸다. 나는 골목을 빠져나왔다.

여자의 집 안은 한 치 앞을 보지 못할 정도로 캄캄했다. 여자는 양초를 들고 따라왔다. 방은 작고 어두웠고 이불에서는 퀴퀴한 냄새가 났다. 나는 불편한 자세로 앉아 있었다. 여자가 이불 속으로 들어왔다. 내가 말했다.

"추운데 차라도 한 잔 마시면 안 될까?"

여자가 방문을 열고 나갔다. 방 안을 둘러보았다. 창문이 엉성하게 달려 있는 방은 냉기가 흘렀다. 한참 있다가 여자가 들어왔다. 여자가 내민 잔엔 뜨거운 물이 담겨 있다. 여자는 벽에 기대어 앉은 채 나의 얼굴을 물끄러미 바라보았다. 지갑에서 돈을 꺼내 여자의 손에 쥐여주었다. 여자가 지폐를 유심히 쳐다보았다.

"여긴 정말 당신밖에 없는 거야?"

"아직도 사람들이 살아요. 늙고 병든 사람들이에요. 그들은 어둠 속에서 귀를 세우며 눈동자를 불안하게 굴리고 있어요. 집이 무너질까 봐. 당신은 그들의 눈을 한번 봐야 해요. 책과 얼마나 다른지. 책은 절대 현실을 따라가지 못해요."

여자가 가지고 온 뜨거운 물은 금방 식어버렸다. 여자가 몸을 떨고 있는 것이 보였다.

"우리 집으로 가자."

"그럴 수 없어요."

"내 집이 불편한가? 그러면 모텔로 가."

"안 돼요. 그냥 돈을 좀 주세요."

여자는 단호하고 끈질기게 돈을 요구했다. 지갑 속에 남아 있던 돈을 모두 방바닥에 던졌다. 여자를 노려보았다.

여자가 나의 귀에 대고 속삭였다.

"절대 소리는 내지 말아줘요."

깜박 잠이 들었던 것일까. 일어나 보니 방 안엔 나뿐이었다. 두꺼운 이불은 냉기를 이겨내지 못했다. 숨을 내쉴 때마다 뿌연 입김이 일어났다. 온몸이 두들겨 맞은 듯 저리고 아팠다. 여자는 어디로 간 것일까. 천장을 바라보았다. 쥐 오줌 자국이 남아 있는 천장과 먼지로 뒤덮인 전등, 그리고 녹슨 못에 걸려 있는 철 지난 달력을 보았다. 외풍이 센 방의 창문 사이로 바람이 무서운 소리를 내며 몰아쳤다.

여자는 아직도 돌아오지 않는다. 딸그락거리는 소리와 문이 열리고 닫히는 소리가 연이어 들려왔다. 발을 질질 끄는 소리는 분명 여자의 것이었다. 겨우 자리에서 일어났다. 벽지가 뜯어진 사이로 시멘트 조각이 떨어졌다. 벽 틈 사이로 손가락을 집어넣었다. 이번엔 마른 흙이 마구 떨어졌다.

방문을 열고 나갔다. 실내가 희미하게 드러났다. 거실엔 짙은 밤나무 색의 문이 달린 부엌, 욕실, 그리고 또 하나의 방이 있었다. 순간 그 방에서 인기척이 들리는 듯했다. 그 방 앞으로 다가갔다. 여자의 이름을 불렀다. 그러자 갑자기 안에서 들려오던 소리가 뚝 끊어졌다. 그리고 문을 잠그는 소리가 들렸다. 여자의 이름을 몇 차례 더 불렀다. 그리고 문손잡이를 돌렸다. 문은 닫혀 있었다. 갑자기 여자의 실체가 무시무시한 괴물처럼 느껴졌다. 계속 문을 두들겼다. 그래도 문이 열리지 않자 현관문을 열고 밖으로 나갔다. 마당 한쪽에 세워져 있는 녹슨 쇠망치를 들고 왔다. 그것을 방문에 대고 힘껏 내려 찢었다.

그때 안에서 소리가 들렸다.

"그만해요."

여자의 목소리였다. 안에서 문이 열렸다. 여자는 문턱에 발을 딛고 선 채 나를 바라보았다. 여자 뒤로 한 사람이 더 있었다. 머리카락과 수염이 한데 뭉쳐진 창백한 얼굴의 사내가 내가 있는 문 입구 쪽을 바라보았다.

"남편이에요."

여자가 말했다. 여자의 목소리가 주술사의 주문처럼 들렸다. 여자가 남편이라고 말한 사내는 아무 말도 하지 않은 채 나를 바라보았다. 사내의 눈은 머리카락과 수염 속에서 마치 인형의 눈처럼 비현실적으로 보였다.

나는 어리석었다. 세상에서 가장 멍청하고 어리석은 남자가 되어버렸다. 여자가 뭔가 근사하리라는 것, 책 속의 무수한 주인공 여자처럼 매혹적인 여자일 것이라는 자기 암시에 걸려들었다는 생각이 들었다. 고작 이런 여자에게 책을 배달하고 돈을 주었다는 것이 기가 막혔다.

여자는 아무 말도 없이 사내에게로 다가갔다. 사내와 여자를 외면하며 여자의 집을 나왔다. 언젠가 여자가 했던 말이 떠올랐다.

"마음만 먹으면 얼마든지 비밀스러운 삶을 살 수 있어요."

비틀거리며 골목을 빠져나왔다. 나는 사내가 누워 있는 방 바로 건너 방에서 여자와 몸을 섞었던 것이다. 마치 관객처럼 성애를 즐겼을 사내에 대해 분노가 솟구쳤다.

책 속의 여러 구절을 떠올리기 시작하였다. 저주, 악몽, 좌절, 배신, 환멸에 휩싸인 주인공의 처절한 심경을 표현한 문장과 경구를 읊조렸다. '스스로 고뇌하든지 그렇지 않으면 타인을 괴롭히든지, 어느 쪽도 선택하지 않고서는 연애는 존재하지 않는다.' 또 다른 문장이 떠올랐다. '여자는 남자의 모든 것을 파괴시킨다. 헌신, 근원, 영적인 지식은 더 이상 그의 영혼에 들어가지 못한다. 여자와 황금은 같은 것이다. 그것은 독이 묻은 과일과 같다. 그대가 그것을 쳐다보면 독은 퍼지고 그것을 먹으면 그대는 죽고 말리라.' 욕지기가 일어났다.

여자와 사내의 얼굴이 떠올랐다. 여자와 사내가 벌인 행위에 대해 생각했다. 그들 두 사람은 바로 나와 같은 얼간이를 상대로 한 편의 사기극을 벌였는지도 모른다. 사내는 자신의 아내에게 외간 남자를 끌어들여도 된다는 묵시적인 승낙을 했을 것이고 방탕하고 뻔뻔한 여자는 나 같은 남자를 끌어들여 돈을 갈취했다. 그러면서 병든 남편을 보살피는 여자를 덮치기나 하는 파렴치한 놈으로 만들어버렸다. 아내가 그토록 염려했던 것은 나의 이런 무지함과 세상에 대한 턱없이 모자란 이해였다.

"당신은 세상을 너무 몰라. 책대로 일어나는 일은 없어. 책이 당신을 망치고 있는 거야."

하루가 도저히 끝나지 않을 것 같은 괴로움이 해독 불가능한 책처럼 주위를 에워싸고 있었다. 탈출구를 찾듯 책을 읽었다. 절망의 치료약이 필요했다. 그러나 책 속의 활자는 전혀 눈에 들어오지 않았다. 한 페이지도 넘기지 못했다. 모든 것이 정지된 것 같았다. 나의 마음은 온통 여자의 집으로 향했다. 능멸의 현장을 재확인하는 고통이 따른다고 해도 진실과 만나고 싶었다. 여자의 집으로 가야만 하는 당위성을 계속 만들어갔다. 그러면서도 또다시 어둡고 더러운 골목을 갈 수밖에 없는 자신에 대한 자괴감이 일어났다. '진실이 당신을 불안하게 만들 것이다.' 지옥으로 몸을 던지는 꼴이 되고 있다는 것을 깨달았지만 그녀를 만나러 가는 것을 포기하고 싶지 않았다.

차에서 내려 걷기 시작하였다. 이윽고 여자의 집에 도착했다. 대문 옆에 있는 깨진 벽돌을 손에 집어 들고 대문을 향해 던졌다. 요란한 소리와 함께 벽돌이 부서지며 바닥에 떨어졌다. 또다시 대문을 향해 던졌다. 떨어진 벽돌을 또다시 집어 들어 던지고, 그러기를 수십 번 하였다. 어디선가 고양이가 앙칼진 울음소리를 내었다.

얼마나 지났을까, 대문 앞에 여자가 서 있었다. 턱이 뾰족하게 드러난 야윈 얼굴에 시커멓게 끼어 있는 기미, 그다지 많지 않은 머리카락이 헝클어져 있었다. 여자는 추운 날씨에도 불구하고 가쁜 숨을 몰아쉬며 연신 땀을 훔쳤다. 한참 동안 나와 여자는 서로를 바라보고 있었다. 그러다가 여자가 뒤돌아섰다. 여자가 계단을 올라 현관으로 들어갔다. 여자의 뒤를 따라 올라갔다. 여자가 작은 방으로 들어갔다. 작은 방엔 초 한 자루가 켜져 있었다. 여자가 방바닥에 앉자 촛불이 흔들렸다. 여자가 옷을 벗었다. 나를 올려다보았다. 여자의 축 늘어진 젖가슴이 촛농처럼 녹아내렸다.

여자의 뺨을 갈겼다. 여자가 바닥에 주저앉자 발을 들어 여자의 등을 밟았다. 여자는 미동도 하지 않았다. 여자가 벽 쪽으로 쓰러지며 축 늘어졌다. '미안합니다.' 여자가 나지막한 소리로 말했다. 수치심에 얼굴이 달아올랐다. '잘 가세요.' 여자가 다시 말했다. 생애 한 번도 느껴보지 못한 이상한 감정에 휩싸였다. 방문을 열고 마루로 나왔다. 마루를 횡단하듯 빠른 걸음으로 나왔다. 사내가 있던 방 쪽을 노려보았다. 그리고 마루를 횡단하여 현관 쪽으로 갔다. 현관문을 잡아당겼다. 그때였다. 사내의 방에서 말소리가 들려왔다.

"이보시오. 잠깐만 좀 봅시다."

숨을 죽였다. 사내가 다시 말했다.

"부탁합니다."

그러거나 말거나 문을 열고 나가면 되었다. 타락한 사람들에게서 빠져나와야 한다. 빈곤이 만든 퇴행의 늪에서 빠져나와야 한다. 그러나 빠져나오고 싶지 않다는 오기가 불쑥 일어났다. 천천히 그 방으로 다가갔다. 망치 자국이 어지럽게 찍혀 있는 문의 손잡이를 잡았다. 깊은숨을 내쉬며 방문을 열었다. 역한 냄새가 코를 찔렀다. 여전히 침대 위에 누워 있는 사내가 내 쪽을 바라보고 있다. 가까이에서 본 사내의 얼굴은 아내를 방치한 뻔뻔하고 무책임한 남자의 얼굴이 아니었다. 살아 있는 것이 미안하고 슬픈, 그런 표정이었다. 순간 사내의 머리맡 쪽 벽에 붙어 있는 노란 메모지를 발견하였다. 시인 장정일의 「지하인간」이라는 시였다.

'쓸쓸하여도 오늘은 죽지 말자. 앞으로 살아야 할 많은 날들은 지

금껏 살았던 날에 대한 말없는 찬사이므로.'

나는 엉거주춤 서 있었다. 사내가 말했다.

"혹시 담배가 있다면 한 대만 주십시오."

주머니를 뒤져 담배를 꺼냈다. 사내가 입술에 담배를 물었다. 라이터를 가져가 담배에 불을 댕겨주었다. 그리고 나 또한 담배를 피워 물었다. 방 안에 두 개의 담배연기가 피어올랐다. 침묵이 흘렀다. 나와 사내는 그저 담배만 피웠다. 사내가 말했다.

"미안하지만 담배 한 개비만 더 주시면 안 될까요? 저…… 라이터도 주시면 고맙겠습니다."

나는 담배와 라이터를 건넸다. 사내는 그것을 손에 쥔 채 나를 응시하였다. 사내의 눈동자에 여자의 눈동자가 겹쳐져 있는 것이 보였다. 서둘러 집을 나왔다.

여자의 집에 가지 않았다. 여자도 마찬가지였다. 여자는 겨울이 가고 봄이 오는 동안 단 한 번도 도서관에 오지 않았다. 마지막으로 빌려 간 몇 권의 책도 반납하지 않았다. 그동안 도서관은 대대적인 공사를 마쳤다. 이층 벽돌 건물이 콘크리트 오층 건물로 변신했고 우중충한 철제 창문이 대형 유리창문으로 바뀌었다. 어린이 전용 도서관과 성인 도서관, 열람실과 사서실이 분리되었다. 관계자 외 출입금지 팻말이 걸려 있는 방이 늘어났다. 이제 더 이상 노숙자는 도서관에 들어올 수가 없게 되었다. 그들은 컵라면을 손에 든 채 도서관 광장 맨바닥에서 차가운 바람을 맞고 있을 뿐이었다.

나는 도서관과 집을 오갔다. 하지만 아주 가끔 여자와 사내의 안부가 궁금하였다. 그러나 그것은 마치 자동차에 치여 죽은 고양이의 사체가 아직도 그대로 차도에 있을까 하는 일종의 호기심일 뿐이었다. 여자는 여전히 남자들과 몸을 섞으며 생활비를 벌고 사내는 그것을 숨죽이며 외면하고 있을지도 모른다. 그러다가 어느 날 그들의 불행을 목격하고 싶은 강렬한 충동이 일어났다.

여자의 집으로 차를 몰았다. 지분지분 날리는 벚꽃이 과거의 현장을 덮으려는 듯해 발에 힘을 주어 가속페달을 밟았다. 그러나 차는 앞으로 달리는 것이 아니라 뒤로 달아나는 듯 좀처럼 나아가지 못했다.

여자의 집은 폭삭 내려앉아 있었다. 철대문은 마당 끝에 박혀 있었고 지붕은 검게 타버린 채로 마당에 주저앉았다. 날카롭게 산산조각이 난 유리가 아무렇게나 버려져 있었고 현관문과 붙박이 선반도 검게 타버린 채 뒹굴고 있었다. 잔해 속에서 고양이 한 마리를 발견하였다. 골목에서 웅크린 채 있다가 내가 들어서면 눈을 피하지 않고 노려보던 고양이였다. 고양이는 어디를 뒹굴고 있었던 것일까, 시커먼 재를 덮어쓰고 있다.

어떻게 된 것일까. 여자와 사내는 어디로 간 것일까. 현관 쪽으로 들어갔다. 냉기가 흘렀던 마루는 내려앉은 지붕의 잔해와 허물어진 벽돌 조각으로 인해 바닥이 보이지 않았다. 깨진 가재도구를 밟으며 방 쪽으로 들어갔다. 내가 도끼로 찍었던 문도 여자가 딛고 서 있던 문지방도 사내가 누웠던 철제 침대도 장롱도 책도 시멘트 가루가 떨어지던 벽도 모두 흔적조차 없었다. 방 전체가 녹아버린 듯 아무것도 없었다. 이마의 땀을 훔치며 집을 나왔다. 조금 전 보았던 그 고양이가 웅크린 채 계단 끝에서 나를 올려다보았다.

"전소되었어요. 부부의 시신이 나왔고요. 재개발 지역인데 아직도 철거가 되지 않았더군요. 화재의 원인이 될 만한 것도 딱히 없어서 부부의 부주의나 과실 정도로 정리했고요. 이건 여기 소관이 아니고 경찰 소관이거든요. 이상 더 말할 게 없네요."

주민 센터의 공무원은 심드렁하면서도 한편으론 자신의 과실이 드러나면 어떡하지 하는 초조감이 역력한 목소리로 말했다. 순간 사내에게 건넸던 담배 한 개비와 라이터가 생각났다.

자개장롱이 있는 집

자개장롱이 있는 집

휴대전화가 울린다. 전화기를 보지 않고도 집주인 여자의 전화라는 것을 알 수 있다. 자개장롱을 처분하지 말아달라는 말만 하고 끊어버리는 데다가 공중전화기로 전화를 거는 통에 어쩔 도리가 없는 전화였다. 여자 앞으로 줄줄이 우송된 연체된 카드 내역서와 전기, 수도요금은 물론 신문대금 고지서, 우유대금까지 도대체 어떻게 할 거냐고 고함을 치기도 전에 여자는 끊어버렸다. 며칠 전 휴지며 소주 등 밀린 외상값을 받기 위해 찾아온 가게 여자가 간 뒤엔 자개장롱을 당장이라도 불태워버리고 싶었다. 잔금 처리를 하기 전에 이 집에 한 번 더 왔어야 했다. 여자가 안빙에 열두 자나 되는 자개장롱을 놔두고 가리라고는 짐작조차 하지 못했다.

미음자 형태의 낡은 한옥을 덜컥 사게 된 것은 마당 한쪽에 있는 우물과 마당에 서 있는 모과나무와 석류나무 그리고 대문 위에 걸쳐져 있는 능소화 때문이었다. 우물에 얼굴을 비추어 보지만 않았더라면, 흐드러지며 드리워진 능소화에 반하지만 않았더라면 이 집을 선택하진 않았을 것이다. 하지만 이사하고 들여다본 우물은 오래도록 사용하지 않았던지 두레박을 올리자 비릿한 냄새와 함께 미지근한 물이 찰랑찰랑거렸다.

지금 생각해보면 석연치 않은 점이 한두 가지가 아니었다. 건축물 등기부등본에서 여러 번 은행에 저당을 잡혔던 흔적은 넘어가더라도 부동산 중개소에서 여자의 남편이 굳은 얼굴로 서둘러 나가버렸던 것이며 그 뒤를 여자가 울부짖으며 따라 나가버린 것이 그랬다.

이렇게 된 것은 모두 아들 때문이다. 벌이는 장사마다 족족 말아먹었던 아들은 매번 '이번이 마지막이야.' 하며 선산과 상가를 팔게 만들었고 결국 마지막 남은 아파트까지 팔게 된 지경에 이르러선 현명한 판단을 할 여유가 없었다. 무엇보다 돈이 빠듯했다.

"이번 집은 당신 마음대로 해."

남편이 남의 일인 듯 말했다. 앞으로 어떠한 책임도 지지 않겠다는 뜻임을 알 수 있었다.

오래전, 남편의 배낭에서 나온 것은 등산용 수건과 함께 한 장의 사진이었다. 배롱나무 아래 남편과 한 여자가 나란히 앉아 있었다. 사진 속 그들은 환하게 웃고 있었다. 남편의 성능 좋은 자동카메라가 그들을 향하고 있었던 것일까, 늘 잔뜩 찌푸린 남편의 표정은 온데간데없었다. 민소매 원피스를 입고 있는 여자의 하얀 팔을 남편이 한 손으로 감싸고 있었다. 남편의 빛나는 얼굴을 보자 급체한 듯 명치가 아팠다. 그 사진을 다시 배낭 주머니에 넣었고 수건을 꺼내 세탁기에 던져 넣었다.

그리고 얼마쯤 지났을까, 마트 주차장에서 남편의 차를 발견하게 되었다. 사진 속의 여자가 남편의 차에 나란히 앉아 있었다. 고개를 숙여 차 안을 들여다보자 여자가 황급히 고개를 숙였다. 그와 동시에 남편의 오른손과 여자의 왼손이 뱀처럼 스르르 풀어져내리고 있었다. 남편이 여자에게 말했다.

"여긴 내 마누라요. 당신도 인사해. 고객이야. 계약하러 사무실 가기 전에 살 게 좀 있어서."

남편의 말에 여자의 얼굴이 돌처럼 굳어지고 있었다. 이내 남편은 차를 타고 가버렸다.

'저 여자, 슬프고 억울할 거야. 당신은 나에게 이렇게 말해야 했어. 이 사람은 내가 사랑하는 여자야. 그랬다면 여자는 행복에 넘친 나머지 내게 미안한 마음이 들었을지도 몰라. 거짓말이나 하는 사람을 사랑할 여자는 없어.'

그 이후로도 그들을 몇 차례 더 보게 되었다. 한 번은 여자가 우리 집을 찾아왔을 때였다. 부엌의 깨진 창문을 통해 그들의 대화를 들을 수 있었다.

"나쁜 새끼, 왜 전화를 받시 않는 기야?"

"당신이 한 짓이지? 어제 저기 창문으로 돌을 던진 게."

"그래 내가 그랬다 왜? 어쩔래."

"미친년이구나. 내게 미친 여자는 하나로 충분해. 이런 여자인 줄 알았다면 애당초 만나지도 않았을 건데."

"당신 마누라는 미쳤는지 모르지만 난 미치지 않았어. 당신, 나에게 뭐라 그랬어? 사랑하는 너와 살 날을 기다린다고, 마누라랑 헤어질 날이 얼마 남지 않았다고 말하지 않았어? 네 말만 믿고 난 이혼해버렸는데, 이제 난 어떡하면 좋아."

"웃기시네. 내가 아니어도 너희 부부는 파탄 아니었던가. 이런 지저분한 이야기해봤자 당신과 나, 추잡해지기만 해. 그러니까 이쯤에서 끝내자고. 남의 집 창문에 돌 던지는 짓은 범법 행위라고."

"그래, 한번 신고해봐. 내가 가만있을지. 당신 마누라 만나 다 이야기해버릴 거니까. 보험회사에도 가서 다 불어버릴 거야. 당신이 얼마나 불법적인 행위를 하는지 몽땅."

남편이 어떻게 했을까, 여자의 흐느낌 소리가 들려왔다.

"왜 그래? 자기. 우리 그동안 좋았잖아? 전화 한 번 받지 않았다고 이러면 곤란해. 우리 마누라에게 말해봤자 당신 속만 답답할 거야. 우리 마누라가 질투나 할 줄 알아? 지금 우리 이야기 모두 엿듣고 있을걸. 그러니 허튼짓해봤자 소용없어. 어, 어, 우는 거야? 울지 마."

여자의 흐느끼는 소리가 차츰 작아지더니 더 이상 아무 소리도 들리지 않았다. 남편은 그날 집으로 돌아오지 않았다. 남편에게 전화를 걸었다. 질투가 없지 않다는 것을 말하고 싶었다. 전화를 받은 것은 남편이 아니라 여자였다. 여자가 남편의 이름을 불렀다. 남편이 말했다.

"지금 사랑하는 여자와 함께 있으니까 더 이상 전화하지 마."

그러자 여자가 키들키들 웃었다. 나는 그들의 애욕을 더욱 불타오르게 하는 일은 막아야 하겠기에 남편의 당부대로 전화를 걸지 않았다. 세 사람 중 두 사람이 행복한 것보다 세 사람 모두가 불행한 것이 낫다. '나는 괜찮다, 나는 아무렇지도 않다.' 하는 것을 보여주기 위해 안간힘을 썼다.

휴대전화가 다시 울린다. 주인 여자가 공중전화기에 매달려 전화를 걸고 있는 것이 눈앞에 그려진다. 몸을 일으켜 전화를 받는다.

"장롱은 잘 있지요? 곧 찾으러 갈 테니까 제발 버리지 말아주세요."

주인 여자는 여전히 자신의 말만 하고 전화를 끊어버린다. 주인 여자를 찾아내어 머리채를 잡고 싶은 적의가 부르르 일어났다.

잠을 자기는 틀렸다. 발치에 암각화처럼 서 있는 자개장롱을 쳐다보았다. 굳게 다문 입술처럼 장롱은 닫혀 있다. 열쇠가 없어 안을 볼 수 없는 장롱은 주인 여자가 얼마나 공들여 닦고 가꾸었는지 흠 하나 없다. 경첩과 손잡이 떨어진 곳이 없으며 조개의 빛깔도 영롱하다. 달과 구름, 학과 공작새와 소나무를 형상화한 조개의 빛깔은 오묘하다.

천장을 올려다본다. 한 번도 닦지 않았던 것일까, 전등갓에 먼지가 잔뜩 덮여 있다. 주인 여자는 욕실과 자개장롱에만 신경 썼을 뿐 집안 어디에도 관심을 두지 않은 듯 보였다. 부엌에는 찌든 때가 끼어 있고 거실에 먼지가 켜켜이 쌓였으며 걸레질을 하지 않아 바닥은 끈적거렸다. 새삼 집을 보러 갔을 때의 일이 떠올랐다.

"오래된 한옥 주택에 부부욕실이 따로 있을 수가 있나요? 바람난 남편을 잡기 위해 공들여 만든 거라고요. 거기 크림색의 세면대랑 욕조가 얼마나 비싼 건데요. 이런 말 하기 좀 그렇지만 한낮에 거기서 샤워를 하고 나면 정말 기분이 묘해요. 하루 종일 남편을 기다리게 된다니까요. 정말 그 짓밖에 생각이 나지 않았으니까. 근데 지금은 남편이 나를 피하기만 해요."

처음 보는 사람에게 지나치게 내밀한 이야기를 하는 주인 여자의 눈빛은 불안하고 위태로워 보였다. '조금만 기다려주세요. 남편과 연락이 닿기만 하면 장롱을 가져갈 수 있을 거예요.' 늘어진 카세트테이프마냥 똑같은 말을 반복하는 주인 여자의 전화가 또다시 떠올랐다. 하지만 곧 자개장롱을 처분하리라고 마음먹었다. 이 장롱만 없다면 잠을 잘 수 있을지도 모른다.

욕실로 들어가 변기 위에 앉았다. 변기 위에 앉아 있으면 마음이 편해진다. 크림색의 욕조와 세면대보다 더 마음에 드는 것이 바로 이 변기였다. 오래전부터 변기를 나 혼자 소유하고 싶었다. 남편이 깔고 앉았던 변기 위에 앉아 있자면 서러움이 일어났다. 평생 변기를 닦다가 죽을 인생에 대한 막막한 슬픔이 피어올랐다.

창문을 통해 밖을 내다본다. 욕실 서쪽에 붙어 있는 작은 창문으로 샹그릴라 모텔이 보인다. 궁전 장식을 한 간판은 밤이면 반짝반짝 크리스마스 전구처럼 환했다. 입구에 늘어져 있는 비닐천막으로 차가 미끄러지듯 들어가고 있다. 한낮의 정염을 불태우기 위해 남자와 여자는 뱀처럼 혀를 날름거리며 칭칭 얽히겠지. 남편과 그 여자도 저런 곳에 갔겠지. 환하게 웃던 사진 속 그들의 뒤엉켜 있는 모습이 눈에 어른거렸다. 주인 여자도 바로 저곳을 상상하며 바로 이 욕실을 만들었을지도 모른다. 아이들이 학교 운동장의 철봉에 턱걸이하듯 나는 욕실 창문에 매달려 모텔을 하염없이 바라보았다.

외국인 강사는 잘 웃지 않았다. 그의 시간표는 새벽부터 한 시간 간격으로 이어졌다. 매번 똑같은 내용을 반복하는 사람에게서 느낄 수 있는 권태가 걸쳐져 있다. 그는 어눌하게 말하는 나를 답답한 듯 바라본다. 머리가 희끗한 반백의 여자가 영어를 배워서 뭐 하려고 왔나 하는 눈빛이다. 그의 눈빛에 기가 죽어 나는 슬리퍼를 신은 발을 의자 안으로 밀어 넣는다.

"여기선 말을 제대로 배우기가 어려워. 사람을 보기가 힘드니까. 대형 마트에 갈 때면 정말 불편해. 돈이 있어도 맘대로 쓰기가 어려운 거야. 그러니 영어를 배우고 오는 게 좋아."

친구는 영어회화를 단단히 준비하고 오라고 신신당부하였다. 친구의 남편이 갑자기 교통사고로 죽자 친구는 하루 종일 공항에 앉아 비행기가 이륙하는 것을 지켜보다가 갑자기 뉴질랜드로 떠났다. '너도 얼른 와. 우리에게 살 날이 얼마나 있다고. 너 거기 있어봤자 네 남편 평생 바람피우는 것밖에 더 보겠니?'

외국인 강사는 이제 은행에서 돈을 찾고 통장을 만들 때 사용하는 말을 반복한다. 나는 입안으로 웅얼거리기만 할 뿐 제대로 말을 하지 못한다. 여학생들의 키들거리는 소리에 부끄러워진다. 여학생들은 마치 짜기라도 한 듯 똑같이 다리를 쩍 벌리고 앉아 있다. 가뜩이나 짧은 교복 치마가 한껏 위로 당겨지면서 허연 허벅지가 있는 대로 드러났다. 여학생들은 강사를 유혹하고 있다. 강사가 여학생의 허벅지를 힐끔 훔쳐보는 것을 보았다. 속눈썹을 단 채 짙은 화장기가 역력한 여학생들은 영어회화에는 전혀 관심이 없었다. 강사의 간단한 질문에도 배시시 미소를 짓거나 호들갑을 떨며 수업 분위기를 망치기 일쑤였다.

"너희들 돌대가리니? 몇 달이나 지났는데 아직 주어 동사도 몰라?"

강사가 어눌한 말투로 말했다. 그러자 여학생들이 일제히 깔깔대었다. 언젠가 보다 못한 내가 수업을 마치고 돌아가는 그들을 향해 말했다.

"정말 너희들 못 봐주겠구나. 주목을 받고 싶으면 열심히 공부해서 정정당당하게 표현하는 게 어때?"

그러자 그들 중 한 명이 이마를 덮은 머리카락을 입술로 불어 넘기며 조소하듯 말했다.

"아줌마가 뭘 안다고 그래? 저 자식은 여기 학원 여학생이랑 모두 놀러 갔으면서 우리하고는 놀아주지 않는단 말이야."

"그래서 허벅지를 보여준다는 거야?"

"우리가 허벅지를 보여주든 보지를 보여주든 아줌마가 상관할 바가 아니잖아?"

여전히 그들은 노련하게 치마 속을 펼쳐 보이고 있다.

사내가 마당으로 들어온다. 전봇대에 붙어 있는 전단지의 전화번호로 전화했을 때 사내는 '일단 봐야지 견적이 나오지.' 하고 반말투로 말했다. 사내는 느릿느릿한 걸음으로 옥상 계단으로 향했고 물탱크 안으로 들어갔다.

지난밤 현관에서 갑자기 들려오는 쏴아 하는 물소리에 잠에서 깨어났다. 옥상에서 쿨렁쿨렁 물이 계단을 타고 내려오는 것이 전등에 비쳤다. 물은 배수구 밖으로 흘러넘쳤다. 남편이 손전등을 켠 채 옥상으로 올라갔다. 남편의 그림자를 통해 그가 얼마나 이 상황을 못마땅해하는지 알 수 있었다. 무슨 문제가 생기면 먼저 인상을 찌푸리며 투덜대는 것이 남편이라는 사람이었다. 군에 간 아들이 훈련 중에 다치거나 가까운 사람이 병원에 입원하거나 사소하게 전등을 갈아 끼는 문제까지 그에겐 귀찮고 성가신 일이었다. 겨울 한파에 얼어붙은 수도관 때문에 변기가 막혀 똥 덩어리가 둥둥 떠 있어도 방 안에서 온몸을 웅크린 채 누워 있을지언정 어찌해볼 생각도 하지 않는 사람이었다.

노란 물탱크 밖으로 물이 솟구쳐 흘렀다. 옥상 바닥에 물이 흥건하게 고여 있었다. 남편은 물탱크로 들어가는 수도꼭지를 잠갔다. 그리고 물탱크 위로 사다리를 타고 올라갔다. 남편이 들고 있던 손전등이 사라지자 주위가 어두워졌다.

이윽고 물소리가 잦아들었다. 물탱크를 타고 내려오는 물이 조금씩 줄어들고 있었다. 칠흑 같은 어둠 속에서도 멀리 있는 집들의 불빛이 따스하게 빛났다. 골목을 비추고 있는 붉은 나트륨 등이 케이크에 꽂혀 있는 촛불처럼 안온했다. 수도가 동파되거나 전기가 누전되거나 지붕에서 물이 새거나 이런 일들을 겪지 않은 집은 없을 것이다. 부지불식간에 일어나는 집 안의 사고들을 너끈히 견디고 있는 수많은 집과 그 집을 보듬으며 살고 있는 사람들에게 경의를 표하고 싶어졌다.

"내일 당장 전 주인에게 연락해."

사다리에서 내려오던 남편이 말했다. 남편은 방으로 들어와 이내 잠에 빠졌다. 하지만 나는 잠을 이룰 수가 없었다. 지은 지 오래되어 이젠 복구조차 불가능한 집을 내팽개친 채 달아난 주인 여자에 대한 반감이 일어났다. 물탱크의 물이 넘친 게 바로 집의 통곡 같은 것일지도 모른다는 생각이 들었다. 집은 낯선 주인인 나에게 강력한 저항을 하고 있는지도 몰랐다.

"청소도 한 번 안 한 것 같군."

사다리에서 내려오던 사내의 입에서 쉰내가 피어올랐다. 사내는 '볼탭이 망가져서 그래. 볼탭만 새로 갈아 끼우면 되고 물탱크 청소는 하든 말든 맘대로 하소.' 하고 퉁명스럽게 말한다. 내가 어떠한 말도 선뜻 하지 못하자 사내는 수락의 의미로 받아들였을까. 연장통을 들고 옥상으로 올라간다.

"이 아줌마, 정말 야박하네, 술도 한 잔 받아주지 않네."

맥주 한 병을 들고 올라간다. 사내는 맥주를 보더니 '난 소주가 좋은데.' 하며 타박을 한다. 사내는 컵에 따르지도 않고 병째 벌컥벌컥 마신다.

"아, 이제야 일할 맛 나네. 이런 맛 아니면 일 못 하지. 이제 아줌만 일 보쇼. 내가 이래 봐도 낡은 집 보수는 잘해요."

사내가 물탱크 안으로 들어가고 나는 계단으로 내려갔다. 그러나 얼마 지나지 않아 쿵, 하는 요란한 소리가 들렸다. 옥상으로 올라갔다. 술에 취한 사내가 사다리를 놓치는 바람에 사다리가 쓰러지는 소리였다. 사내는 연장을 챙기면서 손을 내민다.

"이제 다 고쳤소. 물탱크도 청소했고. 수돗물은 다시 틀었으니 곧 물탱크에 물이 찰 거요. 근데 조금 물을 버리고 난 뒤 쓰는 게 좋을 거요. 처음엔 녹 찌꺼기와 더러운 물이 나올 거니까."

나는 사다리를 타고 물탱크로 올라간다.

"어허, 내가 술은 마셔도 일은 깔끔하게 하는 사람이오. 어째 의심만 하다가 살았나."

돈을 꺼내 그에게 건넨다. 사내는 마당과 담을 살피더니 '집이 꽤 낡았군. 이리저리 속 썩일 일이 많겠구먼요. 무슨 문제가 있으면 나한테 또 전화하소. 이런 헌 집은 내가 전문이니까.' 하고 말했다. 사내는 비틀거리며 대문 밖으로 나갔다.

사내가 예고했듯이 사고는 줄줄이 터졌다. 싱크대의 물이 내려가지 않거나 갑자기 차단기가 내려가 암흑이 되거나 변기의 물이 내려가지 않기도 했다. 그럴 때마다 불길한 예감에 휩싸였다. 집은 전 주인을 다시 부르는 듯했고 돌아오지 않는 전 주인을 대신하여 내게 복수를 해대는 것 같았다. 여전히 사내는 낮술에 취한 채 이곳저곳을 수

리했다.

영어학원에 다녀오면서 가게에 들렀다. 물러진 복숭아를 골라내던 가게 여자가 반색하며 아는 체를 했다. 그리 멀지 않은 거리에 있는 대형 할인매장 때문에 여자는 단골 고객을 만들어야 하는 강박증을 가지고 있는 듯했다. 가게 여자는 '쯧쯧, 그 집에 살았던 여자 말이우, 정신병원에서 나와 떠돌아다닌다고 하더구먼. 며칠 전 동네 사람이 시외버스터미널에서 봤다고 하데. 공중전화 부스에서 오랫동안 전화기를 붙들고 있다고 하더구먼. 남편이 자길 버렸다고 울며불며 남편을 찾아 헤매고 있다고 하네. 그 남편이 얼마나 지독한데. 구두쇠, 자린고비로 유명한 작자인데 이제 병든 마누라까지 버리다니. 설마 했더니 정말 마누라를 버렸어. 휴, 외상값은 포기해야 하나.' 하고 말했다.

주인 여자의 밑도 끝도 없이 반복하는 말과 흐느낌, 불안한 눈동자가 떠올랐다. 가게 여자의 말은 이어졌다.

"그런 일을 당했는데 제정신으로 살 수 있을까. 그 집 딸이 우물에 빠져 죽었어요. 아버지가 사귀는 남자와 헤어지지 않으면 등록금도 용돈도 끊겠다고 했다든가. 그러자 그 딸이 우물 속으로 몸을 던졌다니까요. 딸애는 이미 임신한 상태였다고 하니. 그 일로 여자가 돌아버린 거예요. 제정신이 아니었지. 정신병원에 들락날락했지. 그러니까 그 집에 살고 싶겠어요?"

순간 검은 관처럼 서 있는 자개장롱이 떠올랐다. 이젠 영원히 숙면을 할 수 없을지도 모른다는 불안감이 피어올랐다.

목욕탕은 희뿌연 연기로 가득하다. 건식 사우나실에는 살 익는 냄새와 함께 땀냄새와 비린 냄새가 가득하다. 나는 탄탄한 근육의 배를 가진 여자와 팽팽하게 부푼 젖가슴을 보란 듯이 내밀고 있는 여자, 몇 겹으로 축 늘어진 아랫배를 연신 꼬집고 비트는 여자들을 피해 한 귀퉁이에 앉았다. 땀을 흘리고 나면 숙면에 들지도 모른다. 잠을 자야 했다. 이사를 오고 난 이후부터 제대로 잠을 자지 못했다.

여자들은 얼음을 띄운 냉커피를 들이켜며 '이 맛에 사는 것 같아.' 하고 말했고 그 말이 끝나기가 무섭게 화제를 바꿔가며 왁자지껄하게 떠들어댔다. 그때였다. 한 여자의 절박한 목소리가 울려 퍼졌다.

"제발 내 젖 좀 만져봐요."

순간 터져 나온 한 여자의 말에 모두들 커피를 마시다가 멈췄다. 나는 여자를 쳐다보았다. 목을 쭉 뺀 채 다른 여자들이 스트레칭을 하거나 배를 두드릴 때도 혼자 자신의 젖을 사정없이 만져대고 있던 여자였다. 여자가 가슴을 얼마나 주물러댔던지 양 젖가슴이 붉게 짓물러 있었다. 여자의 얼굴은 눈물과 땀으로 범벅이 되어 있었다. 옆에 있던 여자가 손을 내밀어 그 여자의 가슴을 소심스럽게 만졌다.

"암 같지 않아요? 뭔가 잡히지 않나요?"

여자는 부끄러움을 잊은 채 다그치고 있었다. 젖가슴을 만졌던 여자는 고개를 갸우뚱거린다.

"잘 모르겠어. 뭐, 무덤처럼 풍만하기만 하구먼."

다른 여자들도 돌아가며 그 여자의 젖가슴을 만져댔다.

"어떻다는 거지? 아무렇지도 않은데."

"가슴에 혹 같은 게 자라고 있는 느낌이 들어요. 하지만 병원에선 정상이래요. 근데 남편이 이상하다고. 어쩌면 좋죠? 이러다 암이면 잘라내어야 하는데. 그럼 남편이 지금보다 더 날 무시할 거야."

여자는 이제 한바탕 눈물바람을 할 요량인지 손바닥으로 눈가를 마구 씻어내었다. 앉아 있던 여자들은 커피 맛이 떨어졌다는 표정으로 '온도가 왜 이렇게 뜨거워져.' 하고 하나둘 밖으로 나갔다. 남은 사람은 나뿐이었다. 여자가 나를 보았다. 여자는 주인 여자와 닮아 보였다. 나는 얼굴을 찌푸리며 여자를 노려보았다. 그러자 여자가 아이처럼 울음을 터뜨렸다. 여자가 중얼거렸다. '내가 죽을 줄 알아? 누구 좋으라고. 이놈의 남편, 나쁜 놈.'

나는 서둘러 사우나실을 나왔다. 샤워기 앞에 서서 나는 오줌을 누었다. 달큼한 냄새가 피어오르며 누런 오줌이 물과 섞여 배수구로 떨어지는 것을 지켜보았다.

낯익은 차가 바로 앞을 지나갔다. 차는 얼마 가지 못하고 전봇대 앞에 섰다. 조수석 쪽에서 차문이 열렸다.

"이 나쁜 놈. 그래, 이제 단물 다 빨아먹었다 이거지."

여자는 남편 쪽을 향해 침을 퉤 하고 뱉었다. 남편은 차에서 나오지 않았다.

"더러운 새끼, 내가 사준 카메라 내놔. 이제야 네 마누라가 이해가 된다. 바람피우는 거 다 알면서도 모른 척하는 이유를 말이야. 집에서 새는 바가지는 들에 가도 샌다고, 너 같은 새끼가 여자에게 하는 짓을 아는 거지. 치사한 새끼, 바람이나 피우는 주제에 결혼식 주례를 서고 다니는 놈이라니. 이 시발놈아, 내가 너 가만히 놔둘 줄 알아?"

그러자 남편의 차는 빠른 속도로 가버렸고 여자는 전봇대 아래 주저앉았다. 나는 여자의 모습을 지켜보았다. 그러자 여자가 내 쪽을 빤히 보는 듯하더니 벌떡 일어나 남편의 차가 간 쪽을 향해 걸어갔다.

"저곳에 한번 가고 싶어. 샹그릴라 모텔."

남편의 눈이 커졌다.

"들여보내주지 않았어. 자살하러 들어온 여자 취급하면서."

"그러니까 왜 안 하던 짓을 하고 그래?"

"매일 욕실에서 저곳을 봤어. 화려한 네온으로 반짝이는 저곳에 가면 잠을 좀 잘 수 있을 것 같아서 그래."

"참내 별소리 다 들어보겠네."

남편은 한동안 아무 말도 하지 않고 딴청을 부리더니 옷을 입는다.

"샤워나 하고 오면 되겠군그래. 나 참 피곤해 죽겠구먼."

남편은 슬리퍼를 끌며 앞서서 걸어간다. 멀리 모텔의 불빛이 동화 속처럼 아늑하게 느껴졌다. 나와 남편은 모텔 문 안으로 들어갔다. 안온하고 달콤한 느낌이 가슴 안으로 파고들어 왔다. 프런트에서 남편이 말했다.

"우린 한동네 사는 사람들이라고. 오천 원만 깎아줘. 곧 나올 거야. 한 시간도 안 걸려."

남편이 옥신각신하는 것을 뒤로하고 붉은 융단을 밟으며 이층으로 올라갔다. 벽에 걸려 있는 액자를 지나 마치 꿈을 밟듯 복도를 지났다. 남편이 헛기침을 하며 뒤따라왔다. 방문을 열자 물 냄새가 피어올랐다. 남편은 욕실로 들어갔고 나는 침대로 몸을 던졌다. 갑자기 물밀 듯이 잠이 쏟아졌다. 죽음처럼 깊고도 힘이 센 잠이 거인처럼 덮쳤다. 꿈결인가, 어렴풋이 남편의 목소리를 들었다.

"아니, 이 여자가 미쳤나? 정말 미쳐가고 있는 게 분명해. 벌써 두 시간이 넘었다고. 이러면 혼자 놔두고 갈 거야. 여봐, 그럼 실컷 자고 집으로 와. 돈 계산하고 나갈 거니까. 어이, 듣고 있어? 나, 간다."

남편이 문을 닫고 나가는 소리가 희미하게 들렸다.

"장롱은 잘 있지요? 제가 곧 찾으러 갈게요. 그때까지만 보관해주세요. 제게 마지막으로 남은 건 그 장롱뿐입니다. 장롱이 없어지면 난 죽어버릴 거예요."

주인 여자의 흐느끼는 목소리가 들려왔다. 만나자고 말했다. 주인 여자는 '아, 안 돼요. 남편을 찾으러 가야 해요.' 하며 서둘러 전화를 끊으려고 했다.

"세금이나 우유 값 때문에 그런 게 아니에요. 그건 이미 해결했어요. 집에 대해 물어볼 것도 있고, 절대로 돈을 달라고 하진 않을 거니까 염려 마세요."

그러나 여자는 전화를 끊어버렸다. 여자는 여전히 공중전화기로 전화를 걸고 있었다. 나는 여자를 찾아 나서기로 했다.

마당을 나오며 하수구에 물이 흥건하게 고여 있는 것이 눈에 띄었다. 조금 전 마당 청소를 하며 물을 뿌린 것이 아직도 내려가지 않은 것이다. 먼지가 뭉쳐져 있는가 싶어 배출구의 녹슨 망에 손을 넣으려다가 그만두었다.

여자는 가게 여자의 말대로 시외버스터미널 앞 공중전화기에 매달려 있었다. 수화기를 든 채 계속 뭐라고 소리치고 있었다. 아마도 자살했던 딸이 서울에서 내려올 때마다 여기서 기다렸는지도 모른다. 여름에 어울리지 않는 털스웨터를 입고 있었다. 불과 한 달 전 공인중개소 사무실에서 봤을 때보다 더 야위어 있었다.

"딸, 엄마야. 괜찮아. 남자친구랑 내려와. 아빠는 내가 잘 설득해볼게."

여자는 계속 이런 말을 반복하며 말하다가 더 이상 동전이 없었는지 전화기를 내려놓고 뒤에 서 있는 나를 힐끗 쳐다보았다. 여자는 나를 알아보지 못했다. 가방에서 동전을 꺼내 여자에게 건넸다. 여자가 얼른 동전을 받아 쥐고 전화기 투입구에 넣었다.

"여보, 지금 어디 있는 거야? 우리 딸이 내려온다고 해. 딸이 사랑한다는데 받아들여야지, 안 그래? 아, 제발 끊지 마."

전화는 끊어졌던 것일까, 여자가 다시 내게 손바닥을 내밀었다. 여자에게 말했다.

"자개장롱은 잘 있어요. 그러니까 안심해요."

여자가 눈을 동그랗게 떴다. 가까이서 본 여자의 얼굴은 더욱 형편없다. 거칠고 헝클어진 머리카락이 어깨 위까지 치렁치렁하였고 눈밑은 거무스름했다. 세수를 하지 않았는지 얼굴에서 땟국이 줄줄 흘렀다. 대합실 안으로 여자를 데리고 갔다. 자판기에서 커피를 뽑아와 건넸다. 여자는 콧등에 땀을 흘리면서도 한기를 느끼는지 뜨거운 종이컵을 두 손으로 감싼다. 입술이 푸르스름하다.

"지금 어디 살아요?"

"남편이 갑자기 소식을 끊어버려서. 남편은 장롱을 포기하라고, 딸도 죽었다고 해요. 거짓말이에요."

"남편이 원하는 대로 해주지 그래요?"

여자는 내 말이 끝나기가 무섭게 소리를 지른다.

"그 장롱은 딸아이가 결혼할 때 물려줄 거예요. 그런데 남편이 장롱을 팔려고 하니. 그 장롱은 내 목숨과 같은 거예요."

여자는 제정신이 아니었다. 차마 '이미 딸이 죽어버리지 않았느냐.' 하는 말을 할 수가 없다. 더구나 장롱을 처분할 것이라는 말도 할 수가 없다. 나와 여자는 한참 동안 말없이 앉아 있다. 누가 보면 영락없이 사이 좋은 자매로 보일지도 모른다. 그때 여자가 말했다.

"아, 딸에게 전화해야 해요. 남자친구랑 오라고 해야 해요."

"조금 전에 전화했잖아요? 남편에게도."

여자가 믿기지 않는다는 표정으로 나를 보았다. 여자의 병세가 가

녑지 않다는 것을 알아차렸다. 어떤 빛도 가닿을 수 없는 곳에 여자의 절망이 도사리고 있다. 여자의 손을 잡았다. 여자가 내 손을 뿌리쳤다. 나는 다시 손을 잡았다.

"장롱 보러 가요. 당신의 장롱 말이에요, 자개장롱."

여자는 더 이상 손을 뿌리치지 않았다.

여자를 집에 데리고 갈 생각을 하다니. 여자와 시외버스터미널을 나와서 짜장면을 먹고 아이스크림을 샀다. 우리는 공터에 버려져 있는 낡은 소파에 나란히 앉아 아이스크림을 먹었다. 여자는 자주 웃었다. 여자의 웃음소리를 따라 나도 웃었다. 그러다가 갑자기 앉은자리에서 여자가 엉덩이를 드러낸 채 오줌을 누었다. 하얀 엉덩이. 욕실 안 변기처럼 하얗고 동그란 여자의 엉덩이를 보자 갑자기 참을 수 없는 요의를 느꼈다. 나도 여자의 옆에 쪼그려 앉아 오줌을 누었다. 그녀가 거뭇한 잇몸을 드러낸 채 까르르 웃었다.

집으로 들어서자 엄청난 일이 벌어졌다는 것을 알아차렸다. 악취가 마당 전체에서 뿜어져 나왔다. 하수구에서 더러운 찌꺼기와 오물이 역류하면서 마당 전체를 뒤덮었다. 집은 쉽게 정을 주지 않으려는 결기의 여자처럼 느껴졌다. 쿨렁쿨렁 솟구쳐 오르는 더러운 오물을 노려보았다. 그녀가 물줄기를 가로질러 안방으로 들어가고 있었다. 나도 그녀를 따라 들어갔다. 그녀가 외투 주머니에서 열쇠를 꺼낸다. 그리고 자개장롱에 열쇠를 꽂는다. 장롱 안에는 이불 한 채가 놓여 있다. 황금빛과 연둣빛의 원앙금침 한 채가 놓여 있다. 그녀가 장롱 안으로 들어간다. 나도 그녀를 따라 장롱 안으로 들어간다. 첫날밤, 남편의 품에서 느꼈던 어질어질한 감각이 순식간에 나를 에워쌌다. 나는 장롱 문을 안으로 당겼다. 어둠 속에서 그녀가 나를 와락 안았다.

책 읽는 남자

책 읽는 남자

눈을 뜬다. 방은 냉동고처럼 얼어 있다. 눈을 감는다. 죽음의 계단으로 내려가고 싶다. 하지만 머릿속은 남편의 방 쪽으로 가 있다. 한참 동안 눈을 뜨지 않은 채 누워 있다가 달팽이처럼 몸을 일으킨다. 마루는 짙은 어둠에 휩싸여 있다. 남편의 방 앞에 멈추어 선다. 어둠 속에서 문 쪽을 향해 귀를 기울이고 있을 남편이 떠오른다. 부엌으로 들어간다. 어제 먹다 남은 밥이 눌어붙은 채 있고 김치 쪼가리도 무도 얼어 있다. 주전자를 얹고 가스레인지를 켠다. 약한 불꽃이 가물거리다가 이내 사그라진다. 가스통은 이제 완전히 비었다. 남편의 차가운 속을 달래줄 따스한 물조차 끓일 수가 없다. 전기와 수도도 끊어진 지 오래다. 철거 예정 고지와 단전단수 안내장이 너덜너덜해진 채 대문 옆 담벼락에 붙어 있다.

어쩌면 지난해처럼 무료급식소 앞에 줄을 서야 할지도 모른다. 뜨거운 김이 오르는 밥솥 앞에 서서 밥과 국을 받아 검은 비닐봉지에 옮겨 담았다. 사람들이 눈살을 찌푸렸다. 밥을 퍼주던 여자가 고함을 질렀다.

"배 속에 넣어 가지고 가는 것 외엔 안 돼."

하지만 그 말을 귓등으로 흘리며 비닐봉지에 넣었다. 밥을 퍼주던 여자가 혀를 찼다. 이제 남편의 방으로 들어간다. 지린내와 곰팡이 냄새가 콧속으로 들어온다. 어두운 방 한구석에 놓인 철제 침대 위에 남편이 누워 있다. 두꺼운 이불 아래 남편의 몸은 얼음장처럼 차갑다. 남편이 얕은 신음소리를 내었다. 이불을 제치고 남편의 바지를 내리고 오줌통을 성기에 갖다 댄다. 남편이 얼굴을 찌푸리며 고개를 벽 쪽으로 돌렸다.

"인간이 위대하다고 말했던 작가들은 모두 거짓말쟁이나 사기꾼이었어. 고작 이렇게 먹고 자고 배설하고 돈을 구하느라 일생을 소진하는 것밖에 없는데 말이지."

그러자 남편이 말한다.

"그건 그런 비루한 삶이라도 의미를 찾고자 한다면 반드시 위대함이라는 가치를 만난다는 뜻이야. 우린 그것을 찾아가고 있는 중이고. 만약 우리가 부자였다면 우린 삶의 진정한 의미를 모른 채 죽었을 거야. 그들의 삶은 지독하게 권태롭고 탐욕적이거든. 작가들은 그것을 오래전부터 예고했어. 신비롭게도 말이야."

남편의 말은 비장하다. 지나치게 진지하고 초월적으로 생각하는 것이 남편의 성향이다. 책을 많이 읽어서 생긴 질병 같은 것이다. 남편에게 이렇게 말하려다 삼킨다.

'이런 지경에도 그런 말을 하다니. 당신은 말이야, 정확하게 몸의 반이 작동하지 않는 상태라고 할 수 있어. 통나무를 반 가른 상태란 말이지. 위의 반은 햇살을 받고 나머지 반은 땅속에 묻혀 있는 거야. 아랫도리는 평생 햇볕을 받을 수 없는 채 흙과 같이 썩는 거지.'

한밤중 남편은 국도 위에 나타난 고라니를 피하기 위해 핸들을 꺾었다. 차는 분리대를 들이박고 도로 아래 비탈로 굴렀다. 전복된 차 안에서 남편의 몸은 반으로 구겨졌고 식당에 납품하기 위해 싣고 간 커피와 종이컵이 도로에 나뒹굴었다.

의사는 걷게 되는 기적은 절대 일어나지 않는다고 말했다. '척추의 골절 상태가 심해요. 하반신을 관장하는 신경이 모두 끊어져서 허리 아래는 감각이 없어요. 이 상태라면 휠체어조차 타기 어려워요.'

"그 고라니는 왜 그 시간, 그 장소에 나타난 것일까. 그건 발밑에 깔리는 하루살이나 개구리 같은 게 아니었어. 정말 운명처럼 고라니가 내 쪽을 바라보았어. 나도 고라니를 응시했지. 아주 짧은 시간 동안. 몇 초쯤 되었을까. 고라니가 갑자기 내 차 앞으로 뛰어 들어온 거야. 나는 그것을 피해야 했어."

남편은 마치 책 속의 문장을 낭송하듯 말했다. 남편은 낭자한 피가 뒤집힌 자동차 전장을 흥건하게 적시는 그 순간에도 자신에게 뛰어든 고라니와의 신비한 관계에 대해 골몰하였다고 했다.

"물끄러미 지켜보았어. 또 다른 내가 나를 지켜보는 상태 말이야. 책이 나에게 알려주었어. 그것은 처참해진 나를 처참한 상태 그대로 바라보게 만드는 힘 같은 거라고 말이야."

저주와 같은 불운에 대해서도 남편의 해석은 어이 없을 정도로 희망적이었다.

"이렇게 반신불수가 되지 않았더라면 자유롭게 살지 못했을 거야. 비록 걷지 못한다 해도, 밥도 배설도 당신의 희생에 전적으로 매달린다 해도 말이야. 책을 읽지 못했다면 난 아무것도 모른 채 죽었을 거야. 난 이제야 자유로워졌어. 달리는 차에서는 이것을 느끼지 못했어."

병원에서 나온 뒤 처음으로 한 것은 책을 사는 일이었다. 장애인 연금의 반 이상을 책을 사는 것에 썼다. 더 이상 책을 살 돈이 없자 나는 읽은 책을 헌책방에 팔았고 그것조차 불가능한 지경에 이르러서는 도서관에서 책을 빌렸다. 책을 빌리기 위해 거의 매일 도서관에 가야 했다. 남편은 책을 읽고 또 읽었다. 가끔씩 남편의 머리 주위로 푸른 공 같은 것이 뭉쳐져 있는 것을 보았다. 남편은 그것은 바로 자신이 읽었던 책의 에너지이고 자신을 보호하기 위해 머물고 있는 것이라고 말했다.

"물질은 거칠지만 영혼이 있어. 물질 중에서 인간의 영혼과 버금가는 것이 있다면 책이 유일해. 책은 인간의 정신세계를 바꾸므로 지극히 영적이지. 하루 종일 누워서도 영혼 속의 의식은 책이라는 양탄자를 타고 온 우주를 넘나들거든."

책은 내가 남편에게 해줄 수 없는 일을 해냈다.

"당신은 갈수록 말이 많아지고 있어."

"책은 긍정과 열정, 희망의 에너지를 만들어주니까."

"피곤해."

"처음 만났을 때도 당신은 이랬지. 세상만사에 지쳐 피로를 혹처럼 달고 있던 여자."

남편은 시계태엽을 감듯 천천히 과거 속으로 들어가고 있다.

"산 아래 집들의 굴뚝에서 연기가 피어오르는 것을 보는 날에는 재수 좋은 일이 생기기도 했지. 커피 자판기를 주문하는 고객이 늘고 당신과 같은 여자를 만나기도 하는 기적이 일어났지."

그때 남편은 일주일에 한 번 꼴로 영화관에 와서 자판기에 커피를 보충했다.

"영화관은 고래 배 속처럼 어두웠지. 그 컴컴한 곳 중에서도 가장 어두운 곳에 당신이 앉아 있었어. 당신은 외로웠던 거야. 난 단박에 알았어. 하루의 절반 넘게 자동차를 운전하는 나로서는 외로움이 뭔지 알지. 그건 질병과도 같은 거야. 나는 당신이 나와 유사한 병을 앓고 있다는 것을 알았지."

나와 남편은 그렇게 만난 지 얼마 지나지 않아 국도변 황량한 공터에 세워진 여관으로 들어갔다.

"잠에서 깼을 때 당신이 없어진 것을 알았어. 당신은 '걸어서 갈래요.' 하는 메모를 남기고 가비렸지. 나는 허겁지겁 차를 몰고 새벽안개가 자욱한 길을 따라 달리기 시작했어. 길 위로 사라져간 당신을 쫓아가면서 당신과 살고 싶은 마음이 일어났어."

나도 그때를 떠올렸다. 남편의 말대로 그를 내버려두고 여관 밖으로 나왔다. 국도변 안개가 자욱한 길을 혼자 걸었다. 목줄이 풀린 개가 나를 향해 짖으며 달려왔고 트럭이 지나가면서 경적을 울렸고 망가진 유모차를 끌고 가는 노파가 흐릿한 눈동자로 나를 바라보았다.

"살고 싶은 마음이 드는 거야. 단 한 번도 살고 싶은 마음이 없었는데 말이지. 그런데 선량한 당신을 만나 몸을 섞게 되니까 살고 싶어진 거야. 그게 무서워서, 그리고 그것을 당신에게 들키고 싶지 않았어."

나는 오래전부터 죽음에 대해 생각해왔다. 외롭고 비참하게 죽는 일, 그것을 소망해왔다. '나의 시신은 어떠한 감상도 비애도 없는 사람들에 의해 발견되고 처리되어야 한다. 죽음에 대해 연민을 가지는 사람이야말로 나의 죽음을 훼손하는 일이다.'

남편은 허리를 뒤로 젖히면서까지 웃곤 하였다.

"당신은 독특해. 그래서 당신이 지겹지 않지."

하지만 나는 남편의 말을 길게 들어줄 인내심이 없다.

"돈을 구해야 해."

남편이 말했다.

"누나에게 다시 전화해보면 안 될까?"

나는 소리를 질렀다.

"당신 누나는 고의적으로 전화를 받지 않는 게 분명해. 그러니까 이제 포기해. 돈을 구하지 못하면 우린 굶어죽는 수밖에 없어. 아니, 먹는 게 해결된다 해도 죽을 수밖에 없어. 곧 철거반이 들이닥칠 거니까."

남편은 아무 말 없이 천장을 올려다보았다.

"이런 지경에서도 살고자 한다면 뻔뻔한 거야."

남편이 입술을 깨문다.

"이제 올 데까지 왔어. 우리가 더 이상 살아야 할 이유가 있을까? 설령 우리가 여기서 죽는다 해도 우린 발견조차 되지 않을 거야. 우리의 몸이 문드러지고 썩게 되면 쥐와 고양이가 무섭게 달려들겠지. 구더기도 들끓겠지. 운이 좋으면 우린 불도저 아래에 깔릴 수 있을 거야. 부서진 집 더미 속에 파묻히는 거야. 그러면 당신과 나, 아주 간단하게 사라질 수 있어."

남편의 눈 주위가 붉게 물들고 있다. 나는 말을 삼킨다.

'당신은 비교적 정의롭게 산 사람이지만 말이야. 운명을 피하려고 하고 있어. 지금이 죽을 때라는 것을 받아들이지 않으니까. 살고 싶어 하니까. 오래 살고 싶어 하니까. 오래 살고 싶어 하는 사람은 악인이야. 당신과 나, 오래 살았어. 책과 함께 불태워진다면 당신은 위대한 삶이 되는 거야.'

남편의 성기에 또다시 오줌통을 갖다 대었다. 남편의 오줌에서 역한 냄새가 피어오른다. 남편에게 종이기저귀를 채운다. 남편의 몸은 한 시간에 한 번은 뒤집어주어야 한다. 그리고 세 시간에 한 번 꼴로 환기를 시켜주어야 한다. 남편의 등과 엉덩이엔 넓고 깊은 상처가 있다. 그것은 내가 몇 년 전 일을 허리 나갔을 때 생겼던 것이다.

주민센터의 공무원은 일을 하지 않으면 생계비 지원이 어렵다고 했다.

"집엔 반신불수의 남편이 있어요."

"간병인을 쓰세요."

나는 담당자를 노려보았다.

"간병인 비용이 얼마나 드는지 알아요? 자활센터에서 받는 그 돈으론 살 수가 없어요."

"그것은 가족이 해결해야 할 문제예요."

"그렇다면 남편은 하루 종일 방치되어 있어야 하고 결국 남편은 죽을 수밖에 없어요."

내 말이 채 끝나기도 전에 공무원은 짜증스럽게 말했다.

"분명히 말하지만 일하지 않으면 어떤 혜택도 받을 수 없어요."

나는 방을 나왔다. 남편의 침대 머리 쪽에 붙은 메모를 힐끗 쳐다본다. 메모의 내용이 또다시 바뀌어 있다. '나는 매일 모든 면에서 점점 나아지고 있다―나폴레온 힐.'

물병을 안고 밖으로 나왔다. 어둠이 깔려 있는 골목의 돌계단은 차갑게 얼어붙어 있다. 미끄러지지 않도록 발바닥에 힘을 주며 내려갔다. 누렇게 마른 잡초와 어지럽게 나뒹구는 쓰레기 봉지 위에 서리가 하얗게 앉아 있다. 마치 공동묘지처럼 음산한 기운이 골목 전체를 에워싸고 있다. 멀리 도로의 점멸 신호등이 깜박거리고 있다.

고장 난 냉장고와 낡은 의자, 녹슬고 깨진 거울이 도로 입구에까지 버려져 있다. 편의점과 택시 승강장, 모텔을 지나 공원 입구에 있는 도서관 쪽으로 걷는다. 자전거를 탄 늙은 사내가 힐끗 쳐다보며 지나간다. 누군가 토해놓은 붉은 토사물 위에 비둘기가 앉아 있다가 자전거가 지나가자 옆으로 피한다. 비대한 비둘기는 하늘을 날지 못한다.

도서관 일층에 있는 정수기에 다가간다. 온수 배출구에 유리물병을 갖다 대었다. 뜨거운 물병을 옷 속에 파묻고 도서관 밖으로 나온다. 몇몇 학생들이 자전거 보관대에 자전거를 세우고 열람실 안으로 들어가고 있다. 집으로 향해 걸어간다. 가파른 골목 끝 대문 앞에 선다. 오래전부터 열쇠로 대문을 열지 못했다. 빗물에 녹슨 열쇠구멍은 삭을 대로 삭아 열쇠와 맞지 않았다. 대문을 살짝 당기고 틈을 만들어 그 속에 벽돌을 끼워놓았다. 적어도 사람이 살고 있다는 것을 좀도둑에게 알려야 한다. 좀도둑은 사람이 떠난 집을 돌아다니며 가져갈 만한 모든 것을 훔쳐갔다. 고철과 전선 다발, 정화조 뚜껑까지 뜯어갔다. 이런 곳에서 아이들은 혼음을 하고 임신하면 아기를 낳은 뒤 버리고 가기도 하였다. 가난한 아이들은 일찍부터 어른들의 세계로 입문한다. 스무 살이 채 되기도 전에 일흔 살가량의 늙은이처럼 악행을 섭렵한다.

벽돌을 밀자 철제로 된 문이 요란한 소리를 내며 열린다. 부엌으로 들어가 물에 밥을 말아서 간장종지와 함께 남편의 방으로 들어간다. 남편은 마치 밥알을 세듯 오래 씹었다. 남편의 침대 위로 책을 올려놓았다. 남편은 유심히 책 제목을 살핀다. 남편은 흡족한 표정으로 그중 한 권을 꺼내 읽기 시작한다. 그러자 죽음의 그림자는 또다시 남편의 얼굴에서 밀어져가고 있다. 그것은 남편의 몸을 비껴 정확히 나의 몸 위에 착지한다.

오래전 남편의 일기장을 훔쳐본 적이 있었다.

'나의 시신을 처리하는 당신을 상상해. 아마 나는 품위 없이 죽을 게 분명해. 만약 당신이 나와 함께 죽음을 생각한다면 이보다 더 큰 행복은 없을 것이야. 우리의 죽음은 그 누구도 모를 것이고 시신은 오래도록 방치될 거야. 우리는 그 누구의 방해도 없이 자연스럽게 부패되겠지. 그렇게 당신과 썩고 싶어.'

남편은 그때와 달라졌다. 남편은 한쪽 신장을 팔아서라도 삶을 연명하고 싶어 한다. 나는 그의 의지를 뭉개듯 말하고 싶다.

'돈을 구하지 못하면 당신은 이제 일기장을 쓰는 게 아니라 유언장을 써두는 게 더 나을 거야.'

머지않아 남편에게 이렇게 소리를 지를지도 모른다.

'그러니까 죽음이 우리를 선택하기 전에 우리가 죽음을 선택해야 해.'

여전히 남편은 책 속의 한 구절을 읽는다.

"안톤 체호프라는 작가에 대해 또 다른 작가가 이렇게 말해. '체호프의 모든 이야기 속에서 우리는 자꾸 무언가에 걸려 넘어지는 사람들을 만날 수 있다. 이들이 넘어지는 건 하늘의 별을 바라보고 있기 때문이다. 훌륭한 자연의 법칙 중 가장 훌륭한 것이 약자생존의 법칙이기 때문이다.' 멋지지? 약자생존의 법칙 말이야. 약한 사람이 가장 강하다는 것이지. 우리처럼 책을 읽는 사람들, 무기가 없는 사람들, 이런 사람들은 별을 보기 때문이라고 말하는 이 작가의 통찰이 멋지지 않아?"

남편은 열정에 찬 큰 목소리로 말했다.

"그러니까 우리는 생존에 성공할 거야."

"그럴까. 당신의 말대로 될까? 이미 나와 당신은 죽은 목숨이야.

아, 난 이제 나가야겠어. 돈을 빌리러. 책에 사기나 당하고 있는 당신과는 처지가 다르니까. 당신의 밥줄을 쥐고 있는 그놈의 돈을 구하기 위해서 말이야."

그러자 남편은 입을 굳게 다물었다. 서둘러 방을 나온다. 화장실의 휴지와 남편의 용변이 묻은 기저귀, 쓰레기를 한데 모아 마당으로 나간다. 남편이 쓴 낙서 뭉치에 성냥을 켜고 입으로 바람을 불어넣는다. '스스로를 없어서는 안 될 인물로 여기지 말라. 전 세계 묘지에는 없어서는 안 될 사람들로 가득 차 있다─드골.' '감히 이룰 수 없는 꿈을 꾸고 감히 이루어질 수 없는 사랑을 하고 감히 견딜 수 없는 고통을 견디며 감히 용감한 사람도 가보지 못한 곳으로 가며 감히 닿을 수 없는 저 밤하늘의 별에 이른다는 것, 그것이 나의 순례이며 저 별을 따라가는 것이 나의 길이라오, 아무리 희망이 없을지라도 또한 아무리 멀리 있을지라도─돈키호테.' 남편이 책 속의 구절을 따라 베껴 쓴 것이다.

보름째 건조주의보가 내려진 때문인지 불은 꺼지지 않고 잘 탄다. 이내 투명한 불꽃이 일렁이며 타고 있다. 그것을 물끄러미 바라본다. 불꽃은 뱀의 혀처럼 날름거리며 황량한 마당을 잠시 따뜻하고 생기 있게 만들었다. 일마 진끼지만 헤도 이 쓰레기를 태우는 것은 쉽지 않았다. 바로 옆집 담벼락에서 고함이 터져 나왔기 때문이었다.

"연기 냄새 때문에 사람 죽겠네. 아니 왜 집에서 쓰레기를 태우는 거야? 여기가 무슨 쓰레기 소각장인 줄 아나?"

마을 통장이었던 여자는 재개발 보상 문제로 매번 집을 찾아와 시위 현장에 나와줄 것을 부탁했다.

"보상금을 많이 받으려면 뭉쳐서 본때를 보여줘야 해."

하지만 한 번도 나가지 않았다.

"나만 좋다 하고 하는 짓인가 뭐, 서로 좋다 하고 하는 짓이지. 어째 협조를 할 줄 몰라. 어디 병든 남편하고 평생 그렇게 한번 잘 살아 보시지."

통장 여자는 이주비와 보상금을 챙기자마자 이사했다. 하지만 세입자인 나로서는 다른 도리가 없다.

이제 이곳은 거의 비어 있다. 강제 철거에 저항한 몇 사람이 자살하자 시는 잠시 철거를 유보했다. 늙고 병들어 움직이지 못하는 늙은이와 병자만이 나와 남편처럼 오도 가도 못한 채 숨어 살고 있다. 가끔 그들의 집에서 새어나오는 희미한 불빛을 보곤 하였다. 그들의 방 한구석에서 타고 있는 촛불은 마치 그들의 생명줄처럼 희미하고 위태롭게 흔들린다. 운이 나쁜 좀도둑은 옆구리에 끼고 훔쳐 달아날 것이 아무것도 없음을 알게 되며 유령처럼 흐느적거리고 있는 늙은이와 병자를 발견하고는 소스라치게 놀라 달아날지도 모른다.

이제 이주해야 할 날이 머지않았다. 이주 날짜를 몇 번이나 어겼으므로 언제 들이닥칠지 모르는 철거반에 속수무책으로 당할 수밖에 없다. 포클레인은 낡은 벽을 뚫고 남편의 침대를 쓰러뜨릴 것이고 집을 뭉개버리고 나와 남편을 매장할 것이다. 어느새 쓰레기들은 모두 재가 되어 사그라진다. '사라지고 싶다.' 나는 중얼거린다.

돈을 빌려주려는 사람은 단 한 사람도 없다. 친척과 친구들은 내가 전화를 걸까 봐 겁을 내고 있다. '그냥 조용히 살다가 죽어줄 순 없을까.' 수화기에서 들려오는 그들의 목소리에서 이런 절박한 심정을 읽을 수 있다. 그들은 그들의 윤택한 생활을 단번에 우중충하게 만드는, 나와 같은 존재를 견디지 못했다. '가난이라는 질병을 앓고 있는 여자가 지금 우리 집에 있어. 이런 자들은 격리시켜야 해. 왜 이렇게 함부로 돌아다니도록 방치하고 있는 거지?' 마치 그들은 보건당국에 신고라도 할 요량으로 나를 노려보았다. 다른 행성에서 살고 있는 듯 그들의 비정한 공격이 끝나고 나면 이내 현관문이 견고하게 닫혔다. 대리석 현관 바닥에는 나의 낡은 신발 자국만이 남아 있을 뿐이었다.

전화를 걸기 위해 도서관으로 향한다. 유일하게 공중전화 부스가 있는 곳이다. 부스엔 누런 오줌 자국이 흥건하다. 취객이나 노숙자가 저질러놓고 간 것이다. 노숙자들은 도서관 입구의 벤치에 누워 있곤 하였다. 그들은 신문지로 몸을 덮고 잤으며 지나가던 경찰은 신문지를 슬쩍 건드려보곤 하였다. 몇 년 전 벤치에서 죽은 노숙자 때문이었다. 노숙자는 이틀이 지나서야 발견되었다. 그해 겨울은 폭설이 자주 내렸다. 겨울해가 인색하게 고개를 내밀고 나서야 눈이 녹고 시신이 드러났던 것이다.

동생에게 전화를 할까 말까 잠시 망설이다가 전화를 건다. 동생은 나이 어린 베트남 여자와 살고 있다. 신호음이 한동안 울린 다음에야 달걀 껍데기를 밟는 듯한 동생의 목소리가 들려온다.

"나야."

이윽고 길고 끔찍한 침묵이 이어진다.

"알고 있어. 공중전화를 하는 사람은 누나밖에 없거든."

"돈을 좀 빌리려고 전화했어."

"누나가 전화할 때는 단지 그 이유뿐이지. 마누라가 도망갔어. 돈 되는 것은 모두 다 가지고 나가버렸어."

또다시 긴 침묵이 이어지다가 먼저 동생이 전화를 끊어버렸다. 수화기를 내려놓았다. 멀리 공원의 놀이기구가 보였다. 풍차 모양의 놀이기구는 천천히 돌아가고 있다. 남편의 교통사고가 있기 전에 아이를 낳았다면 아이는 저 놀이기구를 탔을지도 모른다. 만약 그렇게 했다면 이토록 불공평한 세상 속에서 열등감과 무력감으로 성장할 아이를 지켜보아야 했을 것이다. 돈을 벌기 위해 노동을 하느라 정작 아이와 함께 책을 읽을 시간도, 서로를 바라보는 시간도, 웃을 시간도, 이야기를 나눌 시간도 없었을 것이다. 아이를 낳지 않았기에 나와 남편은 겨우 살 수 있는 것이다. 한 사람이 죽으면 두 사람이 살 수 있는 시대이다. 이제 머지않아 한 사람이 죽어 세 사람이 살고 네 사람이 살 수 있는 시대가 올 것이다. 나는 책을 읽지 않고서도 그것을 알고 있다.

식당에서 내놓은 음식물 쓰레기통에 비둘기가 모여 있다. 담배를 피우는 남자들이 지저분한 거리에 서 있다. 침을 뱉고 지나가는 남학생 뒤로 사람들이 바쁜 걸음으로 지나간다. 거리마다 어지럽게 쌓여 있는 쓰레기가 광란의 지난밤을 드러냈다. 네거리에 있는 주민센터 안으로 들어갔다.

"긴급지원금을 좀 받으려고요. 집에 가스가 떨어졌어요."

친절사원이라고 명패를 꽂은 공무원의 얼굴이 일그러졌다.

"그것보다 빨리 집을 옮겨야 하는 거 아시잖아요? 아마 곧 철거에 들어갈 거예요."

"집을 구해줘요. 하지만 지금은 그것보다 가스가 필요해요."

"딱한 사정은 잘 알아요. 하지만 더 이상 지원해줄 수 없어요. 그러니까 왜 자활센터에서 나왔어요?"

공무원이 짜증스럽게 말했다.

"거긴 하루 여덟 시간 동안 일해야 해요. 장애인 남편을 혼자 그렇게 오래 둘 수는 없어요."

그때 한 남자가 비틀거리며 들어왔다. 술에 취한 채로 들어와 내 옆의 의자에 풀썩 앉았다. 공무원이 난처한 표정으로 술 취한 남자를 보았다. '지겨워 죽겠어. 이번엔 또 뭘 가지고 시비를 걸까?' 하는 표정이 역력했다.

"왜 내겐 일자리를 주지 않는 거야? 이러다가 내가 굶어 죽으면 어떡할 거야?"

남자는 역한 술 냄새를 풍기며 금방이라도 공무원의 얼굴을 갈길 듯 고함을 질렀다. 공무원은 사내의 말을 무시하였다.

"사람 말이 말 같지 않나? 오늘 내게 일자리를 주지 않으면 무슨 일을 저지를지 나도 몰라."

공무원은 얕은 한숨을 내쉬며 서류 한 장을 꺼냈다.

"시청에서 알선해준 사업체에서 고작 삼 개월 일했군요. 근데 한 달 동안 채 열흘도 채우지 못했어요. 작업 중에 술 마시느라 근무지 이탈만 열흘이 넘고요."

남자는 공무원이 내미는 서류를 날쌔게 가로채고는 손으로 좍좍 찢었다.

"자, 이제 되었지? 난 그런 적이 없었던 거야. 그러니까 일을 줘."

"어떻게 방법이 없네요. 이제 더 이상 도와드릴 수가 없네요."

그러자 남자의 눈빛이 무섭게 변하더니 점퍼 안주머니에서 칼을 꺼내 들었다.

"그래? 그럼 난 여기서 죽을 수밖에."

남자가 자신의 목에 칼을 갖다 대었다. 주민센터 안에 있던 사람들이 일제히 비명을 질렀다.

"조용히 해. 어디 전화 걸기만 해봐. 당장 죽어버릴 테니까."

공무원의 얼굴이 파랗게 질렸다. 남자의 옆모습을 바라보았다. 순간 남편이 떠올랐다. 남편은 죽을 수도 있었다. 자살할 수도 있었다. 남편의 침대 위에 날카로운 칼을 올려둔 적도 있었고 남편이 원하기만 하면 독극물 정도는 얼마든지 구해줄 수 있었다. 하지만 남편은 그러지 않았다. 남편은 갈수록 생기를 얻었다. 책은 남편의 밥이 되고 피가 되고 생명이 되었다. 하지만 칼을 든 이 남자에겐 아무것도 없었을 것이다. 어둡고 긴 터널을 오로지 술로 버텨왔을 것이다. 남자가 나의 눈빛을 읽었을까, 눈동자가 휘청거리듯 흔들렸다.

'저의 집엔 반신불수의 남편이 있어요. 집은 강제 철거될 지경에 있고요. 전기도 수도도 다 끊겼어요. 그런데도 남편은 여전히 살고

싶어 하죠.'

이렇게 말하고 싶었다. 남자의 칼이 나를 향해 겨누길 바라는 심정이 들었다. '남편 따위가 뭐람. 산송장인 남편의 몸 위로 벽이 무너지고 지붕이 내려앉고 그 위를 포클레인이 깔아뭉갠다고 해도 지금보다는 낫겠지요. 나는 혼자가 되고 싶어요. 아무도 책임지지 않는 자가 되어서 걷고 싶어요. 어디든지, 어디든지 말이에요.' 아무렇게나 지껄이고 욕하고 침을 뱉고 싶었다.

그때였다. 남자가 책상 위로 요란한 소리를 내며 엎어졌다. 남자의 등을 뒤에서 누군가가 밀었던 것이다. 남자의 손에 든 칼은 벽으로 가부딪치며 바닥으로 떨어졌다. 공익근무요원은 남자의 몸을 일으켜 세워 밖으로 나갔다. 자신의 순번을 기다리고 있었던 사람들은 웅성거리며 남자와 공익근무요원이 사라진 문 쪽을 바라보았다.

"긴급지원금은 회의를 거쳐야 해요. 물론 잘된다는 보장은 없어요."

가슴을 쓸어내리던 공무원이 힘없이 말했다. 나는 밖으로 나왔다.

마치 갈 길을 잃은 여행객처럼 오랫동안 서 있었다. 더럽고 시끄러운 도로 위에는 과일과 옷가지, 오래된 책을 깔아놓은 좌판이 있었고 사람들이 어지럽게 오가고 있었다. 술병이 나뒹구는 벤치에 술 취한 몇 명의 사내가 싸움을 거는 듯한 얼굴로 멍하게 서 있는 나를 쳐다보았다. 도로의 배수구에선 시큼한 냄새가 피어올랐다. 한껏 멋을 낸 여자가 그 냄새를 피해 코를 잡으며 다른 쪽으로 걸어갔다.

옆에 서 있던 한 남자가 나를 힐끗 쳐다보았다. 낯이 익었다. 조금 전 주민 센터에서 난동을 부렸던 그 남자였다.

"돈을 줄까?"

남자가 말했다. 나는 고개를 끄덕였다. 남자의 입술이 일그러지며 희미한 미소가 번졌다. 남자가 지하철역 옆 골목 쪽으로 앞장섰다. 남자를 따라갔다. 남자는 비틀거리며 걸어가다가 내가 잘 따라오고 있는지 확인하기 위해 몇 번인가 뒤돌아보았다. 남자가 여인숙이라고 쓰인 간판이 걸려 있는 낡은 집으로 들어갔다. 남자가 문 앞에서 또다시 나를 바라보았다. 나는 천천히 그곳을 향해 걸어갔다.

"당신이 도서관에서 처음으로 빌려온 책이 무엇인지 알아? 내가 가보았던 길과 앞으로 영원히 갈 수 없는 곳이 환상적으로 찍힌 사진첩이었어. 그 책 덕에 자동차로 달렸던 그 길과 마을, 강과 산에 대한 기억을 떠올릴 수 있었어. 책을 통해 길은 선명하게 드러났고 그 길 위를 나는 자유롭게 걸어갈 수 있었어."

내가 말했다.

"그 길과 풍경이 돈을 벌어주지는 못했지."

"당신과 난 최선을 다했어. 탐욕 없이 정직하고 소박하게 말이야."

"우리가 부자의 도움을 받지 않기로 한 게 잘못이었어. 당신 누나의 도움을 받았더라면 적어도 지금처럼 비참해지진 않았을 거야."

보험회사를 다니던 남편의 누나는 마치 남편의 교통사고를 미리 예감이라도 한 듯 보험에 들기를 강권했다.

"그럴 돈은 없어. 앞으로 일어날지도 모르는 일에 대해 준비할 돈은 없어."

남편이 말하자 남편의 누나는 '맘대로 해. 너희 부부는 아마 형편 없이 살게 될 거야. 그건 살아도 죽는 것과 똑같은 고통이 될지 모르지.' 하고 말했다.

"하지만 우리는 당당해. 우린 남을 속여본 적이 없으니까. 지금 부자들은 모두 사람들을 속여. 자신까지도 속여."

"그렇게 속이는 이유는 무엇일까? 그건 바로 오래 살고 싶어서일지도 몰라. 그러니까 우리도 그 지경이 되기 전에 죽음을 선택해야 해."

남편은 말없이 나를 바라보았다. 나는 며칠 전 훔쳐본 남편의 일기장이 떠올랐다.

'난 내가 죽고 난 이후를 상상해. 당신은 근사한 집에서 살며 도서관에 가서 책을 읽고 다른 남자와 사랑을 나누고 있어. 그것을 지켜보는 나는 미소를 짓고 있어. 당신은 내 눈을 감겨주고 몸을 닦아주겠지. 그럼 이것도 부탁해. 나의 시신을 불에 태워줘. 그리고 교통사고가 났던 바로 그곳에 가서 내 뼛가루를 흩어줘. 이미 그때 난 죽었던 거니까. 그리고 당신은 살아줘. 살아서 우리가 걸었던 그 길을 걸어줘. 그러면 내가 걷는 것과 같을 거야.'

남편을 바라보았다. 남편에게 잘못한 게 있을까. 아내에게 용변을 맡기고 돈을 빌리게 하는 일, 다른 사내에게 돈을 얻어오게 만든 것, 죽고 싶어 하는 게 아니라 살고 싶어 한 것, 이것이 잘못일까.

"오늘 당신이 도서관에서 빌려 온 책은 아주 재미있어."

남편은 『무진기행』이라는 소설책을 머리 위로 올린 채 소리 내어 읽기 시작했다.

"'세상에서 제일 먼저 편지를 쓴 사람은 어떤 사람이었을까요?' 내가 말했다. '아이 편지, 정말 편지를 받는 것처럼 기쁜 일은 없어요. 정말 누구였을까요? 아마 선생님처럼 외로운 사람이었겠죠? 여자의 손이 내 손 안에서 꼼지락거렸다. 나는 그 손이 그렇게 말하고 있는 듯한 느낌이 들었다. 그리고 인숙이처럼 내가 말했다. '네.' 우리는 서로 고개를 마주 보며 웃음 지었다.'"

나는 남편에게 물었다.

"그 여자는 어떤 여자야?"

"인숙이라는 여자는 어디론가 떠나고 싶어 하는 유형의 여자야. 당신처럼."

나는 마음속으로 되뇐다.

'그렇지만 난 죽고 싶어 하기도 해.'

남편은 또다시 책을 읽기 시작한다.

"주인공 남자가 인숙이라는 여자를 떠나면서 썼던 편지야. 썼다가 찢어버린 편지지. '갑자기 떠나게 되었습니다. 찾아가서 말로써 오늘 제가 먼저 가는 것을 알리고 싶었습니다만 대화란 항상 의외의 방향으로 나가버리기를 좋아하기 때문에 이렇게 글로써 알리는 것입니다. 간단히 쓰겠습니다. 사랑하고 있습니다. 왜냐하면 당신은 저 자신이기 때문에 적어도 제가 어렴풋이나마 사랑하고 있는 옛날의 저의 모습이기 때문입니다. 저는 옛날의 저를 오늘의 저로 끌어다 놓기 위하여 갖은 노력을 다하였듯이 당신을 햇볕 속으로 끌어놓기 위하여 있는 힘을 다할 작정입니다. 저를 믿어주십시오. 그리고 서울에서 준비가 되는 대로 소식 드리면 당신은 무진을 떠나서 제게 와주십시오. 우리는 아마 행복할 수 있을 것입니다. 쓰고 나서 나는 그 편지를 읽어봤다. 또 한 번 읽어봤다. 그리고 찢어버렸다.'"

"그럼 결국 인숙이란 여자는 버림받은 거네."

남편이 말했다.

"주인공 남자는 처음부터 이 여자를 사랑한 게 아니었어. 사랑을 사랑해보려고 한 것에 지나지 않았어."

"우리가 삶을 살아보려고 한 것과 마찬가지네."

"우리완 다르지. 소설 속의 주인공은 수치심을 느끼면서 떠나지. 이게 마지막 구절이야. '덜컹거리며 달리는 버스 속에 앉아서 나는 어디쯤에선가 길가에 세워진 하얀 팻말을 보았다. 거기에는 선명한 검은 글씨로 '당신은 무진을 떠나고 있습니다. 안녕히 가십시오.'라고 씌어 있었다. 나는 심한 부끄러움을 느꼈다.'"

내가 말했다.

"당신은 내가 낮에 어떤 일을 했었는지 알게 된다면 소설 속의 주인공 남자처럼 부끄러움을 느껴서 도망치게 될 거야. '살아 있다'는 것에서 도망칠 거야."

남편이 놀란 눈으로 나를 바라보았다.

"남자에게 몸을 팔았어. 마지막으로 여자를 한번 품어보고 죽으려고 하는 가난한 남자였어. 남자가 자신의 방에 뒹굴고 있는 동전까지 끌어 모아 모두 나에게 주었어. 아마 그 남자는 지금쯤 죽었을 거야. 휘발유가 방 안에 있었거든. 소주 대신 휘발유를 마시고 온몸에 뿌리고 난 뒤 라이터를 당기면 미련 없이 죽을 수 있다고 말했어. 죽자면 그렇게 용감해야 해.”

남편의 표정이 참혹하게 일그러졌다.

“우리도 그 남자처럼 그래야 할 것 같아. 더 이상 수치심을 갖고 살지 않으려면.”

그때 남편의 낮은 목소리가 들렸다. 남편의 입술에서 새어 나오는 소리를 처음엔 제대로 알아듣지 못했다. ‘고라니.’ 남편이 말했다. 이윽고 남편의 눈에서 눈물이 흐르기 시작하였다. 그 울음소리는 점점 커져 갔다. 남편의 울음소리는 기이하였다. 어쩌면 고라니의 울음소리일지도 모른다. 남편은 교통사고가 일어났던 그 장소에 가 있는 것처럼 느껴졌다. 그리고 이제 나에게 죽음의 동행을 청할지도 모른다는 두려움이 일어났다. 그러자 고작 이렇게 벌벌 떠는 주제에 그동안 죽음에 대해 함부로 말했던 나에 대해 수치심을 느꼈다. 겨우 입을 떼었다. 입술이 사정없이 떨렸다. ‘울지 마, 당신. 잘못이라면, 당신은 살고자 했던 것이고 나는 죽자고 위선을 떨었던 것뿐이야. 당신이 아니라 내가 잘못이었어. 제발 울지 마.’ 하지만 끝내 이 말을 하지 못한 채 멍하니 앉아 있기만 하였다. 소설 속 주인공처럼 심하게 부끄러움, 아니 수치심을 느꼈다.

'돌봄'의 비극적 리얼리즘과 미완의 연대

이은란

1. 고립된 돌봄의 비극

2020년을 기점으로 시작된 코로나 팬데믹은 아동, 노인, 장애인, 저소득층을 비롯한 취약 계층의 생존을 위협하며 한국 사회의 구조적 불평등을 가시화했다. 의료 시스템의 마비와 교육 및 공공시설의 폐쇄는 취약 계층뿐만 아니라 이들을 보살피는 돌봄 노동자들에게도 재난과 같은 상황을 초래했다. 팬데믹으로 인해 촉발된 돌봄의 위기는 그것이 '정상적인 사회'를 유지하는 원동력이었음에도 불구하고 정당한 가치를 부여받지 못해왔음을 깨닫게 한다. 누군가의 식사를 준비하고 몸을 닦아주는 일, 타자의 불편과 고통에 공감하는 일은 대개 '여성이 잘하는 것'으로 젠더화되는 한편 숭고한 희생이라는 미명으로 낮은 임금과 고강도의 노동을 합리화해왔다. 특히 '어머니', '아내', '며느리'가 전담하는 가정에서의 돌봄은 공동체와는 무관한, 그

렇기에 우리가 관심을 기울이지 않아도 되는 사적 영역으로 여겨져
왔다.

　이도원의『그녀들의 거짓말』은 여성의 숭고한 희생으로 신성화되
어온 돌봄의 그림자를 적나라하게 파헤친다. 이 소설집에 등장하는
여성들은 직업과 계층을 막론하고 가부장제의 폭력과 공동체의 무
관심 안에서 돌봄을 온전히 감내해야 하는 상황에 처해 있다. 중증
의 정신병을 앓으며 밤마다 자신에게 성폭력까지 저지르는 아들(「근
친(近親)을 선택하는 세 가지 방식」), 평생 똥오줌을 받아내야 하는 시아
버지(「무화과나무 아래 그를 묻다」), 교통사고로 불구가 된 남편(「책 읽는 남
자」), 심지어는 말라붙은 화분(「아귀」)과 끊임없이 보수해야 하는 낡은
집(「자개장롱이 있는 집」)을 돌보는 노동이 '어머니', '며느리', '아내'인
여성들의 몫으로 남겨진다. 이도원의 소설에서 돌봄의 대상들은 모
두 죽음을 앞두었거나 사회로부터 배제되어 있다. 이들을 보살피는
그녀들의 노동 역시 '무가치한 것'으로 자연스럽게 인식된다. 돌봄의
최전선에서 고투하는 이도원의 여성 인물들은 정작 돌봄의 사각지대
에 놓여 사회가 외면한 죽음을 떠안는다.

　작가의 등단작「무화과나무 아래 그를 묻다」의 주인공 '나'는 이십
여 가구도 되지 않는 작은 마을에서 폐암 말기의 시아버지인 '그'를
홀로 돌본다. 철저히 "가부장적인 수컷"(140쪽)인 '그'는 '나'의 남편
에게 전 재산을 상속했지만 남편은 학위를 핑계로 간 프랑스에서 돌
아오지 않는다. 네 명이나 되는 딸들은 한 푼도 물려주지 않은 아버
지를 외면하고, 병원에서도 가망 없는 '그'의 치료를 거부한다. 아이

러니하게도 가족 중 유일하게 혈연으로 엮이지 않은 '나'가 '그'의 생명을 지탱하는 존재가 된다. 딸의 돌봄은 친정어머니에게 맡겨둔 채, '나'는 하치장과 같은 집에서 '그'의 앙상한 몸을 주무르고, 비듬과 진물을 닦아내며 음식을 먹이고, 콜타르처럼 진득한 똥과 피오줌을 치운다. "모두들 아버님과 제가 죽기만을 바라고 있을 거예요."(149쪽)라는 '나'의 언술처럼, 돌봄으로 맺어진 며느리와 시아버지의 관계는 가족과 병원의 무관심, 마을의 폐쇄적인 분위기 속에 고립되어간다.

고립된 돌봄은 '그'의 부패와 죽음을 기다리는 잔혹한 '임상실험'으로 변모한다. '나'는 인간의 존엄성을 상실하고 '부패한 소고기'처럼 썩어가는 시아버지를 지켜보는 일을 유일한 저항으로 여긴다. 나아가 보건소 소장과의 일탈을 꿈꾸며 "썩어가고 있지 않다는 것을 소장과 몸을 섞어서라도 증명해 보이고 싶"(148쪽)은 욕망에 휩싸인다. 그런데 '썩어가고 있지 않음'을 증명해내고 싶은 것은 '그'도 마찬가지다. 시아버지는 외출을 위해 수면제를 먹이려는 며느리의 젖가슴을, 마치 '가부장적인 수컷'으로 군림하려는 듯 강한 완력으로 움켜쥔다. 무화과나무를 아내의 환생이라고 믿는 '그'는 나무 아래에 자신을 묻어달라는 유언을 남긴다. 그의 유언에는 죽어서도 아내의 보살핌 속에서 존엄성을 지키려는 '가부장직인 수컷'의 욕망이 깃들어 있다. 작가는 오물을 쏟아낸 '그'의 시신 밑에서 으스러지는 무화과 열매의 형상과 음낭의 이미지를 교묘하게 겹쳐놓음으로써 그러한 욕망의 덧없음을 드러낸다. 그러나 "이미 난 썩어가고 있는데……. 이제 너무 늦어버렸어요."(149쪽)라는 '나'의 말처럼, 고립된 돌봄 안에서 시작된 주인공의 부패는 '그'의 죽음 이후에도 종결되지 않는다.

「무화과나무 아래 그를 묻다」는 돌봄의 신성성을 그로테스크하게 해체함으로써 여성에게 일방적으로 돌봄을 강요하는 가부장제의 폭력성을 드러낸다. 하지만 작가의 등단작을 읽은 뒤에도 여전히 의문점이 남는다. 돌봄을 불평등하게 분배하는 사회구조는 소외된 타자들의 생명을 어떻게 위협하고 있는가. 우리 모두는 돌봄의 위기로부터 자유로울 수 있는가. 이도원이 그려내는 돌봄의 리얼리즘을 추적해보고자 한다.

2. 공적 돌봄의 부재와 위선적 남성성

「책 읽는 남자」의 '나'는 교통사고로 하반신이 마비된 '남편'과 철거 예정 구역에 산다. 세입자인 탓에 이주 보상금도 받지 못한 이들은 전기와 가스, 물이 끊기는 극한의 상황에 처한다. 절박한 심정으로 가족들에게 도움을 요청해보지만 그들은 이들의 가난을 '격리해야 할 질병'(213쪽)처럼 여기고 외면한다. 이러한 가운데 '남편'은 '나'가 도서관에서 빌려온 책들을 읽으며 삶에 대한 의지를 키워나간다. 그가 책 속의 허황된 말을 늘어놓으며 생존을 욕망할수록 생계와 돌봄이라는 이중의 벽이 '나'를 옥죈다. 생계비 지원을 위해 찾아간 주민센터에서는 '일을 하지 않으면 어떠한 혜택도 받을 수 없다'는 매몰찬 답변이 돌아온다. '나'는 간병인을 쓰라는 공무원에게 "간병인 비용이 얼마나 드는지 알아요? 자활센터에서 받는 그 돈으론 살 수가 없어요."라며 따지지만, 그는 "그것은 가족이 해결해야 할 문제예요."(208쪽)라는 더 절망적인 대답을 내놓는다. 심지어 공무원은 "그러니까 왜 자활센터에서 나왔어요?"(215쪽)라며 지원금을 받지 못하는 원인을 '나'에게 돌린다.

개인이 감당해야 하는 돌봄 비용과 '일해야만 혜택을 받을 수 있는' 돌봄 정책은 '나'와 '남편'을 시민 이하의 존재로 배제한다. 이들을 비롯해 철거 예정 구역에 남은 병자들과 노인들, 도서관 앞 노숙자들, '나'와 몸을 섞은 가난한 남자는 작품 내의 비둘기나 고라니와 같은 동물적 존재, 즉 '벌거벗은 생명'이다. '남편'은 동물적 존재가 되지 않기 위해 "물질 중에서 인간의 영혼과 버금가는 것"(204쪽)인 책에 몰두한다. 그러나 "고라니의 울음소리"(222쪽)와 겹쳐지는 '남편'의 흐느낌은 그가 아무리 발버둥을 쳐도 동물적 존재에서 벗어날 수 없음을 암시한다. 어느덧 부부의 생존은 타인에게는 혐오스러운 것, 그리고 자신에게는 수치스러운 것이 되어 있다. 이러한 상황에서 '나'는 아이를 낳지 않았다는 사실을 차라리 다행스럽게 여기기도 한다.

남편의 교통사고가 있기 전에 아이를 낳았다면 아이는 저 놀이기구를 탔을지도 모른다. 만약 그렇게 했다면 이토록 불공평한 세상 속에서 열등감과 무력감으로 성장할 아이를 지켜보아야 했을 것이다. 돈을 벌기 위해 노동을 하느라 정작 아이와 함께 책을 읽을 시간도, 서로를 바라보는 시간도, 웃을 시간도, 이야기를 나눌 시간도 없었을 것이다. 아이를 낳지 않았기에 나와 남편은 겨우 살 수 있는 것이다. 한 사람이 죽으면 두 사람이 살 수 있는 시대다. 이제 머지않아 한 사람이 죽어 세 사람이 살고 네 사람이 살 수 있는 시대가 올 것이다. 나는 책을 읽지 않고서도 그것을 알고 있다.(214쪽)

만일 아이를 위해 노동에 뛰어들었다면 '나'는 '남편'의 죽음과 아이의 무력한 성장을 맞바꾸어야 했을 것이다. 그렇다고 해도 아이와 '나'의 생존은 보장되지 않았을 것이다. 어쩌면 아이가 태어나지 않은 것을 다행스럽게 여기는 '나'의 태도야말로, 생존과 돌봄의 순환적 고통 속에서 발휘할 수 있는 최대한의 모성이 아니었을까. "이제 머지않아 한 사람이 죽어 세 사람이 살고 네 사람이 살 수 있는 시대가 올 것"이라는 역설적 표현에는 구조적 불평등으로 인한 공적 돌봄의 부재가 '지금, 여기'의 생명뿐만 아니라 미래의 생명까지 위협하고 있다는 작가의 문제의식이 담겨 있다.

제12회 현진건문학상 수상작인 「세 사람의 침대」는 앞서 살펴본 「책 읽는 남자」의 뒷이야기격인 작품이다. 소설은 재개발구역의 계층화와 남성 인물의 위선을 교차시키며 공적 돌봄의 부재를 첨예하게 드러낸다. 작품의 주인공 '나'는 구립도서관의 사서로 일하는 기러기 아빠다. "내가 읽은 책의 양과는 비교도 할 수 없을 정도"(155쪽)의 물욕을 가진 '아내'는 책을 경외하는 남편을 시종일관 비난한다. 무력한 가장인 '나'는 희미해진 존재성을 자신의 직장인 도서관에서 찾지만, "지상의 모든 소음이 멈춘 채 오직 앎에 대한 열정, 깨달음의 에너지, 살아 있다는 경이감으로 가득한"(158쪽) 이곳은 곧 노숙자와 불량 이용자의 쉼터가 된다. 도시 외곽에서도 가장 후미진 곳에 위치한 구립도서관은 생존에 내몰린 자들에게 최후의 보루와도 같은 공적 돌봄의 장소다. 이는 병든 남편을 돌보고 생계를 잇기 위해 남자들과 몸을 섞는 '여자'에게도 마찬가지다. 「책 읽는 남자」의 '나'가 온수를 얻고 가족에게 전화할 수 있는 곳이 도서관이었던 것처럼, 「세 사람의 침대」의 '여자'가 잠시나마 쉴 수 있는 곳도 도서관이다. 그러나 학생들은 남루한 복색으로 잠을 청하는 '여자'에게 눈을 흘기고, '나'는 타인에게 피해를 준다는 구실로 그녀를 내쫓는다.

도서관에서조차 작동하는 계층 질서는 '나'와 '여자'의 관계에 그대로 적용된다. 재개발이 확정된 아파트에 사는 '나'와 달리, '여자'는 철거 예정 구역에서도 '막다른 골목의 끝'에 산다. '나'는 속물적인 '아내'로 인해 결핍된 여성에 대한 환상을 '책 읽는 여자'인 그녀로부터 채우려 한다. 이에 "자살이니 죽음이니 하는 것을 지울 만한 책을 읽도록 해주어야겠다는 생각"으로 '여자'의 집을 찾아가 "세계의 아름다운 정원을 찍은 사진집과 삶에 대한 용기와 희망이 주제인 수필집"(167쪽)을 내민다. 그러나 전기와 가스가 끊긴 집에서 차(茶)를 요구할 정도로 안일한 '나'는 그녀의 절망적인 현실에 가닿지 못한다. '여자'에게 책은 도서관과 자신을 매개해줌으로써 어둠과 냉기가 흐르는 집, 고립된 돌봄으로부터 잠시 벗어나게 해주는 유일한 수단이다. "당신은 그들의 눈을 한번 봐야 해요. 책과 얼마나 다른지. 책은 절대 현실을 따라가지 못해요."(168쪽)라는 '여자'의 말과 "당신은 세상을 너무 몰라. 책대로 일어나는 일은 없어. 책이 당신을 망치고

있는 거야."(171쪽)라는 '아내'의 말은, 책과 도서관을 낭만화하며 속
물들과 자신을 구별 짓는 주인공의 위선을 꼬집는다.

'여자'의 집에서 몸을 섞은 뒤, '나'는 그녀의 남편이 옆방에 있었
다는 사실을 알고 크게 분노한다. 그런데 다시 찾아간 '능멸의 현장'
에서 '나'는 "마치 관객처럼 성애를 즐겼을"(170쪽) 남성의 타락한 얼
굴이 아닌, "살아 있는 것이 미안하고 슬픈, 그런 표정"(173쪽)을 한
'사내'의 헐벗은 얼굴을 마주하게 된다. 병들고 가난한 '사내'는 자신
의 아내와 몸을 섞은 '나'에게 담배와 라이터를 요청한다. 그것을 건
네는 순간, '여자'에 대한 수치심과 '사내'에게 느끼는 미안함이 솟아
오르며 '나'를 그들의 삶에 연루시킨다. 이 대목에서 한 가지 눈여겨
볼 점은 수치심과 미안함의 차이다. 수치심은 '나'가 그녀를 성적으
로 유린한 남성들과 자신이 별반 다르지 않다는 진실을 확인했을 때
발현된다. 이 수치심 속에서 '여자'는 여전히 주인공의 저열한 모습
을 비추는 거울과도 같은 존재로 타자화되어 있다. 반면 사내를 향한
미안함은 가난과 병고에 내몰린 자를 오해하고, 그의 아내와 몸을 섞
었다는 죄책감에서 비롯된다. '여자'는 왜 미안함의 대상이 될 수 없
었을까. 이는 작가가 (무)의식적으로 구현하고 있는, 주인공의 남성적
시선이 가진 한계가 아닐까.

여자의 집에 가지 않았다. 여자도 마찬가지였다. 여자는 겨울이
가고 봄이 오는 동안 단 한 번도 도서관에 오지 않았다. 마지막으로
빌려 간 몇 권의 책도 반납하지 않았다. 그동안 도서관은 대대적인

공사를 마쳤다. 이층 벽돌 건물이 콘크리트 오층 건물로 변신했고 우중충한 철제 창문이 대형 유리창문으로 바뀌었다. 어린이 전용 도서관과 성인 도서관, 열람실과 사서실이 분리되었다. 관계자 외 출입금지 팻말이 걸려 있는 방이 늘어났다. 이제 더 이상 노숙자는 도서관에 들어올 수가 없게 되었다. 그들은 컵라면을 손에 든 채 도 서관 광장 맨바닥에서 차가운 바람을 맞고 있을 뿐이었다.(174쪽)

작품의 결말 부분에서 전소되어버린 부부의 집은 말끔하게 보수된 구립도서관의 외관과 선명한 대조를 이룬다. "오래된 책 속의 곰팡이 와 사람들의 머리카락, 타액, 정액이 한데 뒤섞인 채 불온한 냄새를 풍기"(155쪽)던 자료실은 어떠한 불편함이나 더러움도 허용하지 않는 분리와 배제의 공간으로 변모한다. 5층 콘크리트 건물의 대형 유리창 문은 노숙자들이 모인 광장과 잘 정돈된 내부의 보이지 않는 경계로 작용한다. 도서관의 변화는 '나'가 사는 재개발지역 전체의 미래 또 한 이와 다르지 않을 것임을 암시적으로 드러낸다. 작가는 구립도서 관의 기만적 장소성과 '나'의 위선적 남성성을 긴밀하게 연관시키며 돌봄을 소멸시키는 사회구조의 폭력성을 고발한다. 주민센터에서 부 부의 참혹한 죽음을 알게 된 '나'는 문득 '사내에게 건넸던 담배 한 개 비와 라이터'를 떠올린다. 안일한 환상을 갖고 '여자'에게 내밀었던 두 권의 책처럼, '사내'에게 무심코 건넨 라이터가 결국 그들의 비극 적인 죽음을 초래한 것은 아니었을까. 「세 사람의 침대」는 주인공이 그들의 죽음에 대한 책임으로부터 영원히 자유로울 수 없음을 암시 하며 끝을 맺는다.

3. 미완된 여성들의 연대

『그녀들의 거짓말』에 등장하는 여성 인물들은 남성들의 폭력과 무관심 속에서 돌봄의 역할을 내면화할 수밖에 없는 이중의 고통에 처해 있다. 「자개장롱이 있는 집」과 「나는 죽었다」의 중년 여성들은 돌봄의 주체이면서도 경제적으로는 철저히 남성에게 종속되어 있다는 점에서 의존적인 존재로 위치 지어진다. 두 작품에서 이도원의 작가적 시선은 중년 여성의 연대 (불)가능성을 통해 불평등한 돌봄의 희생양이자 유지자인 이들의 딜레마를 포착해낸다.

「자개장롱이 있는 집」의 '나'와 '남편'은 아들의 연이은 사업 실패로 인해 "미음자 형태의 낡은 한옥"으로 거처를 옮긴다. 외도를 숨길 의향도 없는 '남편'은 수리를 거듭해야 하는 낡은 집을 성가시게 여길 뿐이다. 낡고 병든 집을 돌보는 일은 주부인 '나'의 몫이 된다. 그러나 한옥은 '나'의 노력이 위장에 불과하다는 듯 집안 곳곳을 망가뜨리며 한 사람의 침묵과 희생으로 겨우 유지되는 가정의 속내를 비유적으로 보여준다. "평생 변기를 닦다가 죽을 인생에 대한 막막한 슬픔"(184쪽) 속에서 '나'는 영어학원을 다니며 친구가 사는 뉴질랜드로의 도피를 꿈꾸기도 하지만, 주인공의 일탈은 화려한 네온으로 반짝이는 '샹그릴라 모텔'에서 잠을 자는 것에 그친다.

"물탱크의 물이 넘친 게 바로 집의 통곡 같은 것일지도 모른다는 생각이 들었다."(188쪽)라는 구절에 암시되어 있듯이, '미음자 구조의 낡은 한옥'은 이곳의 원주인인 '여자'와 상동성을 갖는다. 미음자 구조가 환기하는 한옥의 폐쇄성은 '여자'가 가정 안에서 얼마나 고립되어 있었는지를 암시한다. 이 집에서 '여자'의 돌봄이 닿았던 곳은 '바람난 남편을 잡기 위해 공들여 만든' 욕실과 '딸아이가 결혼할 때 물려줄' 요량으로 정성껏 관리하던 자개장롱뿐이다. 마지막에 밝혀지듯이, '여자'가 그토록 집착하던 장롱 안에는 혼수로 추정되는 "황금빛과 연둣빛의 원앙금침 한 채가 놓여 있다."(198쪽) 물론 소설은 '나'가 '여자'의 과거를 알게 되면서 그녀의 아픔에 점차 공감해가는 과정을 그려낸다. 그러나 찌꺼기와 오물, 악취로 가득한 한옥에서 '나'와 '여자'가 자개장롱 안에 갇히듯이 들어가는 작품의 결말은 가부장제에 종속된 중년 여성들의 연대가 가진 한계를 극명하게 드러낸다.

중년 여성이 직면한 돌봄의 딜레마와 연대 (불)가능성은 「나는 죽었다」에서 보다 섬세하게 다루어진다. 가정주부인 '나'는 자신의 집에서 부부 동반 모임이 있던 어느 날, '남편'과 친구들이 보는 가운데 베란다에서 뛰어내린다. '나'가 극단적 자살을 하게 된 배경에는 '남편'의 가부장적인 폭력이 큰 원인으로 작용한다. '남편'은 주인공에게 폭력을 휘두르며 건강하고 행복하게 가정을 돌보는 '정상적인 여자'가 되기를 강요한다. 가정에서 도망칠 수도, '정상적인 여자'도 될 수 없다는 괴로움은 결국 주인공을 자살에 이르게 한다. 하지만 '나'는 이승을 떠나지 못한 채 남편의 외도와 아들의 위태로운 비행을 지켜보며 그들을 간접적으로 돌본다.

이 소설에서 '나'와 유일하게 소통하는 존재는 맞은편 아파트에 사는 '그녀'다. 달덩이 같은 몸을 가진 '그녀'는 종일 집안에서 병든 시어머니(노파)를 간병하며 가사를 돌본다. 풍만한 그녀의 몸은 매일 반복되는 돌봄 노동, 자신의 의지와는 무관한 남편과의 성관계, 그로 인한 몇 번의 낙태 수술로 황폐화되어 있다. 베란다에서 자살을 시도하는 '그녀'를 우연히 발견한 뒤로 '나'와 '그녀'는 동질감을 갖는다. 이들에게 자살의 공간인 베란다는 무가치한 삶의 고통을 말없이 공유하는 창구이기도 하다. 죽은 이후에도 '나'는 그녀를 찾아가 위로를 건넨다.

나는 그녀의 어깨 위에 손을 얹는다. 멍하니 서 있던 그녀가 일순 몸을 떨며 입가에 옅은 미소가 번진다. 마치 봄바람에 연잎이 흔들리듯 육중한 몸이 살며시 움직이는 듯하다. 그때 그녀가 나지막이 혼잣말처럼 중얼거린다. '나는 죽을 수 없을 거야. 당신처럼.' 나는 그녀를 가만히 등 뒤에서 안는다. 그녀의 눈가에 눈물이 고이기 시작한다. 그녀의 더운 눈물로 인해 나의 몸이 점점 온기로 데워지고 있음을 느낀다. 산 자가 죽은 자를 소생시킨다.

삶만을 믿는 사람은 어리석다. 죽음만을 믿는 사람도 마찬가지이다. 삶과 죽음은 정반대의 위치에 있는 것이 아니라 아주 가까이 겹쳐 있다. 나의 차가운 몸 옆으로 그녀의 몸이 겹쳐지고 그녀의 몸 옆에 또 다른 이가 겹쳐진다. 우리는 깊고도 깊은 숨을 내쉰다. 흙에 공기를 불어넣어 생명체를 탄생시키듯 서로의 들숨과 날숨이 반복되면서 여러 영혼이 겹쳐진다.(115쪽)

수평적으로 겹쳐지는 '나'와 '그녀'의 몸은 남편과의 수직적인 성관계와 선명한 대비를 이룬다. 죽은 자인 '나'와 산 자인 '그녀'는 살의 온기와 숨결을 부드럽게 주고받으면서 삶과 죽음의 경계를 지워 나간다. 이들의 몸 옆에 겹쳐지는 여러 영혼들 역시 그녀들처럼 돌봄의 고통과 죽음에 내몰렸던 것일지도 모른다. 서로의 몸을 따스하게 어루만지며 아픔을 분담하는 이들의 수평적인 돌봄은 "산 자가 죽은 자를 소생"시키는 경이로운 연대와 공생의 네트워크로 재탄생한다. 하지만 현실에서 돌봄은 여전히 죽음을 환기하는 혐오스러운 일로 여겨질 뿐이다. "지나치게 건강한 채로 오래 살고 싶은 열망"(123쪽)을 가진 공중목욕탕의 여자들은 '그녀'와 '노파'를 보며 눈살을 찌푸린다. '노파'의 "말라붙은 젖가슴과 움푹 파인 겨드랑이, 몇 가닥 남아 있지 않은 음모와 사타구니"(123쪽)는 산 자의 영역에서 추방되어야 할 비체(卑體)다. 시어머니는 자신의 생존이 며느리의 생명을 단축하고 있다는 사실을 알고 죽음을 소망한다. '그녀' 또한 자신이 '노파'의 생존을 책임지는 유일한 존재임을 알기에 죽음을 미룬다. 타인에게 의존해야 하는 자와 돌보는 자는 모두 '살아 있음'에 대한 죄의식에 빠진다.

「나는 죽었다」는 가족 공동체로부터 소외된 중년 여성의 돌봄을 삶과 생명의 원천으로 재발견한다. "노파를 살리기 위해 자신의 수명을 얻어주고 싶어 하는"(123쪽) '그녀'처럼, '나'는 자살을 시도하는 아들과 임신한 소녀를 껴안음으로써 돌봄을 완수한 뒤 지상에서 사라진다. 이 작품에서 그림자처럼 행해지는 '나'와 '그녀'의 돌봄은 그동안 우리의 삶을 떠받쳐왔던, 그러나 모두가 외면해왔던 돌봄의 실체이기도 하다. 앞서 인용한 부분에서 "삶과 죽음은 정반대의 위치에 있는 것이 아니라 아주 가까이 겹쳐 있다"라는 구절이 말해주듯이, 인간은 예정된 죽음에서 벗어날 수 없다. 이는 우리 모두가 독립적인 개인이 아닌, 돌봄으로부터 자유로울 수 없는 '취약한 존재'이자 타인에게 의존하면서 살아갈 수 없는 존재임을 뜻한다. 이들의 연대가 여성들 간의 미완된 연대로만 남는 한, 돌봄은 특정한 누군가에게 강요되어야 할 그림자 노동에 그치고 말 것이다.

4. 불온한 오이디푸스

이제까지 살펴본 이도원의 소설들은 '가부장적인 남성'과 '돌봄 주체로서의 여성'이라는 이원적 구도를 갖는다. 그런데 표제작인 「그녀들의 거짓말」에는 이러한 이원적 구도를 교란하는 '아들'이 등장한다. 우선 이 작품에서 가장 먼저 포착되는 것은 근친 살해의 원형적 모티프다. "아버지의 (가부장적인) 사고방식을 이어받"(63쪽)은 '나'의 분신이자, 동시에 '나'를 거스르는 존재인 '아들'의 출옥은 위선으로 점철된 주인공의 삶을 위협한다. 흥미로운 것은, '아들'을 향한 주인공의 감정이 '그녀'와의 만남을 거듭하며 점차 끔찍함에서 두려움으로 전이된다는 점이다. 첫 만남에서 '그녀'는 아들의 이야기를 들려주고, '나'는 '아들' 역시 자신을 죽일지도 모른다는 불안감에 휩싸인다. 다가오는 아들의 출소와 증폭되는 두려움 속에서 주인공은 "자식을 이기는 최초의 아비"(68쪽)가 되기로 한다. 아버지에게 자살을 종용하는 '아들', 그리고 '아들'의 가슴에 칼을 꽂는 '나'의 비극적 최후는 몰락을 두려워한 나머지 자식을 집어 삼킨 사투르누스를 연상시킨다.

한 가지 주목할 점은 '아들'의 죽음이 결코 수동적으로 묘사되지 않는다는 것이다. "나는 청동조각상처럼 균형 잡힌 아들의 벗은 몸을 훔쳐보았다."(61쪽)라는 짧은 대목에 암시되듯이, '아들'은 주인공에게 결여되어 있는 남성성의 화신이자 욕망의 대상이기도 하다. 반면 횡단보도 위의 연인을 향해 "확 밀어버려. 저런 것들 말이야. 꼴 보기 싫은 것들 말이야."(71쪽)라며 키득거리는 '아들'은 포옹하는 연인을 보고 침을 뱉는 '나'의 저열함을 그대로 비추어준다. '아들'은 어머니의 진실(순결)을 폭로함으로써 그의 거짓을 고발하고, 심지어는 어머니의 복수를 빌미로 자살을 요구한다. 이렇듯 가장 친숙하면서도 낯선 존재인 '아들'의 양가성은 이들을 "둘 중 하나가 없어져야만 살 수 있는"(68쪽) 파국적 관계로 내몰고 만다. 물론 '나'는 '아들'을 죽이고 살아남는 데 성공하지만, "아들에게…… 아들을…… 그랬다면, 정말 그랬다면 당신은 악인이군요. 내 남편처럼."(75쪽)이라는 '그녀'의 언술은 주인공이 '아들에게 살해된 아버지'와 다름없는 존재임을 확인시켜준다. 결국 '나'는 '아들' 대신 스스로를 살해함으로써 공포와 복수로 뒤얽힌 폭력의 고리를 끊는다.

죽음으로 귀결된 '나-아들'의 관계는 사랑과 자유로 나아가는 '그녀-아들'의 관계와 뚜렷하게 대비된다. 작품의 초반부에 언급된 것처럼, 아들을 향한 '그녀'의 헌신적인 돌봄은 자신이 아들을 지키지 못했다는 죄책감에서 비롯된다. '그녀'는 "아들이 있는 곳과 가장 가까운 곳에서 일출을 보고 싶"(55쪽)은 마음에 홀로 여관을 찾아 밤을 지새우고, 위암 말기의 몸으로 농장의 중노동을 마다 않는다. 그러나 아들은 "거짓말에 영혼을 점령당하며 살았던 지난 과거보다 이게 백 번 천 번 나아요. 난 지금 완벽해요. 완전해요. 갇힌 게 아니에요. 두 려움이 없는 자유 그 상태예요."(65쪽)라며 자신의 선택에 후회가 없 음을 밝힌다. "갇힌 건 오히려 나일지도 모르겠네요."(65쪽)라는 여자 의 오열 섞인 고백은 '그녀'가 이제껏 아들에 대한 사랑보다 자기의 내면에 더욱 침윤되어 있었음을 환기한다. 아들의 언술을 계기로 '그 녀'의 헌신적인 돌봄은 죄책감의 소모가 아닌, "부모가 자식에게 할 수 있는 최상의 애틋함"(68쪽)인 '사랑'을 실현하기 위한 '수행'으로 전환된다.

이 소설의 '아들'들은 실제로든 상징적으로든 아버지를 살해한다 는 공통점을 갖는다. 아버지의 살해를 완수함으로써 사회에서 완전 히 배제된 이들은 가부장제의 질서를 내파하는 '불온한 오이디푸스' 라고 할 수 있다. '불온한 오이디푸스'는 아버지의 거짓된 명령을 거 스르는 한편, 수동적인 돌봄의 대상에서 벗어나 어머니의 고통에 공 감하며 분노한다. 아들의 자유는 아버지의 살해와 어머니의 해방을 통해 얻어진다는 아이러니를 통해 이도원은 윤리란 과연 무엇인지를 되묻는다. 작품의 제목을 빌려 말해본다면, 우리는 '그녀들의 거짓 말'로 위장된 '그들의 거짓말' 속에 살고 있지는 않는가.

끝으로 이 작품에서 '그녀'의 입으로 전달되는 돌봄의 본질을 상기 해보고자 한다. "그리고 당신도 포기해선 안 돼요. 사랑 말이에요. 부모가 자식에게 할 수 있는 최상의 애틋함."(68쪽)이라는 '그녀'의 언술을 천천히 곱씹어볼 때, 작가에게 진정한 돌봄이란 바로 '포기하지 않는 것'이 아닐까 한다. 「그녀들의 거짓말」에 등장하는 '그녀들'은 배제되고 죽어가는 존재들의 돌봄을 포기하지 않는다. 이도원에게 돌봄은 죽음의 현장에서 온몸으로 고투하며 인간과 공동체를 생의 영역으로 전환시키는 숭고한 노동이다. 죽음과의 '불온한' 연대는 헌신과 희생이라는 덕목으로 누군가에게 지워져야 할 부담이 아니라 우리 모두가 나누어야 할 공동의 과업이다. 이도원의 소설이 그려내는 '돌봄의 리얼리즘'은 현재 직면한 돌봄의 위기와 함께, 우리가 지향해야 할 진정한 돌봄의 가치를 되돌아보게 한다.

李垠爛 | 문학평론가

푸른사상 소설선